KB115565

무도^{武道}의
가치를
말하다

무도의 가치를 말하다

발행일	2018년 4월 20일		
지은이	윤 대 현		
펴낸이	손 형 국		
펴낸곳	(주)북랩		
편집인	선일영	편집	오경진, 권혁신, 최예은, 최승헌
디자인	이현수, 김민하, 한수희, 김윤주, 허지혜	제작	박기성, 황동현, 구성우, 정성배
마케팅	김회란, 박진관, 유한호		
출판등록	2004. 12. 1(제2012-000051호)		
주소	서울시 금천구 가산디지털 1로 168, 우림라이온스밸리 B동 B113, 114호		
홈페이지	www.book.co.kr		
전화번호	(02)2026-5777	팩스	(02)2026-5747

ISBN   979-11-6299-086-5 03810 (종이책)   979-11-6299-087-2 05810 (전자책)

잘못된 책은 구입한 곳에서 교환해드립니다.
이 책은 저작권법에 따라 보호받는 저작물이므로 무단 전재와 복제를 금합니다.

(주)북랩 성공출판의 파트너
북랩 홈페이지와 패밀리 사이트에서 다양한 출판 솔루션을 만나 보세요!
홈페이지 book.co.kr • **블로그** blog.naver.com/essaybook • **원고모집** book@book.co.kr

무도 武道 의
가치를
말하다

대한합기도회 회장 윤대현의
무도 인생 에세이

合氣道

무도의 궁극적 가치는
끊임없는 자기애와
평화를 추구하는 마음이다

북랩 book Lab

머리말

　2010년 첫 에세이집 『무도에 눈뜨다』와 2014년 두 번째 『평생무도』를 출간한 데 이어 다시 4년 만에 『무도의 가치를 말하다』로 여러분을 찾아가게 되었습니다. 평생을 도장에서만 살아오면서 무도밖에 몰랐던 '무도바보'가 아이키도를 시작하면서 든 생각들을 매 순간 기록하다 보니 이렇게 책으로 선보이게 되었습니다.

　필자는 체계적인 글쓰기 훈련을 받은 경험이 없다 보니 글이 거칠수밖에 없습니다. 매끄럽지 못한 문장에, 맞춤법, 띄어쓰기 어느 것하나 완전한 것이 없었습니다. 그러나 오랜 기간 글을 통해 생각을 공유하다 보니, 각 분야의 전문가로서 소임을 다하는 제자들의 도움이 있어 글이 많이 다듬어지고 나아졌습니다.

　외국 지도자들 가운데는 오랫동안 수련하면서 쌓은 기술뿐만 아니라 무술철학에 대한 기록을 남겼습니다. 학창시절 우상이었던 이소룡이 쓴 책은 기술서적이라기보다는 철학서적에 가까웠습니다. 무술에도 엄연히 철학이 있습니다.

　한국에는 기술을 나열해 놓은 것 말고는 선배들의 경험과 고뇌가배어있는 무술서적이 거의 없습니다. 그러한 환경에서 선배의 한 사람으로서 도복을 파고든 피와 땀과 같은 경험을 담은 이번 책이 후진들에게 무술에 대한 새로운 인식의 계기가 되었으면 하는 바람입니다.

나는 지금까지 내가 최고라는 생각을 가져본 적이 없습니다. 항상 부족을 느꼈기에 초심을 잊지 않으려고 노력해왔습니다. 그러나 이제는 나이 때문인지 기억의 한계를 많이 느낍니다. 부족하지만 더 늦어지기 전에 그동안의 치열한 경험과 고민을 기록으로 남길 필요를 느꼈고, 그런 마음이 컴퓨터 앞에 앉게 하였습니다. 기회가 닿는 대로 앞으로는 기술에 대한 더 좋은 책도 만들고 싶습니다.

먹고 살기 어려웠던 시대에 무술 수련은 할 수 있다는 용기와 열정을 심는 역할을 해왔다고 자부합니다. 그러나 무술 지도자는 스스로의 책임도 있겠지만, 강단이나 여타 전문가 집단에 비해 존경받지 못하였습니다. 하지만 무술이 싸움의 기술로써가 아니라, 몸과 마음이 다 지쳐있는 현대인들에게 수행의 방편으로 자리매김할 수 있다는 사실이 주목을 받고 있습니다. 노력 여하에 따라 얼마든지 전문가 집단으로 정당한 대우를 받을 수 있으리라 생각합니다. 로봇과 인공지능이 널리 퍼진 미래사회가 올지라도 무술은 그 삭막할지 모르는 세상을 헤쳐나가는 빛과 소금이 되리라 생각합니다.

6단 승단 이후 생각을 다시 정리하여 만든 이 책이 무술 입문자는 물론, 고민과 갈등을 겪고 있는 경력자들, 뭔지 모를 벽에 부딪힌 후배 지도자들에게 조금이라도 도움이 될 수 있다면 기쁘겠습니다.

2018년 입춘
저자 윤대현

▲ 『무도에 눈뜨다』(서울: 합기도신문사, 2010)

▲ 『평생무도』(서울: 합기도신문사, 2014)

차례

PART 4

쓴소리 같은
단소리

PART
7

깨달음
悟道과
수련

아이키도合氣道는 '사랑'이며, 만유애호萬有愛護의 사명을 완수하는 진정
한 무武의 길道이다. 합기는 자기를 극복하고 상대의 적의를 없애는, 적 자
체가 없도록 하는 절대적인 자기완성으로 향하는 길이다.

— 아이키도合氣道 개조開祖 우에시바 모리헤이植芝盛平

아이키도는
무엇인가?

A I K I D O

무술은 신비스러움이
있어야 한다

무술은 신비스러움이 있어야 한다. 이런 이야기를 하면 마치 신비 주의에 빠진 정신 나간 사람처럼 생각하는 사람들이 많다. 무술이 라는 것을 그저 자기보다 나은 자를 용납하지 못하는 오랑우탄의 저급한 싸움 정도로 생각하는 이들은 스트리트 파이트나 투견장과 같은 울타리 안에서 마치 개싸움 하듯이 승부를 가리기 위해 피 흘 리는 것이 진짜 무술이라고 생각하는 것이다.

그것을 무술이라고 하게 되면 칼싸움하던 옛날 무사들의 고상함 이나 신비함은 사라지게 된다. 무술이란 세상을 초월한 존재자, 즉 천상천하 유아독존이 되는 그 무엇이라 할 수 있다. 사실 한국 무술 에서 그런 신비함을 잃어버린 것은 그런 높은 무공을 보여줄 수 있 는 스승이 없었기 때문이라 할 수 있다.

처음 일본에서 야마시마 다케시 7단 선생이 와서 보여준 기술을 경험한 사람들 중에는 "사람이 할 수 있는 기술이 아니다!"라며 신비 해 하는 사람들이 있었다. 지금도 야마시마 선생의 동영상을 본 일 반 사람들은 "손을 잡기만 했는데 왜 쓰러지냐?"며 믿지 못하겠다며 신기해한다. 하지만 몇 년째 선생을 모시며 배운 회원들은 이제야 알겠다며 열심히 따라가려고 노력하고 있다.

사회와 구별되고 있는 학교는 학생들의 창의력과 꿈을 키우는 장소가 되어야 한다. 하지만 지금의 학교는 사회에서 필요한 인재를 키우는 장소 정도로 되었고 채점을 통해 등수를 매기며 경쟁을 일상화시켜버렸다.

경쟁에서 밀린 학생은 낙오자가 되어 버린다. 자연 속에서 창의력과 꿈을 키우는 '대안학교'가 나타났지만, 경쟁에서 지면 낙오자가 되어가는 분위기를 압도하지는 못하고 있다.

도장이라는 곳도 마찬가지이다. 도장은 꿈을 키워가는 장소가 되어야 하지만 지금의 도장은 철저히 승패에 대한 경쟁밖에 남지 않았다. 내가 아이키도를 선택하고 그것을 끝까지 하고자 하는 이유 중의 하나는 내가 만났던 특별한 선생들이 보여준 신비스러움 때문이라 할 수 있다.

만화에 나오는 산속 머털 도사의 스승과 같이 기술은 신비스럽고 그 태도에서는 고상함마저 드는 그런 것이다. 높은 경지에 있는 선생들을 통해서 나는 그것이 실제로 가능하다는 긍정적인 생각을 하게 되었다. 이전에 무술에 대한 회의적이고 부정적인 생각이 긍정으로 바뀌면서 꿈이 생긴 것이다.

가끔은 내가 펼치고 있는 테크닉에 스스로 놀라고, 어디서 이런 능력이 생겼는지 생각을 해보곤 한다. 위의 선생들로부터 경험한 신기하고 신비스러운 경험이 토대가 되어 나름 노력한 결과라 할 수 있다. 내가 머리가 좋아서 어느 날 갑자기 얻은 것이 절대 아니다. 기술이 무서워지고 있는 것은 그만큼 무공이 쌓여가고 있기 때문이다. 무공의 깊이만큼 상대를 보호해야 한다는 책임도 커졌다.

진짜 무도는 비즈니스가 될 수 없다. 스승이 제자의 비위를 맞추지 못하기 때문이다. 무도를 사업으로 생각하게 되면 수련생들을 고객으로 모셔야 하고 비위를 맞춰야 한다. 마케팅으로 물든 태권도장처럼 되지 않으려면 도사와 같은 실력을 갖춰야 한다. 수련생들에게 꿈을 꾸게 하고 창의력을 발휘케 해야 한다.

아이키도는 일반 타 무술과 다르게 신비스럽고 묘한 표현이 가능하게 하는 기술적 방향성을 가지고 있는 무술이라 할 수 있다. 만약 처음부터 태권도처럼 주먹을 쥐고 혹은 유도처럼 옷깃을 잡으며 싸움을 한다면 검술에서 세메攻め라고 하는 것과 같이 유리한 위치에서 기선을 잡기 위해 많은 훈련을 해야 할 것이다. 하지만 다툼을 피하고 싸우지 않는다는 아이키도에서는 이미 그 세메이를 뛰어넘는 전략적인 방법이 상대로 하여금 치고 들어오고, 혹은 잡고 시작하게끔 하고 있는 것이다.

상대의 마음과 동작을 이미 읽어버린 상태에서 시작하는 것인 만큼 타 무술과 다르게 경직됨이 없이 자연스러운 처리가 가능하게 되는 것이다. 다시 말하면 상대가 잡고 혹은 치고 들어오는 것을(검이라고 해도) 이미 알고 있는 상태에서 힘을 들이지 않고 처리하는 것은 신기하기까지 하다. 그래서 무술은 신비스러움이 있어야 한다.

아는 것만큼 보인다

아이키도 술기를 이해하지 못하겠다는 말들을 많이 듣는다. 사실 내가 어렸을 때 배웠던 합기도 술기가 이해할 수 없었던 것과는 그 의미가 많이 다르다. 그때 내가 이해하지 못했던 술기에 대한 모순은 발차기와 주먹을 훈련하면서 굳이 손을 비틀고 있는 모습이 이해가 안 됐다. 그냥 킥과 펀치로 쉽게 처리할 수 있는 것을 왜 어렵게 처리하는 것일까? 하는 것이다.

기본이 되는 테크닉 체계에서 그러한 문제를 발견하고 내린 결론은 시합이나 실제 상황에서 사용할 수 없는 것이라는 생각이었다. 합기도 술기는 모순덩어리고 시간만 빼앗는 불필요한 것이었다. 그래서 좀 더 현실적인 유도를 훈련하고 강력한 격투기 쪽으로 시선이 갈 수밖에 없었다. 그때 그렇게 격투기 챔피언까지 되고 무에타이까지 도입하였다.

내가 발견한 가장 이상적인 싸움은 무에타이와 유도였다. UFC와 K-1 경기에서 파이터들이 보여주는 가장 이상적인 싸움형태가 바로 유도에서 시작된 주짓수와 무에타이라 할 수 있다. 실전에서 가장 강력한 모습을 보이고 있는 위와 같은 무술과 비교해 보았을 때 아이키도는 도대체 무엇일까? 궁금해질 수밖에 없다.

칼싸움하던 시절에 사용했던 고대 유술이 현대로 오면서 크게 두 가지 형태로 갈라지게 되었는데 그 하나가 가노 지고로의 유도이고 또 하나는 우에시바 모리헤이의 아이키도合氣道이다.

유도는 앞에서 설명한 것과 같이 실전성에서 두각을 나타낸 반면 아이키도는 여성 호신술 정도로 축소되어 알려진 것이 사실이다. 분명한 것은 유도는 고대의 검술로부터 완전히 독립을 했지만, 아이키도는 고대 형태의 검술을 동반하고 있다는 것이 다르다.

유도 이전의 유술 형태가 아이키도라 할 수 있다. 따라서 아이키도가 고대의 검술로부터 나온 유술이라는 점을 생각해 본다면 결코 발차기 위주의 수련형태가 나올 수 없다는 걸 알 수 있다. 여기까지 설명만으로도 아이키도가 UFC나 K-1과 같은 시합에 나갈 수 없는 형태를 가진 무술이라는 점을 이해하게 될 것이다. 일본에 아이키도 선생들이 고류 검술에서도 크게 두각을 나타내는 것은 아이키도가 가진 성격 덕분이라고 봐야 한다. 아이키도는 왜 격투기 시합에 안 나올까? 하는 것은 목검이나 검을 들고 경기에 나갈 수 없기 때문이다. 그리고 한번 시합에서 지면 다음을 기약하는 스포츠 경기가 아니기에 수양에만 그 뜻을 두는 무술이기 때문이기도 하다.

스포츠는 타인이 인정하는 승리를 원하는 것이지만 아이키도는 자기 스스로가 만족할 수 있는 승리를 원한다. 누군가가 인정해 주는 것이 아닌 스스로가 인정할 때 진정한 승리로 생각하는 것이 아이키도이다.

따라서 아이키도는 기술적인 표현에 들어가서도 쉽게 던져버리거나 제압해 버리는 것을 선택하는 것이 아니라 좀 더 안전하고 좀 더 기술적인 표현을 함으로써 내면의 수양을 발전시키는 것이 그 특징이라 할 수 있다. 단칼에 자르듯 상대의 빈틈을 킥이나 펀치로 공격해서 순간에 끝낼 수 있지만 그렇게 하지 않는다.

물론 강한 상대를 힘 하나 들이지 않고 제압하거나 던져버리는 것이 테크닉의 요지이기는 하지만 절대 상대를 다치게 하지 않는다는 원칙에서 벗어나지는 않는다. 여기서 나오는 것이 쿠즈시[1]라고 하는 상대를 무너트려 무력하게 만들어간다는 기술적 특징이 나온다.

아이키도는 잡히고 나서 어떻게 하겠다는 기술이 아니다. 손목을 잡혔을 때, 의복을 잡혔을 때 등등 호신술로 처리하는 것이라고 알고 있다면 틀린 것이다. 시범이나 수련 중에 나타나는 손목을 잡으면 어떻게 한다라고 하는 것은 단계적인 수련의 접근 방법일 뿐이다. 실제로는 잡히면 끝난다. 검이 지나가면 잘리고 끝나는 것이지 지나간 다음에 어떻게 해 보겠다는 것은 개그와 같은 것이기 때문이다.

처음 시작하는 글에서 내가 이해할 수 없었다고 했던 합기도 술기 체계에 대한 모순점이 이런 것이었다. 잡히는 순간 쿠즈시가 일어나지 않는다면 안정된 중심을 가진 상대에게 공격당하는 것을 피할 수 없다.

접촉하는 순간 펀치나 킥으로 일관되게 처리하는 일반 타 무술과 다르게 아이키도는 상대에 대한 연민을 통해서 폭력을 자제시키고, 무력하게 만든다는 특징을 가지고 있다. 주먹으로 쉽게 끝낼 수 있지만 그렇게 하지 않는다는 것이다. 펀치가 없는 것이 아니라 가능

---

1 쿠즈시: 崩し, くずし 기울이기

한 한 자제한다.

좀 더 안전하고 서로에게 더 좋은 방법을 선택해 나가는 것이다. 가능한 상대에게 상처를 입히지 않고 오로지 기술적으로 무력하게 만들어 나가는 것으로 싸움을 크게 확대하지 않는다는 것이다. 아이키도를 왜 평화의 무술이냐고 반문하는 것은 평화적인 생각과 그 것을 일치시켜 나가는 기술적인 부분을 이해하지 못했기 때문이다.

어린이 클래스 지도법

초창기 아이키도 세계본부에는 어린이 클래스가 없었다. 무술의 전통적인 양식은 아이들이 할 수 있는 것이 아니다. 기술의 난이도나 깊이를 아이들이 성인과 똑같이 따라 하는 것도 무리다. 현대에 와서 어린이를 육성하는 서양 스포츠의 영향을 받아 무도가 가지고 있는 교육적 가치가 크다는 것을 인식하게 되면서 어린이 클래스가 생긴 것이다.

성인들과 달리 어린이들 부모들이 가지고 있는 아이키도도장에 대한 관심은 아래와 같다. 대체로 어린이들은 아이키도 기술 그 자체에 대한 요구나 관심은 거의 없다는 것을 알 수 있다.

1. 예의를 가르치고 싶어서
2. 몸이 약해서
3. 외톨이로 친구가 없어서
4. 무언가 하나를 가르치고 싶어서
5. 운동신경이 없거나, 운동을 잘 못해서
6. 내성적이거나 또는 산만해서 단체행동이 가능하도록

▲ 키즈아이키도 수련을 지도하는 필자

　아이들은 한 가지에 집중하지 못하고 곧바로 싫증을 느낀다. 산만하고 잘 떠든다. 옆에 아이들과 노는 것 때문에 수련 진행도 어렵다.

　장남이 동네 유치원에 다닐 때 의자에서 뛰어내리던 아이와 부딪쳐 눈썹 부위를 꿰매야 하는 불상사가 일어나서 몹시 화가 나고 마음 아팠던 기억이 있다.

　모든 아이들은 잠깐이라도 눈을 떼면 서로 싸우거나 딴짓을 하기 때문에 사고가 난다. 절대 방심해서는 안 된다. 게다가 한 아이에게 집중하다 보면 다른 아이가 문제를 일으키므로, 선생에게는 한눈에 전체를 관찰할 수 있는 방법이 필요하다.

　초등학교 4학년, 5학년이 되어도 도복의 바지 끈을 매지 못하는 아이들이 있다. 도복은 자신이 스스로 입고 갤 수 있도록 지도해야 한다. 특히 도장에 왔을 때 '안녕하세요', '감사합니다', '안녕히 계세요'라고 인사하는 것과 이름을 부르면 큰 소리로 대답할 수 있도록 가르쳐야 한다.

　준비체조도 쉽게 하고 수신(일어나는 법)도 즐겁게 싫증을 내지 않도록 할 수 있어야 한다.

　고바야시 선생은 15가지 방법의 수신을 독자적으로 개발해서 재미

있게 가르쳤다. 기술도 아이들에게 맞도록 단순화하여 1, 2, 3 구령으로 동작을 맞추고 고학년에게는 좀 더 복잡한 기술을 하게 한다.

던지기를 할 때는 2인 1조로 하여 가로로 줄을 지어주고 해야 할 기술과 몇 번 할 것인지 횟수를 정해주며 지도자가 서 있는 방향으로 던지도록 해야 아이들 숫자가 많아도 전체가 한눈에 들어와서 지도하기가 쉬워지면서 사고도 예방하게 된다.

체력을 위한 훈련을 할 때에도 놀이의 요소를 섞어서 방법을 여러 가지로 궁리해야 한다. 아이들이 재미있는 수련을 할 수 있고, 부모도 바라는 지도법을 확립해 주면 아이들 회원은 저절로 늘어날 것이다.

아이 중에는 '부모님이 하라고 해서 어쩔 수 없어' 또는 '시간을 때우기 위해서'라며 나쁜 태도를 보이는 아이도 있지만 그래도 수련을 하러 계속 나온다는 것은 역시 좋아하고 있다는 증거라 할 수 있다.

도장에 오는 아이들은 다양하다. 도장 들어가기 싫다고 우는 아이도 있고, 도장에 오긴 했어도 따라 하지 않는 아이도 있다. 그런 아이에게는 심사 때 구르기나 뭐라도 하나를 시켜보아서 하나라도 하게 되면 잘했다고 하고 합격시켜준다. 성인은 한 가지라도 틀리면 불합격의 대상이 되지만 아이들은 하나만 잘해도 합격시켜주는 것이 성인과 아이의 차이라 할 수 있다.

그렇게 합격해서 띠 색깔을 바꿔주면 그때부터 수련을 하게 되거나 자기가 했던 것을 다른 아이에게 가르치려고 하게 된다. 때문에 어린이 클래스는 심사 때마다 띠의 색깔을 바꿔주어야 한다. 무지개 색깔인 빨, 주, 노, 초, 파, 남, 보로 나누고 여기에 흰 선을 하나, 둘 넣어준다. 아이들은 띠 색깔이 바뀌는 것을 좋아한다.

무릎을 꿇고 바르게 앉는 정좌는 우리의 옛 조상들의 전통적인 문화이다. 소파와 의자 생활을 하는 현대인들에게 정좌로 바르게 앉는 것은 많이 어려워졌다. 무릎을 꿇고 정좌해서 공손하게 절을 하는 것은 성인은 물론 아이들에게 대단히 훌륭한 경험이 된다. 영어를 배우는 것도 중요하지만 예의 바른 습관을 몸에 배게 하는 것도 매우 중요하다.

사람을 만나면 그 사람이 교양이 있는지, 없는지 행동하는 것을 보면 바로 알 수 있다. 때문에 어렸을 때부터 가정교육이 중요하다. 가끔 예의 없는 사람들을 보면 '사회에 적응이나 할 수 있을까?' 걱정이 되곤 한다. 어렸을 때부터 예절이 습관이 될 수 있도록 해주어야 한다.

신체를 단련하는 부분에서도 주의해야 할 것은 신체의 일부분만을 혹사하듯 단련하는 것은 매우 위험하다는 것이다. 어렸을 때부터 시합을 위한 운동을 하게 되면 특정한 부위를 무리하게 반복해서 단련하므로, 균형 있는 발달을 저해할 수 있다. 아이들에게 필요한 것은 '달리는 운동', '뛰는 운동', '구르는 운동'을 기본으로 하는 전신운동이다. 그 외의 것도 있겠지만 제일 중요한 것은 역시 달리고, 뛰고, 구르는 것이다.

합기란? 그리고
한국에서의 아이키도

'합기[2]' 한문으로는 '合氣' 그 단어를 쓰기 시작한 것은 일본의 고류 검술에서부터이다. 일본어 발음은 '아이키'이다. 합기와 한문 合氣 그리고 아이키는 같은 뜻을 가진 단어이다. 아이키에는 신비한 무엇이 있다.

평생을 도장에서만 살아온 나이기에 웬만한 무술 동작들은 한 번만 보면 거의 모두 따라 할 수 있었다. 97년도 KBS 88체육관에서 개최했던 국제아이키도 연무대회 때 내 연무를 지켜보던 고바야시 선생은 함께 온 아라이 선생에게 윤 상(씨)이 매우 빠르게 습득하고 있다며 놀라워했다.

스가와라 선생에게 검장아이剣杖合(1번부터 8번까지)를 처음 배우고 곧바로 따라 하는 것을 보고 같은 반응을 보인 사람들이 많았다. 학창시절에 공부를 그렇게 집중할 수 있었다면 아마 최상의 학부를 가지 않았을까 하는 아쉬움이 있다. 그런데 일본에서 '합기(아이키)'를 경험하고 10년이 지난 지금도 정확하게 "이것이 합기다!"라고 말하지

---

2 일본발음 '아이키', 그동안 한국에 알려져 있던 합기도에는 합기라는 기술과 이념이 전해지지 않았다.

못하고 있다. 그만큼 어려운 것이 합기이다. 이제 합기는 장남에게 이어주어야 할 마지막 공부가 되었다.

어떤 사람이 그렇게 오랫동안 아이키도를 배웠다면서 아직도 모르냐며 비웃는 것도 보았다. 합기가 무엇인지 잘 모르고 있는 사람의 실언이기에 신경은 쓰지 않지만, 바보로 생각하는 것 같아서 기분은 좋지 않다.

한국에서 합기를 할 줄 안다고 말하는 사람은 거짓말을 하고 있거나 사기를 치고 있는 것이 많다. 일본에도 가짜는 많다. 『합기도의 과학』과 『발경의 과학』을 쓰고 합기에 가장 해박한 지식과 정보를 가졌다고 알려진 요시마루 게이세쓰 선생도 그의 마지막 책에서 합기를 학문적으로 정리해 보려 했지만, 결과적으로 합기를 수행하고자 하는 후진들에게 오히려 방해가 됐다며 미안함을 드러냈다.

합기는 신비스러운 그 무엇이 분명하다. 아이키도는 바로 그 합기合氣를 바탕에 두고 기술적 접근을 모색하는 무술이라고 할 수 있다. 아이키도에서 사용하고 있는 '합기'라는 말은 관념적으로 이해하기가 어렵다. 또 같은 단어를 사용했다고 해도 선생들이나 각 유파에 따라 그 의미를 다르게 표현한 것도 있다.

'합기'라는 무술용어가 처음 나온 것은 1600년대 에도시대로 일본의 검술서에서 자주 쓰이곤 했다. 그것의 처음 의미는 적의 기분을 다루는 정도로 독심술과 같은 방법으로 상대의 마음을 취하는 정신적인 것이었다.

미야모도 무사시의 저서인 『오륜서』, 「화의 장」에도 그런 내용이 있다. 적의 마음이나 기분을 다루던 것을 의미하던 합기는 1700년대에 들어 기토류起倒流라는 유술에서 상대를 컨트롤하는 기술적 용어로 '합기'라는 단어를 쓰면서 다른 의미로 쓰이기 시작했다. 기토류는 아이키도 창시자인 우에시바 모리헤이가 다케다 소가쿠를 만나기 이전에 습득했던 유파이다.

처음에는 의식을 조작하는 기술적 용어로 합기가 사용되다가 잡기나 접촉되는 사이에 '힘이 부딪치지 않는다'는 의미의 합기를 기술적으로 만들어서 그것을 이용해서 상대를 콘트롤하는 더욱 발전된 모습으로 나타나기 시작했다. 이후에 다케다 소가쿠 선생은 대동류합기유술大東流合気柔術에서 상대의 힘을 힘으로 대항하지 않고, 상대의 '기氣'에 자신의 "'기'를 합하여" 상대의 공격을 무력화시키는 기법을 합기라 하였다. 이와 같이 '합기'라는 무술적 용어는 400년 이전부터 일본에서 사용되어 왔다. 그러나 아직도 기술적 표현으로서의 합기는 신비에 가려있고 오직 소수에게만 비밀스럽게 전수되고 있다. 기토류[3] 기술을 살펴보면 힘을 하나도 사용하지 않고 척추의 상하, 수평운동을 이용하여 상대를 쓰러뜨리거나 던지는 것이 있다.

나는 기술적으로 딱딱하게 보이는 대동류합기유술과 부드러운 아이키도가 비교가 될 정도로 달라진 이유를 기토류의 영향 때문이 아니었을까 하는 생각을 하곤 한다.

이전에 어느 합기도 관장과 전화 통화에서 '합기'라는 용어가 『무예도보통지』에 나와 있는데 그것도 모르냐며 나무라듯 하는 말을 듣고 밤을 꼬박 새우며 '합기合氣'라는 단어를 찾았으나 어느 페이지에서도 찾지를 못했다.

---

[3] 기토류(起倒流)는 유도 창시자 가노 지고로가 익혀 유도의 기본이 된 일본의 고류 유술로서 치기, 던지기, 관절기, 조르기로 구성되어 있다.

'합기도'란 명칭도 그렇고 '합기'라는 기술적 용어에 대해서도 알지 못하거나 엉터리(잘못된 정보)이거나 억지로 우겨대는 모습을 많이 보았다.

합기도 창시자로 잘못 알려진 최용술 할아버지는 일본어를 편하게 사용했는데 고인이 되시기 전에 육성녹음 테이프에서도 합기도를 아이키도로 발음하고 있었다. 최용술 할아버지는 합기도와 아이키도가 다르다거나 별개의 운동이라고 생각하지 않았다는 증거이다. 나중에는 합기도가 아닌 다른 명칭을 사용하려고 했다는 것을 육성녹음 테이프를 통해 확인할 수 있었다.

위에서 말한 검술에서 시작된 '합기'의 유래에서 볼 수 있는 아이키도를 발차기하는 유사한 사이비 합기도와 별개로 구분해야 하는 것은 당연하다.

하지만 그렇기 때문에 합기도와 아이키도를 구별 지으려고 하는 것도 잘못된 것이다. 그동안 내가 하고자 했던 이야기는 합기도와 아이키도를 분리하며 논쟁하려고 하는 것이 아니었다.

이전에 합기도의 대한체육회 가맹을 위한 논쟁이 한창일 때 공청회에서 합기도 단체 대표와 협회장들이 모인 자리에서 우리는 다음과 같은 주장을 했다.

"합기도는 이미 국제합기도연맹이라는 국제조직이 있고(한국의 유사합기도는 별도의 국제조직이 없다) 국제경기연맹인 GAISF(이전 스포츠어코드)에 합기도(국제용어는 아이키도)가 정식종목으로 등록되어 활동하고 있다.

만약 국제합기도연맹과 공조하지 않고 국내에서 자체적인 합기도 조직을 결성하여 그것을 대한체육회에서 승인하게 되면 합기도 명칭에 대한 국제적인 이슈는 물론 올림픽 산하의 국제조직에 들어갈 수 없게 되므로 국내 행사밖에 할 수 없다. 그런 유사 합기도가 대한체육회 정식종목으로 가맹되는 것은 문제가 있다. 따라서 태권도의 아류와 같은 기술적 형태를 벗어난 합기도만의 독창성을 살리는 것이 일선 도장에 활기를 불어넣을 수 있다. 그렇게 하기 위해서 국제합기도연맹과 손을 잡아야 한다. 우리가 그것을 돕겠다."

그렇게 합기도[4] 일선도장에 변화와 발전을 이끄는 데 도움을 주려 했지만 어느 곳에서도 합기도의 변화와 발전에 관심을 갖거나 기존 기득권에 대한 욕심을 내려 놓지 못했다. 결국 대한체육회 초유의 인정단체 취소라는 결과를 가져오고 말았다.

이제는 합기도를 현대무도가 아닌 '한국전통무예'로 인정을 받으려는 합기도 단체들의 엉뚱한 행보가 진행되고 있다. 만약 문화체육관

---

4 국립국어원에서는 합기도는 일본에서 전래되고 오랫동안 한국식 발음으로 사용하는 것이 굳어진 한 자어라고 하였다. 또한 Hapkido는 국어의 로마자 표기법에 따라 합기도를 로마자로 표기한 것이지 그 자체가 영어 이름이거나 외래어가 아니라고 하였다. 대한체육회 전 회장이고 용인대학교 김정행 전 총장은 저서 『무도론』에서 다음과 같이 밝혔다. "합기도는 일본의 고유 전통 무술인 다이토류(大東流) 유술(柔術)이 창시자 우에시바 모리헤이(植芝盛平: 1883~1969)에 의해 1930년부터 재정립의 기초를 마련하면서 현대의 합기도로 발전 보급된 것이다. 아이키도우(あいきどう)는 한문 표기가 합기도인 것을 우리나라에 전파되면서 한자 표기의 합기도를 우리말로 표기함에 자연스럽게 '합기도'라는 말을 쓰게 된 것이다. 또 한국 합기도의 40년사 안에서 역사의 왜곡과 합기도의 변형, 변질을 지양하고, 1,000여 년에 가까운 전통의 일본 합기도 역사를 이해하고 배우며, 무도로서의 합기도 본질(essence)을 받아들임으로써 반드시 현대 무도로 정립된 순수한 합기도의 원형 위에서 발전이 이루어져야 할 것이다. 합기도에 내포된 이념과 사상(철학)의 토대 위에 이론과 실기가 일치되는 정신과 기술을 바르고 정확하게 지도 보급해야 한다."라고 했다. 도올 김용옥 교수는 저서 『태권도 철학의 구성원리』에서 한국에 알려진 합기도는 짬뽕 된 족보 없는 무술로 기술해 놓았다. 합기도 창시자로 알려진 최용술은 합기도로는 도주라고 할 수 없다는 것을 알고 있었음을 밝히는 생전 녹취파일이 있다. 차용한 명칭을 사용해서 규모를 키워오는 과정에서 전혀 다른 형태의 운동이 되었다. 운동 형태가 달라졌다면 명칭도 바뀌어야 하는 것이 상식이다. 합기도-合氣道-아이키도는 같은 명칭이다. 만약 전혀 다른 무술이라면 명칭도 달라야 한다. 하지만 '합기도'라는 명칭을 사용하여 오랫동안 조직을 키워온 수많은 단체들의 이해타산 때문에 명칭변경의 시기를 놓치고 말았다. 결국 합기도는 한문 '合氣道'에 대한 명칭 문제로 인해 IOC와 GAISF 같은 국제스포츠계 활동에서 제약을 받을 수밖에 없는 국내용이 되어버렸다. 오랫동안 종합무술 격투기 형태로 굳어져 버린 합기도와 구별하기 위해 '대한합기도회'에서는 '아이키도'라는 명칭으로 전혀 다른 두 개의 무술을 구분하여 부르고 있다.

광부에서 합기도를 한국의 전통무예로 인정하게 되면 또 한 번 이슈가 일어나지 않을까 걱정된다.

한국에서 합기도는 오래전부터 여러 명칭으로 바뀌며 새로 시작된 것이 많다. 용인대학교에서도 합기도학과를 용무도로 바꿨을 정도로 변화가 있었지만 '합기도' 단증을 수익사업으로 이용하고 있는 곳에서 고집스럽게 합기도 명칭을 지키려고 하는 모습이다. 합기도의 미래를 생각하지 않고 자신에게 돌아올 손실에만 집착하는 것이다. 결국 유사 합기도는 중심이 되는 선생도 없이 또 협회에서 노력하는 것이 아닌 각 도장, 각 개인의 노력에 의지할 수밖에 없게 되었다.

합기도의 기술과 철학을 정확히 이해하고 지도자들의 자질을 더욱 향상시키고 협회 스스로의 노력으로 합기도를 발전시키면서 저 변확대하려 하지 않고 정부 지원을 통해서 쉽게 이익을 보겠다는 태도가 마음에 들지 않는다.

아이키도는 타 무술과
무엇이 다른가?

인구 감소와 때를 맞춰 경제가 많이 어려워졌다. 모든 경제가 하향 곡선을 그리고 있다. 정부는 금리를 내리고, 부동산 대책을 발표하는 등 경기를 살려보겠다고 애쓰지만 내려가는 것을 올리기는 역부족이다. 지금의 경기침체는 그리스에서 시작되어 세계적인 침체로 번지고 있는 것이므로 한국에서만 일어나는 문제가 아니다. 무도도 그러한 흐름 속에서 예외가 될 수는 없는 것 같다.

지금 일본에서는 대표적인 무도인 검도와 유도 모두 뚜렷하게 느낄 정도로 회원이 감소하고 있다. 경기가 나쁜 것도 문제이지만 가장 큰 문제는 저출산으로 인해 아이들이 줄었고, 평균 연령이 높은 고령화 사회가 그 원인이라 할 수 있다. 거기에 보조를 맞춘 듯 UFC와 같은 승패만을 위한 경기에 기술적 초점을 맞춘 무술이 유행한 것도 일조했다.

예로부터 평화의 시기에는 무술이 필요 없기 때문에 무도로써 심신의 건강을 단련하고 교육하는 측면이 부각되었다. 수련 자체가 싸우는 기술이 위주가 된 다툼을 조장하게 되면 결국 교육적인 면이 사라지는 것이다. 멋지고 매너 있는 사람을 만들어야 할 무도가 승부에만 집착하게 되면 좋지 않다.

운동은 몸을 건강하게 만드는 것이 그 목적이지만 승부에 집착하는 것은 오히려 건강을 해친다는 점에서 조심해야 한다. 회원감소로 고민하는 유도, 검도와 다르게 아이키도는 기술적 표현을 하면서 건강과 함께 인간관계와 조화를 추구함으로써 교육적 가치가 매우 높아 일본에서는 어려워진 경제와 상관없이 오히려 회원이 증가하는 현상이 일어나고 있다.

아이키도는 승패를 가리기 위한 시합을 하지 않는다. 그러나 승부를 가리는 것이 무술이라는 점에 대해서는 다른 무술과 의견을 달리하지 않는다. 다만 타 무술과 다르다고 하는 이유는 상대를 존중하는 배려와 패자를 만드는 시합을 하지 않는다는 점에서 자타공존自他共存을 실천하는 무술이라 하는 것이다.

건강적인 측면을 좀 더 깊이 들어가 보면 많은 무술들이 몸을 망가뜨리는 운동을 하고 있는 것을 볼 수 있다. 오래전 격투기 챔피언전을 하러 링에 올라갔을 때 내가 휘두른 발차기에 상대는 턱이 부서지는 상해를 입고 링에서 구급차에 실려 나가 2차에 걸친 수술을 받은 적이 있다. 시합을 위주로 하는 무술은 기술 그 자체가 타인을 다치게 한다.

몸을 경직시키는 운동을 오래 하면 할수록 몸이 더 망가지는 것이다. 그 원인은 기氣를 차단했기 때문이다. 몇십 년씩 오랫동안 무술을 했다고 하는 원로들이 운동을 하지 못하는 것은 승부를 위주로 하는 경직된 운동이 몸을 망가뜨려 더 이상 할 수 없는 상태가 된 것이 그 원인이라 할 것이다. 그것이 아니라면 건강과 기술적 깊이를 위해서라도 계속 도복을 입고 수련생들 앞에 서야 한다.

아이키도가 얼마나 건강에 좋은 영향을 미치고 있는지 몇 가지 예를 들어보겠다. 첫째는 척추의 건강이다. 현대인은 어렸을 때부터 몸에 밴 나쁜 생활습관이 오랫동안 지속된 만큼 척추에 나쁜 영향을 주어 척추질환에 걸리기 쉬워진다. 아이키도는 몸의 균형을 잡아주고 있어서 척추를 바로잡는 데 매우 탁월하다.

척추는 경추와 흉추 그리고 미추로 이어져 있어 기둥과 같은 역할을 한다. 건축에서도 기둥이 제일 중요하다. 무게를 지탱해 주고 있어서이다. 그런데 척추의 경우 건물의 기둥과 다르게 척추 그 자체의 힘보다는 척추를 받치고 있는 주변 근육이 더 큰 역할을 하고 있다. 따라서 근육을 균형 있게 발달시키는 것이 무엇보다 중요하다.

아이키도의 좌우 균형을 잡아주는 구르는 운동과 거의 모든 테크닉이 몸을 반듯하게 세워주고 있고 하단전과 허리의 역할을 충실하게 하는 데 신경을 쓴다. 하단전에서 나오는 힘을 공력이라고 하는데 이 공력은 허리를 단단하게 만들어주는 역할을 한다. 허리를 순간적으로 뒤틀 듯 사용하는 것은 허리 건강을 해칠 수 있어 조심해야 한다. 그에 반해 검술의 원리를 펼치는 아이키도는 허리 건강을 지키는 데 매우 뛰어나다.

스피드가 중요한 타 무술과 다르게 아이키도는 호흡과 함께 자연스럽게 허리를 사용하여 척추 건강을 지킨다. 만약 척추가 심하게 굴곡져서 관절이나 허리 디스크가 약해져 있는 상태라면 씨름처럼 높이 들어 메치는 운동은 위험하다. 안정된 자세로 낙법을 했다면 몰라도 한쪽으로 치우쳤거나 불안정하게 떨어지면 약해져 있던 관절부위가 이탈하는 위험이 따른다.

아이키도에는 던지기 기술이 많지만, 메치는 기술이 아닌 주로 균형을 무너뜨려 구르는 동작을 취한다. 딱딱한 나무가 매트에 떨어지는 것과 넥타이를 떨어뜨릴 때 땅에 부딪히는 충격이 다르듯 매트에 부딪치는 충격이 거의 없이 구르며 안전하게 일어서는 수신은 유도의 낙법과는 다르다. 또한 한쪽에만 치우치지 않고 양쪽을 똑같이 사용함으로써 몸에 균형을 잡는 데 탁월하다 할 것이다.

승부를 다투지 않는 아이키도는 정신적인 건강 측면에서도 뛰어난 게 사실이지만 그런 것만 가지고 회원이 증가한다고 할 수는 없다. 앞에서 얘기했던 무도의 교육적 측면이 또 하나의 원인이라 할 수 있다.

싸우는 것은 교육적인 측면에서 훌륭하다 할 수 없다. 누군가와 심한 말다툼을 하거나 싸우고 있는 자신을 본다면 교육적 측면에서 스스로를 살펴보아야 할 것이다.

싸움을 멈추게 하는 아이키도는 공격적인 기술이 없다. 테크닉적인 관점에서 잘 살펴보면 상대가 먼저 공격을 한다든지 또는 손목이나 신체를 잡으려 하면 쉽게 던져버리거나 관절기로 제압해 버리는 것을 볼 수 있다. 그것은 먼저 공격하거나 붙잡으면 당한다는 것을 인식시키는 것으로 공격하면 안 된다는 역발상적인 가르침을 주고 있는 것이다.

무술은 위험을 감지하는 법부터 배우는 것이므로 실제로 싸워야 할 수밖에 없는 경우에는 어떤 방법이 유리한지를 먼저 판단하게 한다는 점에서 공격 일변도인 타 무술과 차이가 있다.

아이키도는 검술의 원리를 체술로 이용하고 있다는 점에서 매우 무서운 기술이라 할 수 있다. 그러나 도장에서 수련할 때 상대를 적이 아닌 나의 발전을 도와주는 파트너로 여기기에 절대 다치게 하지

▲ 타이페이 정치대학교에서 지도한 필자

않는다는 원칙을 가진 특별한 무술이라 할 수 있다.

　상대를 배려하며 싹트는 파트너와의 우정과 비전으로 이루어진 기술적 특징이 스승과 제자 간의 신뢰감을 더하는 것도 장점이라 할 수 있다.

문무겸전
文武兼全

▲ 아이키도 창시자 우에시바 모리헤이(植芝盛平, 1883~1969)

"정말 좋은데 어떻게 표현할 방법이 없네!" 경상도 사투리를 써가며 식품을 소개하던 광고가 떠오른다. 우리 단체 지도원과 회원들이 모두 그러한 생각을 하고 있을 것이다. '아이키도는 정말 좋은 운동입니다.' 그것을 누가 알아주지 않는다 해도 변하지 않는 사실이다.

창시자 우에시바 모리헤이 선생의 인생을 살펴보는 것만으로도 우리는 아이키도를 한낱 돈벌이를 위한 사업 정도로 생각해서는 안 된다는 것을 알게 된다.

옛날 일본의 고류 무술들은 비전처럼 전수되는 기술의 특성상 대중화가 어려웠다. 그 어려움을 넘어 최초로 대중화에 성공한 것이 검도였으며 그 과정에 호쿠신잇토류北辰一刀流의 역할이 컸다. 무술 교육을 중요시하던 시기에도 유술이 어렵기는 매한가지였다. 유술은 근대무술로서 크게 두 줄기로 갈라지는데, 그중 하나가 가노 지고로의 고도칸 유도講道館 柔道며, 또 다른 하나가 바로 우에시바 선생이 창시한 합기유술合氣柔術의 변형인 아이키도다.

아직도 세상에 알려지지 않은 수많은 무술들이 있지만, 그것을 대중화할 수 없거나 하기 힘든 이유는 비전처럼 내려오는 기술 전수의 특성이 어렵거나, 타 무술과의 비교 우위를 점하지 못하기 때문이다. 그래서 점점 사라지고 있다. 대다수의 무술들이 신체적 단련만큼 정신적 성장이 함께하지 못하거나 고려하지 못한 결과로, 현대전現代戰에서 그 역할이 줄어든 무술이 철학의 부재로 그 존재의 가치를 잃어가는 것을 쉽게 볼 수 있다.

내가 아이키도를 만든 것이 아니다. 합기는 신의 지혜이고 아이키도는 절대자의 창조 질서에 대한 표현이다. 인간의 지혜는 이것을 이해하기에 충분하지가 않다.

엄격한 종교적 극기훈련을 통해 영성 체험을 한 창시자의 동력은 평범함을 뛰어넘어 혁신적인 기술체계를 만들어 냈다. 그가 만든 아이키도는 기술이 신체를 통해 보여주는 발전만큼 정신적인 성장이 함께 가도록 체계를 만들었다. '아이키도는 신의 길이고 섭리'라고 창시자는 말하고 있다. 그리고 그것은 특정 종교나 국가에 제한되지 않았다.

사람들은 내가 여러 무술을 공부한 끝에 아이키도를 만들었다고 말하지만 내가 생각하는 합기의 길은 다르다. 아이키도는 신의 길이다. 이것은 우주법의 일부다. 이것은 삶의 원리다. 이것은 신의 섭리에서 생겨난 것이다. 나는 단지 그것을 따랐고 다른 사람에게 전해준 것일 뿐이다. 나는 아이키도를 창조한 것이 아니다.

그가 만든 아이키도는 기적이다. 그것은 신神의 정의와 보호를 인간의 잘 단련된 몸을 통해 현시現示한 기적이다. 인간의 몸과 마음의 능력이 보여줄 수 있는 기적이다. 그의 정신적 계몽은 마법처럼 그에게 임한 것이 아니었다. 엄청난 용기와 평생에 걸친 진실 추구, 봉사를 통해 얻어낸 결과다. 역경과 쓰라린 투쟁을 통해서 정련한 것이다.

창시자는 전쟁 기간 수입이 거의 없는 상태에서 극도의 가난한 생활을 하면서도 몸과 마음의 훈련은 쉬지 않았다. 창시자는 상당 수준의 정신적 경지에 이르렀지만, 그의 진리 탐구는 여전히 계속되었고, 생을 마감하는 그날까지 세계평화를 위해 끊임없이 기도하고 훈련하며 무도가의 생을 살았다. 그의 고귀한 정신과 순수한 열정 그리고 염려가 이기심을 가진 우리를 부끄럽게 만든다.

무도는 사회를 정화하고 교육시키는 도구로써 이 세상에서 분명히 감당해야 할 역할을 갖고 있다. 그중 아이키도는 행동하는 철학이다. 창시자는 돌아가시기 이틀 전 모여있던 제자들에게 다음과 같은 이야기를 하였다.

여기에 있는 이 늙은이에 대해 걱정하지 말라, 모든 삶은 다 기한이 있기 마련이다. 자연법칙에 따라 몸은 늙어가지만, 혼만은 절대 죽지 않는다. 나는 곧 영계로 돌아가지만, 여전히 이 세상을 보호하고 싶다. 그것이 여러분들의 과제다.

아이키도는 무엇인가?

▲ 일본에서 부인과 함께 수련을 마치고 기념 촬영

　도장道場이라는 말은 '깨달음의 장소'로서 '자아를 지닌 자가 무자아의 상태로의 변화를 경험하는 장소'라는 뜻의 범어 'Bodhimanda'에서 나온 말이라고 한다.

무도 교육을 통해서 얻어야 하는 효과는 무인武人이 지녀야 할 품격과 도리를 갖추는 것이다. 아이키도는 검을 사용하던 고대 일본 무술의 현대적 표현이다. 고대의 무술은 전쟁터에서의 승리를 목적으로 만들어졌다.

우리 도장은 고대 무술에 대한 이해를 돕는 가토리신토류香取神道流 검술을 훈련하고 있다. 검술 훈련을 통해서 실전에서 제일 무서운 것은 칼싸움이라는 것을 이해하고 살인검에서 활인검으로의 발전과 교검지애交劍之愛[5]를 배운다. '진정한 활인검은 검을 내려놓는 것이다'라는 사실을 이해하는 것만으로도 아이키도 정신에 한 걸음 다가선 것이다. 현대에 이르러 무도의 가치는 전쟁터에서 펼쳐지는 폭력적이고 비인간적이며 덧없는 승리를 위한 것이 아니다.

수파리守破離라고 하는 용어는 검 한 자루만 있으면 세상을 평정한다는 의미를 지닌 것으로 한 가지 기술을 익히면 그 기술을 어떤 공격을 할 때나 상황에서도 완벽하게 펼칠 수 있어야 한다는 기술적 의미를 가지고 있다. 또한 누구도 따라올 수 없는 최고의 경지에서 새로운 유파가 형성된다는 '독립'의 의미도 있다.

우에시바 모리헤이 선생이 아이키도를 탄생시킨 과정을 보면서 수파리의 진정한 의미를 알게 되었고 그가 만든 아이키도야말로 새로운 시대에 걸맞는 진정한 무도라는 것도 이해하게 되었다.

창시자는 아이키도를 폭력이 아닌 조화를 가져다주는 무도의 철학적 형태로서 이해되기를 바랐다. 진정한 무도는 야수 같은 힘이

---

5 교검지애(交劍之愛): 선배가 후배에게 저줌으로써 후배를 키워주는 것, 선배는 자기희생을 통해서 후배를 동등한 실력으로 키우는 것을 말함. 후배가 강해져야 연습상대가 생기니 자신의 실력도 올릴 수 있다는 뜻이다. 스포츠는 시합에서 지기 때문에 교검지애가 어렵다.

득세하거나 어떤 대가를 치르더라도 승리하는 것만이 최고의 목적이 되는 경쟁적이고 투쟁적인 것에서 찾는 것이 아니라는 것이다. 고대 무술에서 출발한 검도나 유도 그리고 가라데는 경쟁적인 시합을 강조하면서 경기에 중점을 두고 스포츠계에 진출하였다. 이러한 방향과 시도는 역사적인 사실로 볼 때 그 무술의 존립을 위해 불가피한 선택이었다.

과학과 물질문명이 급속도로 발달한 현대에 와서도 인간은 정신의 황폐화와 함께 인간성이 더욱 상실되어가는 불안전한 시대를 살고 있다. 비록 짧은 만족이지만 승리와 정복의 쾌감을 추구하는 유혹은 사람들을 전투적인 스포츠로 몰리게 했고, 그것은 많은 참가자와 관중들의 관심을 끌었다. 이러한 현상은 특히 젊은 사람들이 그 세계에서 최고를 결정하는 시합으로 인해서 무술에 관심을 갖게되었다는 점은 부인할 수 없는 사실이며 긍정적인 현상으로도 볼 수 있다.

그런 의미에서 아이키도 내부에서도 시합을 요청하는 요구가 있었다. 현재 상황에서 아이키도의 존립을 위한 관중 동원이 시대적 요구라는 생각에서이다. 어떤 이들은 만약 아이키도가 현대 스포츠의 한 형태로 변형되면 세계적인 스포츠계의 요구와 맞물려 가까운 장래에 올림픽 종목이 될지도 모른다는 생각들을 하고 있다. 특히 수양적인 측면에서 무도를 바라보는 시각이 부족한 국가에서는 시합이 없는 아이키도의 존립은 거의 불가능할지도 모른다.

특히 양반 문화가 깊숙이 자리를 잡고 있고 6.25 전쟁 이후 실의에 빠진 한국인들의 삶에서 전투적인 무술 형태는 '나도 할 수 있다'는 용기와 활력을 주었다. 결국 대다수 한국인들은 파트너를 가상의

적으로 여기고 싸워서 이기는 것이 무술이라는 생각이 정착되어 버렸다. 때문에 아이키도를 제대로 이해하지 못했던 초창기 지도자들이 싸우지 않는 무술인 합기도를 호전적인 타 무술과 별반 다르지 않은 형태로 변질시켜 버렸다.

비폭력 운동인 아이키도 기술을 이해하지 못하면 폭력적일 수밖에 없는 타 무술의 시합 형태를 따라하게 되므로 아이키도는 유사 격투기가 되어 버린다. 타 무술과 달리 상대적으로 상해를 입히지 않는 방법을 선택하여 관절을 제압하거나 안전하게 던지는 아이키도 기술들은 승패를 가르는 시합에서는 오히려 방해가 된다.

승부에 집착하는 것이 무술이라고 고정관념을 가진 사람들에게 아이키도는 실망 그 자체라고 할 수 있다. 아름답고 부드러운 움직임을 보이는 아이키도 연무를 처음 본 이들이 하나같이 "미리 짜고 하는 거야!", "실전에 쓸모가 없어!"라고 말하는 이유가 그런 것이다.

사람들은 누가 제일 강하고, 누가 최고의 기술을 가졌는지 보고 싶어 하기 때문에 그런 반응은 당연하다.

거의 모든 무술들이 경쟁적인 스포츠 형태를 취하고 있을 때에 아이키도는 대조적으로 경쟁적인 스포츠가 되기를 거부했고, 체급 구분과 승수勝數에 기반한 순위와 챔피언 제도를 포함한 모든 시합과 대회를 거부하였다.

타 무술들이 다수의 사람들이 생각하고 있는 무술에 대한 고정관념에 편승해서 시합을 개최하고 있을 때에도, 아이키도는 그러한 순위제도를 거부했고 무도 본래의 목적인 심신心身의 수양과 육성을 고집스럽게 지켰다.

아이키도의 목표는 엄격한 정신적, 육체적 수련을 통하여 몸과 마음이 하나가 된 이상적인 인간을 만드는 것과 역동적이면서도 고요한 동적인 삶을 성취하는 것이다. 아이키도는 비폭력, 비경쟁의 철학에 기초한 궁극적 승리로 이끄는 길을 제시하고 있다. 그것은 한 사람에게 내재된 공격적, 전투적, 파괴적 본능을 순화시키고 그것들을 창조적인 사랑의 힘으로 인도하는 것을 의미한다.

아이키도 창시자인 우에시바 모리헤이 선생은 '아이키도는 사랑이다'라고 하였다. 그는 또 '아이키도는 우주의 사랑을 나타내는 진정한 무도이다. 아이키도는 모든 생명체를 보호하는 것이며 그것에 의해 만물에 생명이 주어져 살아가는 것이다. 아이키도는 무도에 있어서만 아니라 만물에 있어서 성장과 발전을 위한 창조적 근원이다'라고 말했다.

아이키도가 아이키도다울 수 있는 것은 무도의 고결함을 잊어버리지 않은 창시자의 이상과 아이키도가 가지고 있는 독특한 자기정체성 때문이라 할 수 있다. 따라서 아이키도의 기본적인 철학과 이상이 창시자 우에시바 모리헤이 선생이 처음 주창한 그대로 보존되지 않는다면 아이키도는 그 본래의 모습을 잃어버리게 되는 것이다.

대다수 사람들이 가지고 있던 고정관념을 뛰어넘는 새로운 패러다임의 변화는 창시자의 천재성과 확고한 신념이 없었다면 불가능한 일이다.

실제로 수련하거나 경험해 보지 않으면 아이키도가 얼마나 실용적이고 현실적인지를 알지 못한다. 대부분의 수련생들은 다음과 같은 과정을 거치게 된다. 처음 가졌던 여러 가지 의심과 의문들은 차츰 기술과 형식에 익숙해지면서 거부할 수 없는 매력을 경험하고 마침내 그 무한한 깊이를 깨닫게 된다. 이러한 과정을 거치면서 아이키도를 독특한 무도로 만드는 몇 가지를 발견하게 된다.

그 첫 번째가 겉으로 보이는 부드러움과 달리 실제로는 격렬하고 활기차며 역동적이라는 사실에 놀라게 된다. 기술 하나하나가 모두 사람을 다치게 할 수 있는 강력함을 가지고 있고 그런 것들은 상대방을 제압하고 무력화시키기 위한 것이라는 것을 알게 된다. 두 번째는 초심자가 배우는 간단해 보이는 기본기에서 보이는 동작이 얼마나 복잡하고 어려운지에 대해 스스로 놀라게 된다.

이는 단지 팔과 다리만이 아니라 온몸이 조화로운 방법으로 끊임없이 움직여야 하는 것으로 고도의 집중력과 균형감과 반사신경이 요구된다. 또한 호흡의 중요성에 대해 자연스럽게 깨닫게 되고 마지막에는 합리적인 기술과 다양한 변화, 그리고 그 적용으로 인한 수많은 응용과 변화에 또다시 놀라게 된다.

아이키도 움직임의 복잡성을 경험한 다음에야 자연과 하나가 되어가는 아이키도 기술의 깊이와 세련됨을 느끼게 된다.

항상 자신의 중심을 반듯하게 지키는 훈련이 중점이 되어있어 무사의 품격과 기품이 남다른 것을 알게 된다. 실제로 수련하거나 경험해 보지 않고서는 위의 글들에 대한 만족할 만한 이해를 얻어내기란 불가능한 것이다. 실제적인 수련만이 그 의미를 이해하고 유형무형의 이득을 가질 수 있는 유일한 길이 될 것이다. 사랑이 그 자체의 신비를 가지고 무한한 힘을 발휘하는 것처럼 아이키도 정신과 그 기술은 살아있는 신비같이 우리에게 무한한 감동으로 다가올 것이다.

▲ 움직이는 명상법 '아이키도'

아이키도는
비폭력대화(NVC)다

아이키도는 정제된 움직임이다. 움직인다는 것은 살아있다는 증거다. 주변을 둘러보면 득도한 듯 행세하는 사람이 꽤 있다. 득도의 경지에 오른 사람들처럼 아무런 반응도, 아무런 생각도 없는 사람이 많다.

일본에선 그들을 '사토리세다이さとり世代'라고 부른다. 젊은 나이에 희망을 잃고 모든 욕심도 성적 욕망도 포기한 세대다. 다시 말하면 수도승처럼 이미 깨닫고 득도의 경지에 올랐다기보다는 현실에 대한 관심을 끊은 사람들이다.

그래서 도장에 희망이 있다. 도장에는 운동이라는 움직임이 있고 긍정적 깨달음에 도달하는 테크닉이 있다. 아이키도는 삶의 지혜가 녹아 있는 대화對話다. 그것은 우케[6]의 역할로부터 시작된다. 여러분을 지금부터 아이키도만의 색다른 대화에 초대하고자 한다.

우리 도장에서 추구하는 몸의 움직임은 일종의 비폭력 대화라 생각한다. 우리는 좋은 대화를 원한다. 파트너를 배려하는 움직임(대

---

6 우케(受け): 기술을 받는 사람

화)은 체술의 격렬한 움직임 속에서도 평화를 느끼게 한다. 훌륭한 우케란 매너를 지키면서 상대가 하려고 하는 대화가 무엇인지 집중하고 정확히 파악하며 섬세하게 읽어내는 이다.

공격자가 때리거나 죽이려고 달려들어도 그것을 가능한 한 더 좋은 방법으로 대하고 무슨 일(나쁜 결과)이 일어나지 않게 만들려고 하는 마음을 훈련하는 것이다. 서로가 무슨 생각을 하는지 나누는 것이 대화이다. 그곳에 불선不善이 끼어들 자리를 만들어서는 안 된다. 나게[7]는 우케의 공격에 완력으로 강함을 드러내면서 이기려고 해서는 안 된다.

나게는 싸우지 않는 것을 훈련하는 것이다. 나게는 어쩔 수 없이 제압하는 것을 한다. 어쩔 수 없다는 것은 우케의 공격에 소극적인 대응을 말하는 것이 아니다. 적극적인 대응을 하되 내가 지키고자 하는 것 그 이상을 하지 않는다. 아이키도 훈련의 중심에 그것이 잘 드러나고 있다.

우케의 역할은 공격을 하면서도 상대인 나게가 언제까지 집중하고 언제 끝내는지를 파악한다. 상대가 무엇을 하려고 하는지를 감지하는 것이 중요하다. 손목을 잡은 우케는 나게가 접촉한 손을 통해서 무엇을 하고 싶은지 느껴야 한다. 만약 잡고 있는 사람이 형식적이거나 소극적인 모습을 띠는 것은 상대의 존재를 무시하는 것으로 비칠 때도 있다.

종로에 도장이 있던 시절 실제로 있었던 일이다. 유명 잡지사 기자가 찾아와서 아이키도를 체험하고 소개하고 싶다면서 손목을 잡았

---

7 나게(投げ): 기술을 거는 사람

다(그 기자는 손목을 잡고 하는 것이 아이키도라고 생각하고 있었다). 내가 전환보법을 보이자 그는 손을 놔버리며 이럴 때는 어떻게 하냐고 했다. 순간 나를 무시하고 있다는 생각이 들었고 격투기의 공격성이 몸에 배어 있던 나는 순간 그의 얼굴을 향해 발이 올라가고 말았다(이전에 습득된 몸에 밴 공격성이다).

원래 파이터였던 나는 순간적으로 기자를 폭행하고 말았다. 피를 흘리며 일어서지를 못하는 기자에게 나는 큰 실수를 저지르고 말았다. 나의 미숙함(대화를 자연스럽게 하지 못하는)이 그렇게 나타난 것이다. 미숙과 무지의 극치였다.

수련 중에 형식적인 공격 형태를 보이는 것은 나게投げ의 존재를 무시할 때 나타나는 것이다. 선배가 후배의 안전을 위해서 천천히 움직이는 것과는 다르다. 반대로 나게가 억지 힘을 써가면서 우케를 넘어뜨리려고 하는 것도 마찬가지다.

목청을 높이며 큰소리로 대화하는 것이 그런 것이다. 그런 폭력적인 대화는 무시하듯 뒤에서 중얼거리고 욕하는 것보다 심각한 것이다. 사실 나는 아이키도를 만나지 않았다면 정말 무식하게 한국 격투기계를 장악하려 했을 것이다. 혹 나에게 도전을 하거나 공격성을 드러내는 자에게는 수단과 방법을 가리지 않고 끝까지 꺾으려 했을 게 뻔하다.

파이터는 증명하지 않는다면 신뢰할 수 없다는 것이 내가 가진 신조였다. 아이키도를 만나고 나서야 공격하는 상대를 죽이거나 다치게 하지 않는다는 것이 있다는 것을 알았다. 결코 싸움이 일어나지 않는 것 그것을 만들려는 마음을 훈련하는 것이 바로 아이키도 수련이었다. 이기려고 하는 것보다 서로 상처를 입지 않으면서 해결하는 것이 더 어렵다. 좋은 대화란 그런 것이다.

공격자의 빈틈을 보게 되면 반격하거나 공격하고 싶어진다. 그러나 마치 그것을 알고 있는 것처럼 한다. 아테미[8]가 그런 것이다.

훈련 중에는 우케나 나게가 서로의 생각을 읽어가면서 하기 때문에 생각하고 있는 것이 무엇인지 감지하면서 다양한 대응을 하는 것이다. 상대가 두려워하고 있거나 경직되어 있다면 그것마저도 느껴야 한다.

우케가 수신을 하는 것은 반응의 하나일 뿐 지는 것이 아니다(대다수가 넘어지면 지는 것으로 알고 있다). 다양한 대응을 통해서 상대의 생각과 의도를 느낀다. 중요한 것은 절대 상황을 악화시키지 않고 다치거나 아프게 하지 않는다. 다수를 상대하는 것은 한 명을 상대하는 것보다 더 많은 사람의 생각과 의도를 읽어야 하고 더 좋은 위치에서 상황을 정리하기 때문에 그만큼 레벨이 높아지는 것이다.

아이키도는 위험에 반응하는 다양한 대응이 있다. 정교한 움직임을 통한 몸으로 하는 대화이기에, 눈에 보이는 것보다 더한 깊이가 있다고 말하는 것이 이런 것이다.

---

8 아테미(当身): 펀치나 킥으로 하는 급소 치기의 총칭, 실제와 페이크 블로우를 포함하는 단어

선생이 필요한 무술

나는 여러 무술을 경험하고 우여곡절 끝에 아이키도를 하게 된 사람이다. 누군가는 나를 아주 특별한 사람이라고 말하는데 전혀 그렇지 않다. 그저 평범한 보통 사람에 불과하다.

길지는 않지만 56년을 살아오면서 분명하게 인식하는 것이 있다. 아니 중요하다고 생각하는 것들이 생겼다. 그동안 그때그때 느낌과 경험들을 모아 『무도에 눈뜨다』와 『평생무도』라는 책을 출간하였다. 어쩌면 이제 마지막이 될 에세이집을 새로 준비하고 있다. 선생은 어떻게든 제자에게 영향을 미친다고 말한 적이 있다. 그것은 부모가 있는 가정에서도 마찬가지다. 결혼하기 전 배우자의 집안을 살피는 것도 그런 이유에서 일 것이다. 그것은 무도에서도 똑같다.

스승이 누구인지 알면 그를 알 수 있다. 새로운 무술이 나왔을 때도 그 배경을 살펴보면 무엇을 하려 하는지 알 수 있다. 스승은 뿌리고 근본과 같기 때문이다.

누가 그의 스승이었는지를 살피면 그가 무엇을 하고 있는지 파악이 가능하다. 한국형이라고 하는 무술들을 살펴보면 스승이 없는 것이 많다. 한때 스님이 체조 삼아 만든 검술이 그럴듯하게 포장되어 소개되고, 인사동에서 만든 중국무술인지 인도무술인지 알 수 없는 또 다른 무술을 섞어서 새로운 무술이 탄생하기도 한다. 일본에서도 그런 무술은 많다.

그것이 나쁘다고만 할 수는 없다. 어떻게든 운동이 된다는 점에서 국민건강에 도움을 준 것은 사실이기 때문이다. 유사 합기도도 그런 의미로 보면 나쁠 것은 없다.

나를 찾아오는 사람 중에 그냥 운동이 필요해서 왔다고 하면 가까운 헬스클럽에 가라고 권한다. 아무 때나 편하게 가서 운동할 수 있고 이용료도 싸다. 즐기다 그만두기도 쉽고 깊게 생각할 것도 없다. 어린이를 전문으로 하는 체육관에서도 학교체육과 연계해서 많은 즐거움을 주고 있다.

그런 것은 그냥 그렇게 이해하면 된다. 그 자체만으로도 훌륭하다고 할 수 있기 때문이다. 격투기처럼 싸움만 잘하면 되는 것은 스승이 필요하지 않다. 링 설치하고 샌드백 달아놓고 누구든 불러 훈련하면 된다. 내가 격투기 챔피언이 됐을 때도, 세계 최강이라고 하는 무에타이를 도입했을 때도 스승을 모신 적이 없다. 룰에 맞춰서 그냥 잘 싸우면 된다. 기술은 트레이너를 통해 배울 수도 있지만 얼마든지 타 선수의 기술을 분석하고 시합을 통해서 공부하면 된다. 물론 유튜브와 같은 영상도 도움이 될 것이다.

먼저 링에 서 본 선배로서 경험을 나누는 것이 트레이너다. 그냥 잘 싸우면 되는 것이다. 하지만 아이키도는 잘 싸우는 것을 가르치는 것이 아니다. 주먹질도 없고 발길질도 없다. 할 수 있지만 하지 않는다는 독특한 형태를 취하고 있는 것이다. 그런 것들은 가르쳐주지 않으면 할 수 없는 것들이다. 그리고 실생활과 동떨어지는 행위도 하지 않는다. 기술이 인생의 지침이 되고, 운동이 되고, 삶의 활력이 된다. 따라서 스승이 없으면 안 되는 것이 아이키도다.

스승은 어디서든 찾을 수 있다. 길거리에서 만나는 사람 중에도, 술잔을 나누는 친구 중에도, 직장의 상사 중에서도, 실베스터 스텔론의 권투 영화 『록키』에서도 스승 역할을 투사할 사람은 찾을 수 있다. 하지만 스승이 없이는 수련 자체가 성립하지 않는 무술은 찾기 힘들다.

아이키도를 배우면 성격까지 달라진다고 하는 이유는 운동 그 자체가 가르침을 주고 있기 때문이다.

무슨 운동이든 누가 가르치느냐가 중요하다는 것은 당연하다. 하지만 여기에서 살펴야 할 것은 좋은 선생을 만나는 것이 운에 맡겨질 수 있다는 점이다.

만유애호와 평화를 외치는 아이키도는 모든 지도자에게 지침이 되고 영향을 미친다는 점에서 대체로 안전하다 할 수 있다. 아이키도 개조[9]인 우에시바 모리헤이는 전 생애에 걸쳐서 무도에 전념했다.

그 제자들이 전 세계로 퍼지면서 싸우지 않는다는 아이키도를 전파하였다. 단언컨대 그동안 한국에는 아이키도를 만든 우에시바 선생의 제자가 없었다.

지금도 아이키도에 대한 거짓과 엉터리 정보가 많다. 전 세계 모든 아이키도 지도자는 우에시바 모리헤이 선생을 큰 스승으로 하여 이어진 혈통과 같은 조직으로 이어져 있다. 대한합기도회를 통해서 이제야 거짓 없는 아이키도가 한국에서도 공식적으로 정착되어가고

---

9 개조(開祖): 처음 시작한 사람

있다.

아이키도에는 우에시바 모리헤이라는 대(큰)선생이 있다. 당신이 아이키도 지도자라면 대선생이 어떤 사람이고 무엇을 가르치려고 했는지를 말할 수 있어야 한다. 왜냐하면 아이키도는 스승을 보고 배우는 것이기 때문이다.

대선생의 생각과 기술, 그리고 그가 추구했던 삶의 이정표를 알아야 아이키도를 정확히 안다고 할 수 있다. 창시자인 우에시바 모리헤이 선생의 생각과 기술을 깊게 터득해 갈수록 어렵다는 생각에 마치 장님이 코끼리 얘기하는 듯하다.

문무일도文武一道, 문무양도文武兩道

　문무일도文武一道, 고도칸講道館 유도의 대가 미후네 큐조三船久藏 선생이 남긴 말씀인데, 학문도 무예도 결국은 같다고 좁은 의미로 이해하는 경우가 많다. 실제 나 자신도 그러했다. 어차피 문과 무는 같은 길이니까 하나만 잘하면 된다고 말이다. 공부 못 하면 운동이라도 잘하면 된다가 그런 것이다. 그것은 하나만 잘 성장시키면 된다는 뜻이 아니다. 둘 모두를 성장시켜야 한다는 뜻으로 일도一道라고 표현한 것이다.

　고대 그리스에서는 지智, 덕德, 체体를 두루 갖춘 사람을 길러내고자 노력하였다. 또 공자는 교육목표로서 강조하기를 '군자육예君子六藝'라 하여 '예악사어서수禮樂射御書數', 즉 '예의, 음악, 활쏘기, 말타기, 글쓰기, 수학'을 두루 익힐 것을 강조하였다. 먼 과거를 더듬지 않더라도 세계보건기구(WHO)에서 "건강이란 단순히 질병이 없고 허약하지 않은 상태만을 의미하는 것이 아니라 육체적, 정신적 및 사회적으로 완전한 상태를 말한다(Health is a state of complete physical, mental and social wellbeing and not merely the absense of disease or infirmity)."라고 정의하듯 동서고금을 막론하고 그 누구도 어느 하나 편협할 것을 주장하지는 않는다.

문무는 일도一道이면서 양도兩道다. 그 두 가지를 함께 발전시켜야 한다는 의미에서 양도이고, 궁극에 가서는 일도가 된다. 무술 수련에 국한하여 말해보자면, 문文이 기술적 접근이라면 무武는 체력적인 접근이다. 어느 한쪽이든 크게 발전하면 장점을 가진다.

문文은 철벽을 뚫을 듯 예리하고, 무武는 바위를 옮길 듯 강하다. 이러한 특징이 행여 잘못 길들여지면 문文은 모사꾼이 되고, 무武는 건달들 되기 십상이다.

명문대와 대기업, 전문직만을 선망하는 사회풍토 때문에 초등학교 입학 무렵부터 시작해서 십수 년 이어지는 학업의 압박은 미래의 인재들을 문약文弱하게 만들었다.

엘리트 스포츠에만 열광하는 천민자본주의는 극소수 선수에게만 주어지는 부의 편중을 부러워하지만, 그 경쟁에서 밀려난 이들은 사회 적응을 못 하는 낙오자로 만들었다. 그 양면의 해악害惡을 그리 멀지 않은 곳에서 확인할 수 있다.

왜곡된 성공적인 삶만을 생각하는 현대인들이 겪어야 하는 시련과 좌절로 인생은 절망뿐이고 꿈을 잊고 살게 한다. 그 실례로 나날이 증가하는 자살률은 너무나도 안타깝게 다가오고 있다. 반대로 경쟁에서 성공한 사람은 자기밖에 모르는 편협한 모습으로 나타나곤 한다.

아무리 힘들고 참기 어려운 상황에서도 인내하고 자신을 성찰할 수 있는 것이 무도가 가진 힘이다. 전쟁에 나간 무사가 두려움을 못 이겨 도망가면 되겠는가? 강한 상대에 대한 두려움이 마음속에서 일어났다 해도 결코 내색하지 않는 것이 무도를 하는 사람의 정신이다. 그것은 수련을 통해서 보이는 발전이다. 무도는 문文을 갖춘 무武이기에 도道라고 하는 것이다.

심心과 신身, 문文과 무武는 덕德을 함양해야 한다. 양도兩道가 함께 성장하면 저절로 익는 과실과 같다. 문무양도文武兩道는 문무일도文武一道를 추구한다.

문과 무의 습득과 단련은 인간을 이롭게 하는 덕德을 갖추고자 함이다. 무도가 추구하는 최고 가치는 평화平和다. 작은 의미에서 덕과 평화는 즐거움을 함께 나누는 것이다. 바로 아이키도가 바라는 세상이다.

▲ 아이키도는 시합으로 승패를 가르는 투쟁적인 무술이 아니다.

수련이 지향해야
하는 것

　아이키도를 할 때 먼저 신경 써야 하는 것이 있다. 첫 번째가 부드러움이다. 처음에만 부드럽게 하고 실제 기술을 펼치거나 할 때 거칠어져서는 안 된다. 일본에서 유술을 대표하는 가장 부드러운 무술이 '아이키도'라는 점을 생각하면 된다. 두 번째는 흐트러지지 않는 멋이다. 즉 자세가 나쁘면 안 된다.

　기술을 멋지게 펼치고 나서 표현되는 잔심殘心은 승부를 가리는 운동에서 기술적으로 이겼다는 느낌을 주는 것이다. 마지막 자세로 나타나는 그러한 잔심이 무너지거나 흐트러지면 아이키도에서는 진 것이다. 기술에서 이겼다고 하더라도 품격과 멋을 추구하는 승부에서는 지는 것이 된다. 아이키도인이라면 반드시 해야 하는 것이 바로 품격 있는 행동이다.

　세 번째 승부는 관계, 즉 조화다. 모든 기술은 혼자서 하는 것이 아닌 파트너와의 관계 속에서 일어나는 조화다. 기술 하나하나는 모두 약속대련과 같은 형으로 이루어진다. 그러나 그 형은 곧 기술적인 조합에 의해서 자유롭게 된다. 아이키도 기술을 물과 불의 형태에 비유하는 이유이다.

약속대련 형태를 취하는 이유는 공격자에 대한 보호와 안전을 위한 것이기도 하지만 빠른 기술적 표현을 하는 데도 이상적이기 때문이다. 기술의 다양한 표현과 빠른 전개, 그리고 파트너에 대한 안전을 위한 것이다. 순간적으로 힘을 표현하는 데 이보다 좋은 훈련은 없다.

그러한 기술적 조화는 검이나 장 같은 무기를 들었을 때에도 똑같이 드러난다. 상대가 검으로 공격을 해올 때 검의 극의極意를 펼쳐 한순간에 승부를 가릴 수 있지만 공격해 오는 상대를 보호해야 하는 아이키도에서는 승패의 확인이 아닌 상대를 합리적으로 제어하는 기술의 깊이를 필요로 한다.

공격해오는 상대의 검을 내가 제어하는 범위를 벗어나지 못하도록 하는 것과 같은 이치다. 단순하게 공격하는 법을 선택하지 않고 좀 복잡하더라도 기술적으로 제어하는 방법을 선택한다. 그 이유는 단순한 힘의 부딪침을 피하고 파트너의 안전까지 고려하는 승부를 생각하기 때문이다.

검술뿐만 아니라 체술에서도 똑같이 표현되는 힘의 제어는 옛날부터 오랫동안 축적되어온 깊이가 있었기에 가능한 것이다. 우리 도장은 기술적으로는 옛 검술과 유술이 하나가 되어 조화롭게 어우러지고, 강하면서 탄력을 유지하는 부드러운 움직임을 추구한다. 가해가 아닌 제어를 통한 품격 있는 멋을 지향한다.

급속한 사회 발전의 이면에서는 심각한 사회 병리 현상도 함께 성장한다. 우리 도장은 무도를 통해서 이를 극복해 나가고자 한다. 고리타분한 구시대의 산물이 아니라, 사람에 대한 사랑은 관계 속에서 성장하듯 무도를 통해 사람을 이해하며 사랑을 잃지 않도록 힘쓸 생각이다.

▲ 세계본부에서 우치데시의 엄격한 교육을 받고 있는 장남의 모습

기술체계와 발전

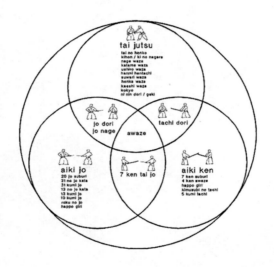

인터넷에 올려진 아이키도 기술체계 표를 보면서 아이키도가 무엇인지 설명해 드릴까 한다. 위의 그림에서 아이키도의 기술 체계는 체술(tai jutsu, 体術), 합기장(aiki jo, 合気杖), 합기검(aiki ken, 合気剣)으로 삼분시켜 도식화했다. 입문자가 이해하는 데 상당히 도움이 될 듯하여 인용하였다.

자세히 살펴보면 수학의 교집합처럼, 체술과 합기장의 기술적 조

화가 만들어 내는 것이 장 취하기(jo dori, 杖取り)와 장 던지기(jo nage, 杖投げ)이며, 마찬가지로 체술과 합기검은 검 취하기(tachi dori, 太刀取り)가 있다. 또 검 vs 장의 교류 훈련도 있다. 위의 모든 기술들은 아와세(awase, 合せ)라고 하는 대련 형태로 조화롭게 훈련한다.

아이키도 기술 체계는 검술과 체술의 조화가 그 특징이다. 여기서 검술은 검과 장은 물론 모든 무기술을 포함한다. 즉 검술의 움직임을 몸으로 표현하는 기술이 체술이다.

위에 그림에서 보듯 원형 안에 있는 기술들은 각각의 훈련 범위가 있어서 오랜 시간 배움과 연습을 통해서 완벽해진다. 아이키도는 체술을 할 때나 검술을 할 때나 움직임이 거의 비슷하다.

다케다 소카쿠武田惣角 선생은 고류 검술 오노하잇토류小野派一刀流의 달인으로 화려한 발차기를 구사한 분이 아니다. 우에시바 선생도 유도의 가노 지고로嘉納治五郎 선생도 발차기를 하지 않았다.

검을 사용하는 정통 유술의 관점에서 발차기는 위험한 동작이다. 중국무술에서도 십각구위(十脚九危, 열 번 발차기를 하면 아홉 번 위험한 상황에 부딪힌다)라는 말이 있을 정도이다.

자본주의적인 경쟁이 극단적인 현대사회에서 UFC 같은 경기에서 보이는 강함이 절대 선善처럼 여겨지는 경향이 있다. 이러한 선은 타인의 희생을 수반해야 한다. 이상의 추구가 아니고 일부를 위한 쾌락의 추구일 뿐이다. 아이키도가 추구하는 것은 외형적이 아닌 내적인 성장이다.

아이키도는 세상을 향한 무도의 윤리적 메시지이다. 무술의 달인이자 영성 지도자였던 우에시바 선생이 세계평화와 인류화합의 메시지를 전하는 방법을 몸의 움직임으로 표현한 것이 아이키도이다. 무질서를 질서로, 분리를 통합으로, 투쟁을 화해로 바꿔나갈 것을 추구한다. 이것이 아이키도가 경쟁 위주의 무술과 구분되는 부분이다.

앞에 표에서 보여주는 기술적 체계는 단순히 상대에게 위해를 가하는 것이 아니라 상대의 공격 행위를 상쇄시켜 안전하게 만드는 것이 목적이다. 화해와 조화는 다른 사람을 다치게 하거나 죽게 한다면 불가능해진다. 공격 행위를 상쇄시켜 상호 회복이 가능하게 된다.

수련은 단순히 체력단련이나 호신술, 혹은 타인에 대한 위해를 도모하지 않는다. 몸과 마음의 조화로 시작해서, 사람과 사람의 조화, 나아가 자연과 우주가 하나 되는 상태로 나아가는 것을 추구하고 있다.

▲ 아이키도 장술(aiki jo)

아이키도가 바라보는
강剛과 유柔

▲ 나이 80에도 변화를 추구하는 사람들이 아이키도인이다

변하지 않는 것은 약한 것이다

어렸을 때 나는 태권도 관장이었던 아버지로부터 혹독한 훈련을
받았다. 그러한 경험은 나에게 강한 것이 이기는 것이라는 생각을
하게 했다. 그것이 나중에 성장해서는 격투기 챔피언까지 되게 만들

었고 조직을 만들었을 때도 더욱 강한 것이 최고라는 생각에 격투기 (무에타이)협회를 만들고 전국시합도 열었다.

증명해야 한다

나는 증명이 없는 것은 신뢰할 수 없다고 보았다. 그래서 시합을 개최하면서 내가 하고 있는 무술의 강함을 증명하려 노력했다. 그 당시 나에게 다른 무술들은 모두 나약한 것들이었다. 나는 스스로 그렇게 강하다고 생각했다. 강해진 것만큼 권위적이게 되었다. 그리고 50도 안 된 나이에도 도복(트렁크)을 입지 않게 되었다. 더 이상 변화를 바랄 수 없는 사람이 되어 버린 것이다.

강해진다는 것

시합은 라운드와 같은 정해진 시간이 있다. 시합장은 누가 더 강한가를 증명하는 곳이다. 승패를 정하게 되면 필연적으로 두 가지 종류의 형태가 나타난다. 내가 더 강해지든지 아니면 상대를 더 약하게 만드는 것이다.

링에서 상대를 약하게 만들기 위해 겁을 주거나 기선을 잡기 위해 비웃거나 죽일 듯 공갈 치는 것은 상대가 겁을 먹어 더욱 약해지게 하려는 것이다.

사람들은 더 강해지기 위해 노력한다. 그러나 승패가 결부되고 함께 공존하지 못하는 곳에서는 좀 더 쉬운 방법을 선택해서 이기려 한다.

시합을 하지 않는다

초식동물이 도망가다 다리가 부러지는 불행이 닥친다 해도 무리해서 달리는 것은 육식동물에게 잡혀먹히는 것보다 낫기 때문이다. 시합에 나가는 선수는 무리를 해서라도 승리를 쟁취하고자 한다.

나는 격투기 챔피언전에 나갔을 때 승리를 하기 위해 정강이가 부러지는 무리가 온다 해도 이기고자 했다. 시합이 끝나고 장애인으로 살아도 좋다는 각오로 링에 올라갔다. 그것이 내가 알고 있는 실전이었다. 그러나 우리의 삶은 시간을 정해 놓고 무리하며 전력질주를 하는 시합장이 아니다. 인생 그 자체가 실전인 것이다.

트라우마

강한 것을 더욱 강하게 하는 것이 내가 했던 운동이었다. 격투기는 더욱 단단하게 만들고 더욱 빠르게 만드는 운동이다. 그러나 그런 강함은 허점이 있게 마련이다.

아무리 강해지려고 노력해도 강해질 수 없는 사람이 있다. 그들은 결국 약함에 대한 트라우마를 가지고 살아야 한다. 태국에서는 신체적인 조건을 보고 조건이 좋은 아이만 무에타이 선수로 키워서 어릴 때부터 주니어 선수로 링에 올리고 있다.

변하지 않는 것이 무지다

나는 격투기를 하면서 쓸모없는 운동이라고 생각했던 아이키도를 일본에서 선생들을 만나면서 다시 시작하게 되었다. 합기도가 아이키도다.

이전에 내가 알고 있던 합기도의 강함이라는 것은 일반 격투기를 통해 알고 있던 강함과 별반 다르지 않았다. 그래서 격투기로 흐를 수밖에 없었다. 지금도 많은 합기도장들이 킥복싱과 같은 격투기를 같이하고 있고 유도나 주짓수도 함께 한다. 그들은 합기도에 무지無知했기 때문에 다른 것에서 강함을 찾고 있는 것이다.

그들은 절대 아이키도를 알지 못한다

아이키도는 글이나 발음에서도 느낄 수 있지만 세다거나 단단함 혹은 강인함이 표현되는 무술이 아니다. 오히려 격투기에서 볼 수 있는 강함은 아이키도에 존재하지 않는다.

어느 격투기 도장 관장이 아이키도合氣道가 뭐길래 그렇게 강한 무에타이를 그만두냐고 했다. 어렸을 때는 나도 강해지기 위해서는 격투기처럼 해야 한다고 주장했다. 마치 다 알고 있는 것처럼 말했는데 일반 사람들은 나이를 많이 먹어도 그런 강함에 대한 생각이 변하지 않는 것 같다.

무지의 전형적인 모습

모든 것을 알고 있다고 생각하는 사람은 절대 변하지 않는다. 강함에 대한 주장도 이와 같다. 자신이 하고 있는 것이 강하다고 생각하는 사람은 다른 것을 받아들이지 못한다. 근육을 키우듯 강함도 단순해진다.

강한 사람은 그 강함을 지키려 하기에 절대 변할 수 없는 것이다. 변하지 않는 그런 강함은 무지에서 오는 것이다. "무지하면 절대 무적이 될 수 없다."

비난하려면 완벽함을 보여야 한다

변화를 거부하는 것이 무지고 그것이 나약한 것이다. 보수와 진보가 그런 것이다. 구태의연한 생각으로 가진 것을 지키려 하는 자와 끊임없는 변화를 통해 발전하려는 자 말이다. 그런 의미에서 아이키도는 진보다.

아이키도는 사람을 강하게 만든다. 그러나 오히려 스스로 낮춰서 강하지 않다고 말한다. 강함이 보이지 않는다. 타인에 대한 비판을 하지 않는 것도 마찬가지다. 비난이나 비판을 할 때는 먼저 자신이 완벽해야 한다. 아이키도가 추구하는 것이 그런 것이다.

강해지기 위해 약함에서 시작한다

강해지려면 먼저 약해져야 한다. 일반적으로 사람은 강해 보이려고 하거나 많이 알고 있는 것을 드러내려고 한다. 하지만 알고서도 변하지 않는 것은 무지해서이다.

변화를 거부하는 것이 무지다. 무지는 몰라서 무지한 것이 아니라 알면서도 변하지 않는 것을 말한다. 변하지 않으려는 무지가 더 나쁜 것이다.

아이키도는 약하기 때문에 무엇을 해야 할까 고민하며 변화를 위해 노력하는 운동이다. 변하지 않으면 무적이 될 수 없다.

아이키도가 바라보는 실전의 관점

아이키도는 싸우지 않기 때문에 무적無敵이라고 말했던 적이 있다. 그것을 잘못 이해하면 싸움을 피하는 운동으로 생각하기 쉽다. 그것은 아니다. 아이키도는 강함에 대한 일반적인 생각을 뛰어넘은 운동으로 그 기술이 매우 유연하다. 그런 유연함에는 일반적으로 생각하는 눈에 보이는 강함을 초월하는 것이 있다.

아이키도는 도장 밖이 실전장이다. 경쟁하며 승패를 가르는 시합장이 아니다. 그러므로 한때 시합을 준비하는 것이 아닌 평생을 최상의 컨디션으로 준비하는 것이 아이키도가 요구하는 실전이라 할 수 있다.

약하기 때문에 변해야 한다

약하다는 트라우마가 생기면 아무것도 하지 않게 된다. 무지 때문에 변화를 거부하는 사람도 있고 노력을 포기하는 나약한 사람도 있다. 변하지 않는 성격이 약한 것이다. 약하기 때문에 더욱 발전시켜야 할 것이 있다.

자신의 나약한 면을 인정하지 않은 채 너무 강함만 추구하다 보면, 약점을 개선하기보다는 처음부터 그런 건 없었다는 양 부정하는 경우가 많다. 이런 경우, 비록 겉으로는 강해진 것처럼 보이나 기존의 약점은 속에서 더욱 곪아버렸을 뿐이다. 아이키도가 뛰어난 것은 그런 부분에서 커다란 변화를 일으키기 때문이다.

아이키도가 아닌 운동들

앞에서 설명하였듯이 추구하는 것이 일반적인 격투기와 같거나 그런 것에서 얻는 강함을 추구하는 운동은 아이키도가 아니다. 아이키도는 폭력을 조장하지 않는다. 따라서 격투기를 모방하고 가르치는 운동은 아이키도가 아니다.

아이키도를 더 잘 이해하기 위해서 타 무술을 배울 수는 있지만 그것을 섞음으로써 짬뽕 된 무술을 만들어 버렸다면 그것은 절대 아이키도가 될 수 없다. 나는 태권도와 유도, 격투기, 무에타이를 수련했던 경험이 있었기 때문에 아이키도가 가진 특징을 정확히 이해하게 되었다.

증명하고 있다

아이키도를 정확히 이해하게 되면서 가장 강한 무술이라고 생각했던 무에타이를 내려놓았다. 아이키도보다 무에타이가 약해서가 아니다. 오히려 그 반대다. 나는 아이키도를 다시 시작하면서 도복을 다시 입었고 이전까지 생각할 수 없었던 변화를 경험하고 있다.

나에게 가장 강한 무술은 무에타이가 아닌 아이키도이다. 그것은 내 삶을 통해서 증명하고 있다.

강한 사람이 건강하다는 생각은
착각이다

　흔히 강한 사람을 건강한 사람으로 알고 있는 경향이 있다. 강한
것과 건강한 것은 다른 것이다. 젊었을 때 강했던 사람이 나이가 들
면서 건강을 잃어버린 예는 흔하게 볼 수 있다. 강한 사람이 건강하
다는 말은 착각이다.

　젊은 시절 한때의 운동으로 끝나는 대부분의 운동이 사실은 건강
과는 담을 쌓은 경우가 많다. 그것은 젊음이라고 하는 건강이 있어
서 할 수 있는 강한 운동인 것이다.

▲ 격투기 시합에서 챔피언 인증서를 받고 있는 필자

나도 젊었을 때는 최고의 격투기 선수가 되고자 노력했다. 사실 85년도에 격투기 챔피언전에서 우승하면서 최우수 선수상을 받기도 했다. 그때는 정말 강했기 때문에 건강이라는 단어에 의미도 관심도 없었다.

젊었을 때 그렇게 운동을 했어도 정작 50대가 넘어가면서 느끼는 것은 그런 강한 운동이 몸을 건강하게 하기보다는 오히려 몸을 망가트리기도 했다는 것이다.

주변을 살펴보면 강력하다는 것을 강조하는 운동일수록 원로라고 하는 사람들이 운동을 계속하지 않는 것을 볼 수 있다. 건강해지는 운동이라면 왜 하지 않는지 궁금하지 않은가? 그것은 강하다고 하는 운동이 건강해지는 것과는 별개의 운동이기 때문이다. 물론 가볍게 건강을 생각하면서 할 수는 있겠지만, 무술이 추구하는 깊이에는 다가가지 못한다. 그동안 강하다고 하는 운동들이 몸을 무리하게 움직이고 경직시키고 있어서 목과 허리 그리고 관절들을 상하게 하는 게 많았다.

건강하면서 강해지는 운동이 좋다. 그런 운동들은 대체로 움직임이 부드럽고 경직되지 않는다. 이른바 움직이는 선禪이라 일컬어지는 태극권을 연상할 수 있다. 혼자서 하면 태극권이고 둘이서 하면 아이키도라고 할 정도로 아이키도와 태극권은 일맥상통한 것이 많다.

경직된 스피드가 아닌 이완된 스피드가 좋다. 부드럽고 자연스러움이 느리다고 생각하는 것은 전체를 보지 못한 것이다. 젊을 때 빠르고 강했다면 나이를 더 먹을수록 부드러워져야 한다. 그런 변화는 정신적인 것도 마찬가지가 된다.

젊은 혈기로 함부로 말을 하고 나서기 좋아하는 것은, 어려운 선생 밑에서 배워본 적이 없었기 때문이고, 나이를 먹어도 잘못하고 있는 것은 제대로 배우지 못했기 때문이다.

노인이 되어서도 현명하게 사는 것은 항상 배움을 놓지 않고 아랫사람에게 모범을 보이는 자세로 살아가는 것이다. 가르치는 선생도 노력하지 않고 배움이 멈추면 깊이가 떨어지고 죽은 기술을 가르치듯 한계를 드러낼 수밖에 없다.

부드러우면서 강한 것이 좋다. 아이키도가 추구해야 하는 것이 그런 것이다.

旧本部道場前で、開祖と道主－昭和33年頃　開祖75歳、道主37歳頃

▲ 아이키도 창시자와 2대 도주

일반 타 무술과 다른 점

아이키도는 고대 무술에서 나왔다고 이전 글에서 말했다. 무사들의 싸우는 기본적인 형태는 검술과 유술이었다. 갑옷을 입고 싸우던 시기이기에 타격기는 효과가 없었다. 싸우다 넘어지면 적의 검을 피하기 어려웠다.

고대의 유술은 맨손으로 검을 상대하는 형태를 갖추고 있다. 따라서 검을 사용하지 못하게 잡거나 쓰러뜨리는 형태가 많다. 유술은 검술을 기본 베이스로 하고 있는 무사가 유사시를 대비하는 호신술 개념으로 봐도 틀리지 않다.

유술이 크게 발달하기 시작한 것은 검을 가지고 다닐 수 없도록 폐도령을 내렸던 메이지 시대에 들어서면서부터이다. 영화 '라스트 사무라이'에서 무사가 정부군에게 검을 빼앗기는 장면이 있는데 그 시기의 모습이라 할 수 있다.

현대에 와서는 검술은 스포츠로서 검도가 되었고, 유술은 유도가 되었다. 유도에 대한 일화를 말하자면 유도 창시자로 알려져 있는 가노 지고로는 자유대련 형태로 시합을 하는 레슬링을 보고 그것을 유술에 적용을 하면서 지금의 유도 형태가 나왔다고 한다.

가노 지고로에게 파문당한 제자가 유도의 옛 이름인 유술로 유도를 전파하면서 브라질까지 가고 발리투도와 같은 그곳 격투기를 접목하면서 주짓수(Jujitsu, 유술柔術의 브라질식 발음)가 세계적인 명성을 떨치게 된다.

유술은 유도 그 자체로 이미 가노 지고로에 의해서 실전성이 입증된 무술이었고 주짓수는 그것을 더욱 확실히 증명해준 것이라 할 수 있다.

검술은 죽도를 사용하는 검도로 재탄생하면서 실전성 논란에 빠지기도 하였으나 그 실전성은 대회를 통해서 충분히 입증되었다. 이들 검도, 유도와 함께 보편적으로 널리 알려진 일본의 현대무도로 아이키도를 빼놓을 수 없다.

현대무도가 전문성을 추구하면서 유도는 검술을 잃었고, 검도는 유술을 버렸지만 아이키도는 검술과 유술 두 가지 무술을 상호보완하여 하나의 형태로 완성한 무술이라고 할 수 있다.

기술적으로는 힘과 힘이 부딪치지 않는 무저항을 강조하고 있으며 올림픽과 같은 경쟁적인 유럽의 스포츠를 경계하면서 비폭력 비경쟁 무도로 발전시켰다.

THE PRINCIPAL DISCIPLES OF MORIHEI UESHIBA

▲ 전 세계 아이키도 지도자는 창시자(開祖)로부터 도제관계로 계보가 연결되어 있다.

도제방식으로 전해지는
무술

한때 가장 오래된 국내 합기도 단체 수장인 사람이 태권도장을 운영하면서 합기도 협회를 운영하는 일이 있었다. 지금도 합기도를 수련하지 않는 사람이 협회장인 곳도 있고 기술의 본本을 보여주는 본부도장도 없이 사무실만 가지고 합기도 조직을 운영하는 곳도 적지 않다. 무엇이 문제인지 살펴보고자 한다.

아이키도는 도제徒弟의 전통이 남아있는 무도武道다. 본부도장과 지부도장, 스승과 제자의 인간관계는 건조한 수직적 관계가 아니라 도제 시스템으로 돌아간다. 아울러 지부도장 간의 관계는 경쟁과 함께 끌어주고 밀어주는 도반道伴의 관계다.

태권도 관장이 합기도 협회장이 되는 것은 협회를 하나의 사업으로 보기 때문에 일어나는 현상이다. 합기도 관장들에게 어느 선생에게 배웠는지 물어보면 선생이 아닌 협회 이름을 대는 사람들이 많다. 협회를 그저 대리점 본사 정도로 알고 있기 때문에 태권도 관장이나 사업가가 합기도 수장이 되어도 이상할 것이 없는 것이다.

도제방식으로 이어지는 아이키도는 제자의 발전에 따라 단위段位를 판단하고 결정한다. 그것이 선생과 제자, 본부와 지부의 관계다.

협회는 행사를 열고 증證 발행만 할 뿐이다.

아이키도는, 가르치는 사람과 배우는 사람의 관계가 중요하다. 그래서 본부와 지부가 서로 협력하는 것은 당연하다. 처음 단순했던 사형사제 관계가 오랜 세월이 지나면서 다수로 발전하고 그로 인해 연합체가 구성된다.

처음 시작은 하나의 도장에서 시작하지만, 그 제자들이 독립하고 구성원인 도장이 많아지면서 하나의 조직으로 협회가 만들어지는 것이 정상이다. 도장도 없이 처음부터 협회가 시작되는 것이 아니다.

만약 스승으로부터 시작된 제자의 관계가 아닌 비슷한 부류들이 이합집산해서 협회를 만들게 되면 협회는 사업장이 될 뿐이다. 그런 곳에서는 능력이 뛰어난 또 다른 자가 더 큰 또 다른 조직을 만들 수 있기 때문에 분열은 필연적일 수밖에 없다.

테크닉으로만 바라보고 오는 사람은 원하는 일정 수준에 다다르면 가르치는 선생이 필요치 않게 된다. 스승을 내치는 자는 결국 그 자신도 무시당할 수 있지만 당장의 이익 때문에 나중은 생각지 않는다. 승단昇段을 허가할 때 금전적 수익만 생각하면 사제지간의 관계는 없어진다.

오랜 시간을 두고 사제지간으로 형성된 중앙조직과 지부조직은 작은 조직이라고 해도 선후배간 상호 신뢰가 바탕이 되어있어 매우 단단하다. 사제지간이 아닌 이합집산으로 형성된 조직은 이익에 따라 모이거나 흩어진다.

사제지간은 서로의 잔을 채워주는 관계라 할 수 있다. 한때가 아닌 평생 해야 할 무도라면 위와 같은 기본적인 신뢰관계를 무시해선 안 된다.

승단은 제자의 자질을 판단해서 스승이 허가하는 것이다. 오랜 세월을 선생과 함께하지 못하는 사람은 협회에서 간단한 절차에 의해 주는 단증을 선호하게 될 것이다. 그것은 모범적인 수련 형태를 보여주는 스승과 그 선생이 가르치는 도장이 없어도 된다. 그러한 곳에서는 각자도생하듯 지도자가 제멋대로 타 무술을 섞어 가르치게 되고 선후배로 이어지는 통일된 정신과 기술체계는 없어진다.

정작 누가 적통의 계보를 이어가는지 알 수 없게 되고 오랜 세월을 함께하고도 형제애兄弟愛와 같은 우정은 나누기 어렵다.

자격 있는 선생의 추천이 없으면 협회는 절대 승단시키지 못한다. 일정 시간만 지나면 승단을 시키는 것이 아니기 때문이다. 협회는 본부와 지부, 스승과 제자 관계를 철저히 기록하는 역할을 해야 한다.

선생에 따라 지도능력의 한계가 있을 수 있다. 그래서 더 이상 가르칠 것이 없다면 더 나은 선생을 소개하고 추천할 수 있어야 한다. 노력하는 제자는 스승을 능가할 수 있다. 그러나 스승도 변함없이 노력한다는 사실을 잊어선 안 된다. 제자는 세상을 떠날 때까지 노력하는 스승을 추앙하는 것이다. 선생에게 배울 것이 없다면 더 이상 승단도 요구하지 않아야 한다.

4단이 가르친 제자는 5단이 될 수 없다. 6단에게 배우면 6단까지 알게 된다. 스승은 제자의 그런 자질을 확인하고 승단을 허가하는 것이다. 결코 협회가 승단을 주는 것이 아니다. 그래서도 안 된다.

젊은 시절 한때 했던 운동만으로 8단과 같은 고단자가 될 수 있는 것이 아니다. 도복을 입고 선생 앞에 서지 않는 사람이 승단할 수 없기 때문이다. 시간이 지나면 승단昇段이 가능하고 돈만 내면 단증

段證을 살 수 있다는 그릇된 생각이 당연시되고 그것이 마치 한국적인 것처럼 되어 버린다면 지금까지 사이비 단체에서 보았듯이 더 이상 미래를 바라볼 수 없게 된다. 그것은 지도자의 실책이고 회원 모두에게 실망만 안긴다. 아이키도는 철저히 도제 방식으로 전수되는 운동이다.

▲ 1960년 세계본부에서 창시자의 연무를 받는 고바야시 야스오 선생

광신도?

　스물다섯부터 시작해서 마흔 중반까지 20년 동안 아이키도를 수련하고 있는 개신교인이 주변 사람들로부터 광신도처럼 아이키도에 빠졌다는 얘기를 들었다고 한다. 교회 집사에게 무엇에 빠졌다는 농담은 경우에 따라 불편할 수도 있지만, 상황을 이해하면 재미있는 일이다. 사실 아무것도 하기 싫어하는 사람들에게 종교나 운동은 하지 않아도 되는, 별것 아닌 것에 지나지 않는다.

　종교인이 되어야 이타적 사랑을 실천하는 것도 아니며 도장에 안 가면 운동할 게 없는 것도 아니다. 종교와 운동은 가벼이 생각해도 되는 것 같지만 사실 가장 중요한 것이기도 하다.

　종교는 영적인 삶을 말하고, 아이키도는 현재의 삶을 다루고 있다는 점에서 상반된 것 같지만 같은 것이며 행복한 삶을 위한 실천을 추구한다는 점에서 가벼이 여길 수 없다.

　광신도 같다는 얘기는 종교인에게는 나쁜 의미를 가진 단어이다. 하지만 운동에 빠져서 산다는 말은 나쁜 것이 아니기에 아이키도 광신도 같다는 말은 듣기가 나쁘진 않다. 그만큼 아이키도라는 운동이 평생 운동으로서 부족하지 않다는 뜻으로 이해해야 할 것이다.

아이키도 기술은 검술과 유술이라는 두 개의 축을 기반으로 하고 있다. '합기'라는 단어는 기술적 표현에서 나타나는 신기한 에너지를 말한다. 도장에서 검으로 상대훈련을 하다 보면 두 가지 특별한 효과가 나타나는데 하나는 공수攻守를 펼치는 거리에 대한 감각이다. 그것을 간합間合이라고 하는데 위험을 감지하여 정확한 간격을 조절하는 능력을 말한다.

두 번째는 아와세合わせ라고 하는 타이밍이 좋아진다. 타이밍은 모든 무술에서 중요하게 다루고 있는 것이지만 특히 검술에서 타이밍은 생사生死를 가르는 것이므로 더욱 중요하다.

간합과 아와세는 검술훈련에서 얻는 효과의 핵심이다. 가장 무서운 싸움은 칼싸움이라고 했다. 그래서 검술을 훈련하다 보면 담력이 강해지는 것을 느끼게 된다.

순간적으로 다가오는 피할 수 없는 죽음을 경험하듯 느끼는 것이다. '이렇게 죽는 것이구나!'라는 감정을 경험해 본 사람은 죽음 앞에서도 평상심을 유지하는 초인적인 모습을 보일 수 있게 된다.

검술을 유술로 표현하는 것이 아이키도이다. 하지만 아이키도를 그저 평범한 운동으로만 볼 수 없는 것은 기술 하나하나가 인생의 지침이 될 만한 교육적 가르침을 수반하고 있기 때문이다.

아이키도 훈련 그 자체가 인성교육이 된다. 한 가지 기술을 연습하면서 삶 속에서 일어날 수 있는 인간관계의 제반 실수를 바로 잡는 효과가 뛰어나다고 할 수 있다. 책을 읽고 얻는 지식보다 훈련으로 얻는 지식이 더 강력하게 기억되기 때문에 자신을 개선하고 더 좋게 변화할 수 있는 운동이라는 점이 강한 것만을 추구하는 타 무술과 구별된다고 할 수 있다.

상대의 공격을 막아서지 않고 검을 흘려보내듯 기술을 펼칠 때도 상대의 힘과 부딪침 없이 흘려보내면서 유도하고자 하는 방향으로 움직이게 하면서 힘을 쓰지 않고도 자연스럽고 안전하게 상대의 공격을 중화시키거나 무력하게 만들어 버린다.

간합[10]에서 공격을 기다리지 않고 상대의 움직임을 적극 이끌어냄으로써 상대의 행동을 안전하게 유도한다는 점에서 독특하다.

정통한 모든 무도는 훈련의 성과로 특징 있는 몸이 만들어지면서 정신적 성향도 형성된다. 태권도는 가벼운 중심과 빠른 발놀림이 있다면 유도는 안정되고 무거운 중심과 강한 밀고 당기는 힘이 있다. 검도는 반듯한 허리와 잔심殘心 그리고 기검체気劍体를 일치시키는 빠른 보법이 있다. 스포츠로 발전한 태권도, 유도, 검도는 경쟁적인 시합을 통해서 지지 않으려는 성향이 강해진다.

아이키도는 유도의 무거운 중심과 검도의 반듯한 허리를 가졌으며 잔심을 표현한다. 또한 완력이 아닌 탈력脫力과 이완된 힘을 이용하며 합기라는 독특한 형태의 에너지를 발전시킨다는 점에서 타 무술과 다른 모습을 보인다.

훈련에서는 몸은 정승과 같이 반듯하게 하고 발은 실무자같이 바쁘게 움직인다. 손은 깃털처럼 가볍게 함으로서 부드럽게 상대를 제압해 버린다.

평상심을 유지하며, 경쟁을 하지 않고도 자존감을 극대화시킬 수 있고 상대와 부딪침을 피할 수 있게 만듦으로써 관계를 나쁘게 발전시키지 않는다. 또한 평화에 대한 각별한 관심을 갖게 해 잘못 만들

---

10 간합(間合 메아이): 서로의 간격

어진 거칠고 강한 인상을 부드럽게 해 준다.

무술이 과격하고 폭력적이며 한번 붙어 보자는 식으로 호전적인 모습을 보이는 것은 부작용과 같은 것이다. 서로 부딪치거나 말 몇 마디로 알게 되는 것도 있지만, 그냥 보는 것만으로도 불쾌감을 주는 사람이 있다. 그런 인상이 어디서부터 무엇 때문에 만들어지고 형성됐는지 생각해 봐야 한다.

대체로 거친 운동은 강한 인상이 만들어진다. 날카로운 눈도 마찬 가지고 호전적인 행동과 말투도 그렇다. 싸움을 생각하면 상대를 압도하는 눈빛과 거친 말투와 행동을 하게 된다.

아이키도는 강한 힘으로 상대를 압도하는 것이 아니다. 위급한 상황에서 싸움이 벌어졌다고 해도 가능한 한 싸우지 않고 평화적으로 해결하는 것을 기술적으로 요구한다. 힘이 부딪치지 않고, 안전하게 해결하는 것을 연습하며 훈련한다. 도구를 들고 싸우는 것이 더 무섭지만 그것이 어떤 결과를 가져오는지 잘 알기 때문에 좀 더 평화적인 방법을 선택한다.

아이키도가 정말 어려운 것은 일상의 삶 속에서 일어날 수 있는 다양한 폭력이나 실수에 대해서 어떤 선택과 방법이 자신을 안전하게 하며 삶을 평화롭게 하는지 지적하고 있기 때문이다.

당하는 쪽, 즉 우케(기술을 받는 사람)의 입장이라고 해도 결코 모멸감을 받거나 비참해지지 않는다는 원칙이 있다. 긴장하거나 두려워하지 않고 서로가 함께 승리하는 것으로 상생相生하는 것이다.

무술 중 비폭력주의를 주창하는 것은 아이키도가 유일하다. 단순 무식하게 싸워서 어떻게든 이기려고 하는 것이 아니라 싸우지 않고도 이길 수 있는, 훨씬 어렵지만, 더 좋은 방법을 선택하는 것이다.

그래서 아이키도를 어떤 이는 종교 같다는 말을 하곤 한다. 그렇다, 아이키도는 사랑과 자비를 실천하는 종교인들이 좋아하는 운동이기도 하다.

사업가에게는 기존의 틀을 깨는 아이디어를 제공하고 정치인에게는 비폭력 무저항이 어떤 결과를 가져오는지 알게 해주는 운동, 인성교육을 위해서라도 손자에게도 꼭 가르쳐 주고 싶은 운동이 아이키도다.

▲ 아이키도는 손자에게도 꼭 가르치고 싶은 운동

합기는 기를 결합하는 것이다

합기(合氣, 아이키)는 기氣를 합하는 것이다. 아이키도를 타 무술과 구별 짓는 것은 합기라고 하는 독특한 기술을 사용한다는 점이다. 이때 합기를 표현하는 수단으로 유술을 이용함으로써 결과적으로 유술에 합기를 적용한 것이 아이키도다.

합기는 기를 결합하는 것이다. 다시 말해서 합기가 없다면 아이키도가 아니다. 합기는 호흡력이나 이완력, 또는 기氣로 표현된다. 합기는 몸을 만드는 것이지 단순히 관절을 꺾거나 던지는 형태로서 유술을 말하는 것이 아니다.

관절을 꺾고 던지는 호신술을 아이키도라고 하는 사람들이 있다. 시합 중에도 손목을 꺾거나 던지기를 하기 때문에 태권도와 다르다는 말을 하곤 한다. 합기는 그 자체로 형形을 갖고 있지 않기 때문에 시합과는 무관하다. 합기가 무엇인지 모르기 때문에 합기도장에서 발차기를 하고 주먹질을 하는 웃지 못할 일이 벌어지는 것이다.

대동류大東流를 이야기할 때에도 유술과 합기유술을 구분하지 못하는 사람들이 많다. 대동류유술 부흥의 조祖인 다케다 소가쿠 선생은 '합기술合氣之術'이라는 기술을 제자들에게 보여주었다. 다케다 선생은 자신이 표현하는 기술에 대한 설명을 하지 않았고, 전승자인 수제자들이 선생의 심오한 기술의 해답을 찾는 과정에서 또 다른 해답을 찾아낸 것 가운데 하나가 아이키도다.

아이키도 창시자인 우에시바 선생은 호흡과 호흡을 맞춤으로써 자연 만물과 하나가 되는 감각을 이야기했다. 투쟁에서도 적과 하나가 되어 마주 서는 일체감을 느끼는 것에서 새로운 기술을 탄생시키면서 모든 것과 조화를 이루는 세상을 만들어 내는 것이 아이키도라고 생각했다.

창시자는 "합기는 사랑이다!"라고 했고 그런 원리로 상대를 조화롭게 인도하는 것이라고 설명했다. 합기는 기를 결합하는 운동이다. 상대의 힘에 강한 저항과 이완으로 힘의 저항을 없애고 힘을 무력화하는 것을 합기라고 표현하기도 한다. 다시 말해서 '기는 합해지는 것이다.'라는 원리에 따라 상대의 힘을 무력화해 저항 없이 자유자재로 움직이게 하는 것을 가능하게 만드는 것이 합기인 것이다.

오래전에 도올 김용옥 선생의 『태권도 철학의 구성원리』라는 책에서 합기도를 '이 무술 저 무술 섞어 놓은 족보 없는 짬뽕무술'이라고 표현한 글을 보고 솔직히 충격을 받았다. 내가 하고 있는 합기도가 폄하당했다는 생각에서였다. 그러나 이제는 그것이 사실이라는 것을 알게 되었다. 어쩌면 내가 합기도에 애착을 갖기 시작한 것은 일본에서 진짜 합기도(아이키도)를 경험했기 때문일 것이다.

유술과 합기를 이해하지 못하면 사이비가 나타날 수밖에 없다. 검술을 사용하던 시대에 유술이 있었다. 그 당시 유술은 검술을 하던 무사들이 함께 수련했다. 따라서 검술을 하던 무사에게 발차기는 상식 밖의 일이다.

여러 유파의 유술이 있었고 대다수 유술은 검술과 조화를 이루었다. 다케다 선생도 검술의 달인이었고 실제 사람을 죽이기까지 했다. 다케다 선생이 유술에 합기를 표현하면서 합기계 무술이 탄생한 것이다.

아이키도 창시자인 우에시바 모리헤이 선생은 유술에 검술의 원리를 가미하여 '타이사바키体捌き'라는 몸놀림을 확립하면서 대동류유술과 다른 또 다른 유술의 형태를 만들고 호흡력이라는 합기를 접목하면서 '아이키도'라는 새로운 무술을 창조했다. 그리곤 아이키도를 사랑이라고 말했다. 사랑은 그 깊이를 가늠하기 어렵다.

아이키도는 '합기'라는 특유의 기법을 익히는데, 이를 제대로 사용하려면 '합기가 가능한 몸'을 만들어야 한다. 그것은 단순히 힘을 주거나 빼는 것으로는 되지 않는다. 호흡력이나 이완력을 몸에 체득하지 않으면 테크닉 몇 가지를 배우고선 합기를 터득한 것처럼 착각한다.

이전에 지방에서 배우러 온 사람에게 유술의 기본 형태를 가르쳐주자 다 배웠다며 새로운 유파를 만들고 수준이 떨어지는 영상을 인터넷에 유포하는 것을 보았다.

72세인 호리코시 선생은 내 도장에서 수련을 하시고 "나는 이제 시작하고 있다"라는 말을 했다. 20대부터 시작해서 50년 동안 수련한 분이 유술을 몰라서 다시 시작한다고 하는 말이 아니다.

합기는 그 체득의 정도를 자신만이 알 수 있다. 창시자도 말년에 가서야 자신의 몸이 황금체가 되었다는 말로 새로운 시작을 말했다. 나는 아이키도를 시작한 지 30년이 되어가지만 정말 아이키도가 항상 새롭다.

지금도 주변에는 새로 시작하는 사람들이 형편없는 영상을 인터넷에 올려가면서 모두 익힌 것처럼 떠드는 것을 보곤 한다. 그들이 거짓을 말하고 있다고는 생각하지 않는다. 앞서 기본기술을 배우고 나서 다 배웠다고 했던 사람처럼 그것이 자신이 바라볼 수 있는 전부이기 때문에 착각하고 있는 것이다.

내가 이전까지 알고 있는 합기도는 모두 기를 끊고 있었다. 합기도를 가벼운 호신술 정도로 알았기 때문에 손목을 잡으면 뿌리치고 치거나 꺾고 던진다. 대동류합기유술을 배웠다고 하면서 유술만 표현하는 사람도 보았다.

합기가 있어야 합기유술이다. 유술과 합기는 함께하지만 전혀 다른 것이다. 같은 방식으로 아무리 아이키도라고 하여도 아이키도가 아닌 것이 있다. 더구나 유술도 아닌 태권도처럼 발차기를 하며 시합을 하는 것을 합기도라고 하는 것은 몰라도 정말 모른다고 할 수밖에 없다.

▲ 대를 이어 아이키도 수련에 정진하는 장남

PART
2

새로운 가치를
이끄는 무술

AIKIDO

훌륭한 것은 국경을 초월한다

▲ 고바야시 야스오 선생과 필자

우리가 살아가는 동안 많은 만남이 있다. 서로에게 기회를 주는
좋은 만남도 있지만, 계획적이고 의도적인 만남도 있다. 좋은 사람을

만나는 것은 그 만남이 기쁨이 되고 행복해지기 때문이다. 아이키도는 관계를 중요시하는 무도이다. 훈련 중에도 파트너에게 좋은 인상과 영향을 남기는 것이 특징이라 할 수 있다.

나는 고바야시 선생을 만나고 나서 인생에 큰 변화가 있었다. 마찬가지로 고바야시 선생은 창시자인 우에시바 모리헤이 선생을 만나고 나서 인생이 크게 바뀌었다고 말한다. 메이지 대학 공과를 졸업한 고바야시 선생은 전공과목과 전혀 상관 없는 아이키도 사범이 되었고 이후 고바야시 도장을 만들었다.

그는 한 명이라도 더 많은 사람에게 우에시바 선생의 아이키도를 알려야 한다는 생각으로 아이키도 보급에 평생을 노력해 오셨다. 사람에게는 많은 만남이 있고, 우에시바 선생은 훌륭한 제자로 고바야시 선생을 만났다. 반대로 고바야시 선생은 스승으로 우에시바 선생을 만났다. 나 또한 그렇게 운명처럼 고바야시 선생과 만났다.

고바야시 선생은 아이키도 창시자를 만나고 나서 창시자의 생각과 뜻을 저버리지 않고 한 사람이라도 더 우에시바 모리헤이 선생이 만든 아이키도를 알리기 위해 노력해 왔다. 그러한 노력이 국경을 초월해서 서로의 마음을 통하게 하였다.

고바야시 선생의 그런 바람을 이해하기에 나 또한 한 사람에게라도 더 많이 아이키도를 알리기 위해 노력하고 있다.

아이키도를 처음 시작했을 때 경제적으로 많은 어려움이 있었다. 거의 전 재산을 잃어버렸다고 해도 과언이 아닐 정도다. 제일 힘들어 했던 사람은 다름 아닌 부인이었다. 하지만 그렇게 어려운 과정에서도 꿋꿋하게 버틸 수 있게 해준 사람 역시 부인이다. 그리고 고바야시 선생이 있었다.

찾아뵐 때마다 반갑게 맞아 주시고 감추는 것 없이 많은 것을 가르쳐 주셨다. 내가 6단으로 승단했을 때는 승단을 축하하는 메시지를 보내 주셨다. 그 메시지에서 고바야시 선생은 '사범'이라는 호칭을 나에게 처음으로 써 주셨다. 일본 말로 '시한師範'이라는 사범 호칭은 선생에게 붙이는 존경의 표현이라 할 수 있다.

도울 김용옥 교수는 그의 저서에서 "우에시바 모리헤이는 세계무술사에 그 이름이 혁혁하게 남을 금세기 최고의 마스타 중의 일인이며 도인형의 고매한 인품을 소지한 대사(大師: 큰스승)라 할 수 있다."라고 했다.

이미 학자들 사이에서도 그 이름이 널리 알려진 우에시바 모리헤이는 아이키도合氣道를 만든 창시자이다. 고바야시 선생이 이 창시자를 만나고 인생이 크게 바뀌었다. 그리고 나는 고바야시 선생을 만나서 삶의 진로가 바뀌었다. 이제는 선생의 뜻을 이어 한 명이라도 더 많은 사람이 아이키도를 정확하게 바라보며 이해할 수 있도록 노력하고 있다. 훌륭한 것은 국경을 초월한다.

마음씨 좋고
너그러운 사람

나는 어렸을 때부터 파이터였다. 태권도 선수였고 합기도 그리고 격투기와 가라데 선수로 시합을 했던 사람이다. 나중엔 최강의 무에타이를 한국에 정착시키기도 했다. 나는 항상 싸움을 준비하고 승부에 대한 끝없는 집착을 보여왔던 사람이다. 증명이 없는 것은 신용할 수 없다는 철저한 믿음으로 항상 증명하려고 노력해 왔다. 적어도 아이키도를 만나기 전까지는 말이다.

아이키도를 만나고 나서 또 다른 승부의 세계가 있다는 것을 알았고 이제는 많이 여유로워졌다. 하지만 무술이 가지고 있는 승부에 대한 믿음은 지금도 크게 달라진 것은 없다. 달라진 것은 좀 더 기술적이고 좀 더 안전하게 하려고 한다는 점이다. 하지만 가끔 남의 도장에 도전하듯 찾아오는 타 무술 관장들이나 유단자들을 보면 너무 무모하거나 아니면 무술을 너무 편하게만 생각하는 것 같아서 안타까운 마음이 들곤 한다.

어떤 종목이 되었든 간에 적어도 유단자가 되었다면 그동안 가르쳐준 스승이 가지고 있을 자존심을 생각해야 한다. 돈 받고 판매한 것이 아니라면 적어도 선생이 검은 띠를 줄 때에는 자존심도 함께

주는 것임을 알아야 한다.

무술인을 단호한 사람들이라고 말하곤 한다. 목숨처럼 지키려는 높은 자존감 때문이라 할 수 있다. 그래서 너그럽고 마음씨 좋은 사람을 보는 시선이 일반인들과 같지 않다는 생각이다. 타 무술 관장들로부터 수시로 걸려오는 전화가 있다. '단증'을 줄 수 있냐는 것이다.

누군가 부탁을 하면 마음씨가 너무 좋아서 차마 거절을 하지 못하고 다 들어주는 사람이 있는데 대체로 그런 사람을 너그럽다고 하거나 좋은 사람이라고 말하는 경향이 있다.

반대로 까칠하거나 쉽게 들어주지 않는 사람을 나쁘게 말한다. 사람에게는 분별력이 있어야 하지만 기분에 따라 미리 판단해 버리는 실수를 하곤 한다. '저 사람이 왜 저럴까?' 생각해보려고 하지 않는다.

무술은 승부를 가리는 것이므로 아무리 온화한 얼굴을 하고 있다고 해도 차갑거나 강할 수 있다. 그것은 수련 중에는 가슴이 두근거리는 압박이나 두려움으로 느껴지기도 한다. 호쿠신잇토류[11] 검술에서는 후배를 지적할 수 없다면 선배라 할 수 없다고 말한다. 그만큼 선배가 깐깐하다는 것을 보여주는 예다.

선생은 항상 웃는 모습으로 대하지만 당하는 사람은 고통 그 자체일 때가 있다. 사가와 선생[12]은 체험하려고 찾아온 사람을 호되게 다뤄서 다시 찾아오기가 두려울 정도로 만들었다. 실력이 남다르기

---

[11] 北辰一刀流(북진일도류): 현대 검도의 원류
[12] 사가와 유키요시: 다케다 소카쿠의 제자이자, 대동류합기유술 종범(宗範)

때문에 웃으면서도 무섭게 다루는 것이다. 선생이 웃으면서 하지 못하고 성깔을 보이는 것은 순수해서이거나 반대로 바라는 게 있어서일 것이다. 아니라면 앞의 선생들처럼 실력이 뛰어나지 못해서라고 생각해 볼 수 있다.

선배가 후배에게 지거나 당하면 선배 자격을 박탈해 버리기도 한다. 유단자 대열에 들어가는 검은 띠를 선생이 줄 때는 거의 정조를 지키려는 처녀처럼 까다롭게 판단해서 주는 것이다. 빨리빨리 주는 것이 아니며, 돈만 내면 주는 것이 되어서도 안 된다.

하얀 띠와 다르게 검은 띠가 되고 나면 절대 타 무술이나 타 도장에 찾아가서 고개 숙이지 않아야 한다. 일단 서로 마주 서게 되면 아무리 사이가 좋고 하찮은 기술을 교류한다고 해도 그 자체가 승부를 가리고 있는 것이기 때문이다.

승부는 경기장에만 있는 것이 아니다. 일상적인 수련이나 관계에서도 가볍게 일어난다. 그래서 항상 깨어 있으라고 한다.

무술에서 패배는 죽은 것이나 같다. 따라서 함부로 대결을 벌이지 않는 것이며, 아무에게나 한 수 가르침을 요청해서도 안 된다. 차마 거절하지 못하고 수락했을 때는 철저히 승부를 가려서 선배와 스승을 욕되게 하지 말아야 한다.

가토리신토류[13]과 같은 고류 검술에서는 교수면허를 받기 전에는 절대 타 무술 유파와 대결을 하지 않는다는 서약을 한다.

부탁만 하면 들어주는 마음씨 착한 사람만 대하다가 성깔 고약한 사람을 만나면 마치 나쁜 사람이라도 만난 것처럼 호들갑을 떨거나

---

13 가토리신토류(香取神道流): 일본 최고(最古)의 검술유파이고 치바현 지역무형문화재이다.

욕하는 사람들이 있다. 옛날 무술이라는 것은 평범한 일반인들이 하는 것이 아닌 무사이거나 특권을 가진 강한 사람들만의 전유물이었다. 그들은 편한 것만 좋아하는 평범한 사람이 아닌 어떤 것도 두려워하지 않는 초인이 되려고 했다.

초인이란 남들과 똑같은 평범한 삶을 부끄러워하는 사람을 말한다. 그들에게 선생이란 실력이 우선되어야 하고 증명될 수 있어야 한다. 스승의 성깔은 크게 상관하지 않았다. 거짓이 없고 감추거나 위선적이지 않으면 되는 것이다. 왜냐하면 선생이 수련생의 비위를 맞추는 것은 아니기 때문이다. 선생을 선택할 때는 마음씨 좋고 너그러운 것보다는 실력이 우선되어야 한다.

무술이 표현할 수 있는 마지막 단계를 보여주는 정말 무서운 선생도 있다. 이전에 그런 선생과 만나서 수련했던 경험담을 들려주자 교회장로였던 분이 사탄도 능력을 보이니까 가까이 가지 말라는 당부를 할 정도로 신기해했다. 성격도 불같고 테크닉을 펼칠 때는 무섭기까지 했다. 그래서 싫은 것이 아니라 더욱 가까이하고 싶은 경외감이 생겼다.

선택의 기로에서

▲ 고바야시 야스오小林保雄 8단(1936. 9. 20~)

그러니까 30년이 다 되어가는 일이다. 합기도 6단에 태권도가 5단이고, 78년 대구시민회관에서 열린 합기도 챔피언전에서 우승하고, 85년에 장충체육관에서 격투기 챔피언전에서 우승해서 명색이 한국 챔피언이라고 하던 나는 태국에서 무에타이를 받아들여 '대한무에타이협회'를 사단법인으로 결성하고 MBC 정동 문화체육관에서 챔피언전을 수시로 개최하면서 한때 격투기계 한국 최고를 자부했다.

그러다 88년도에 대만에서 합기도의 일본 이름인 아이키도를 만났다. 이후 나는 처음부터 의도한 바는 아니었지만, 일본에서 시작된 합기도를 올바르게 알려야겠다는 생각으로 '대한합기도회'를 법인체로 만들게 되었다. '무에타이와 아이키도'. 하나도 아닌 두 개 법인체 수장이 된 것이다.

두 가지를 다 잘할 수 있다는 생각도 했다. 강한 것과 부드러운 것 두 가지를 동시에 잘할 수 있다는 생각이 잘못된 것이거나 무리라고는 생각하지 않았다. 그때는….

그때까지 발차기나 주먹질을 하지 않는 아이키도가 경기장에서 격투기를 이길 수 있을 것이라고는 생각하지 않았다. 그래서 상호보완적인 측면에서 무에타이와 부드러운 아이키도를 함께하는 것이 좋겠다고 생각했었다.

무에타이 시합을 개최할 때는 아이키도를 시범 보였다. 가끔 내 도장을 찾아오는 사람 중에는 타 무술을 오랫동안 수련하다가 오는 사람이 있다. 그중에는 진짜 강한 무술을 한 사람도 있지만, 이것도 저것도 아닌 운동을 한 사람이 의외로 많다.

무술은 머리로 하는 것이 아닌 실제가 있어야 하기 때문에 강해질 수 없는 무술을 배운 사람이 강하게 보이려고 할 때 동네 양아치와 같은 태도를 보이곤 한다.

격투기 선수였던 나는 일본에서 만난 아이키도 선생들 앞에서 공격적으로 발차기를 시범 보이며 마치 양아치가 동네 주민들 겁주듯 일본에서 만난 아이키도인들을 위협했다. 일본에 처음 아이키도를 배우러 갔을 때도 자존심 때문에 차마 하얀 띠를 허리에 두를 수 없었다. 도복 바지는 나팔바지 같은 발차기용이고 검은 띠는 폭이 넓어 눈에 확 띄었다.

누가 봐도 좋게 보일 수 없는 모습이었다. 가끔 우리 도장을 찾아오는 그런 부류의 사람을 보면 내가 일본에서 만난 선생들에게 저질렀던 실수가 생각나곤 한다. 무술을 잘못 배우면 오랫동안 수련한 양만큼 굳어진 성격과 거친 태도로 사회성을 잃어버리게 된다. 무술은 절대 지지 않는 것을 배우기 때문에 강해지는 것이다. 또 강하기 때문에 무술을 하고 있는 것이기도 하다.

나는 태권도 관장의 아들로 태어나면서부터 아버지로부터 무술을 배운 사람이다. 한국무술이 그렇듯이 강함을 추구했고 그만큼 강해진 사람이다. 시합이 있는 태권도와 함께 합기도를 수련하면서 강함을 증명하기 위해 시합에 나갔고 좀 더 강한 것을 찾아 격투기 챔피언까지 되었다. 태국에서 무에타이를 만났을 때는 이전까지 내가 했던 운동이 일반적인 취미 그 이상이 아니었다는 것도 알게 되었다.

강하다는 것을 시합으로 증명할 수 있는 무에타이를 협회로 만들고 대회들을 개최했다. 태국에 트레이너를 초청해서 실력 있는 선수도 만들었다. 나는 그렇게 강함을 완성했다. 그것이 내가 가야 할 길이라고 생각했다. 내가 아니면 할 사람이 없다고 생각한 것이다. 무술이란 자신이 신념처럼 믿고 있는 것에 목숨을 걸 줄 알아야 한다는 생각이 나를 그렇게 만들었다.

일본에 갔을 때 강해 보이지 않았던 아이키도 회원들 사이를 격투기 도복에 넓은 폼 나는 검은 띠를 매고 거들먹거리는 모습이 지금도 눈에 선하다. 아마 누군가는 매우 거슬렸을 것이다. 몇 년이 지나서 일본 지도원으로부터 얘기를 듣게 되었다.

누군가 고바야시 선생에게 "윤 상(씨)을 가만두어야 합니까?"라고 했는데 고바야시 선생은 "윤 상은 매우 곧은 사람입니다, 절대 건들지 말고 그냥 두세요!"라고 하셨다고 한다.

지금 생각하면 위험천만한 일이 벌어질 뻔했다. 고바야시 선생은 나를 아주 특별한 사람이 제자로 들어왔다고 생각한 것이 아닌가 생각된다. 나의 스승으로서 고바야시 선생에게 감사하게 생각하고 있는 부분이기도 하다.

2014년 내가 한국인 최초로 6단으로 승단하기까지는 20년 이상의 세월이 필요했다. 선생은 나에게 기다리는 미덕을 가르쳐 주신 분이기도 하다. 지금도 강하게 만드는 것이 무술이라는 생각에는 변함이 없다. 그러나 그것을 증명하기 위해 시합을 해야 한다는 것에는 반대한다. 검술을 배우면서 그 생각은 더욱 굳어졌다. 검술은 정말 무섭다. 그것을 굳이 증명해야 할 필요도 느끼지 않는다. 시합을 하는 스포츠 검도와는 다른 것이다. 내가 그렇게 추구해왔던 강함은 고류 검술에 충분히 녹아 있다.

무술과 무도는 다른 것이다. 강한 것만 추구하는 것은 무술이다. 중국을 대표하는 소림사 무술을 보면 강함이 잘 드러나 있다. 그러나 어떻게 인생을 살아갈 것인가를 살피는 것이 무도이다.

강해지기 위해서 도장을 찾는다. 또 일부는 강하기 때문에 도장에 오는 것이다. 무도란 강하게 살아가는 사람의 인생길이라고 봐도 틀리지 않다.

진정으로 강한 사람은 그 강함을 드러내지 않는다. 내가 오랫동안 수련을 하면서 알게 된 사실은 시합을 통해 타인과 비교하는 완성된 강함이 아닌 강해지기 위해 끊임없이 수련하며 단련하는 사람이 진짜 강하다는 사실이다. 나이가 많아도 계속할 수 있는 아이키도야말로 진정한 멋을 아는 사람들의 운동이라고 할 만하다.

나는 선택을 해야만 했다. 아이키도를 깊게 알게 되면서 두 가지를 모두 잘할 수 있다는 생각을 버려야 했다. 한 가지는 포기해야 했다. 아내에겐 돈벌이가 잘되는 무에타이를 했으면 하는 바람이 있었지만 나는 내가 직접 도복을 입고 나설 수 있는 아이키도를 선택했다.

지금 무에타이는 대한체육회에 가입되고 많은 발전이 있었다. 아이키도는 아직도 그 앞날이 요원하지만, 결코 내가 선택한 길이 잘못되었다는 생각을 하지는 않는다.

무에타이와 아이키도 사이에서 내가 아이키도로 올 수밖에 없었던 이유로 아이키도를 다른 무술과 비교해서 강하기 때문이라거나 돈벌이가 잘될 것이라고 생각해서 택한 걸로 봤다면 잘못 판단한 것이다. 타 무술에서 볼 수 없었던 훌륭함을 보았기 때문이다.

강함에 대한 기준이 분명하고 인간 사랑에 대한 애착과 검에 대한 해박한 지식이 완력을 의식하지 않는 기술적 자유로움으로 나타난 이 시대 최고의 무술이라고 생각했기 때문이다.

무도는 내가 믿고 있는 신념에 봉사할 수 있어야 한다. 세상적인 선택의 기로에 섰을 때 옳고 그름 앞에서 주저하지 않는 것이 진정한 무사의 길(武道)이라 할 수 있다. 목숨을 걸고 지킬 만한 것이 아니라면 죽을 때까지 강함을 드러내지 않는 것이 진정한 무도武道라 할 수 있다.

쌀 한줌 쥘 수 있는 힘이면 거한도 제압하는

Aikido

힘을 힘으로 맞서지 않는
과학적이고 세련된 기술,
평화와 인간의 조화로운
공존을 추구하는 철학과
자기수양의 무도정신.
힘과 폭력에 굴복되지 않는
육체적, 정신적 힘과 기술을
연마하면서 건강해지는 운동

www.aikido.co.kr

produced by Korea Aikido Federation   modelling by Lee,Seon-Ah   Lim,Jae-Woo   photo by Kim,Jae-Hee   design by Yoon,Dae-Hyun   Dojo telephone no. +82.(02).3275.0727

▲ 아이키도는 여성의 무도로도 부족함이 없다.

충忠, 비인부전非人不傳
교학상장教學相長

충忠

'忠'은 유교의 핵심 사상 가운데 하나로, 원래 사람이 진실하고 관대하며, 몸과 마음을 다하는 것을 가리키는 것으로, 최선의 노력으로 본분을 다한다는 의미다.

이전에 타나베 시에서 열린 국제아이키도연맹(IAF) 총회에 참석했을 때 일이다. 회의를 하면서 세계본부와 약간의 의견 대립이 있었던 유럽인 발표자가 자신이 한 말 때문에 세계본부에 대한 자신의 애정이 불충不忠으로 보이지 않을까 걱정이 된다는 말을 하였다.

충은 과거 국가나 군주에 대한 헌신적인 자세를 가리키는 말이었으나, 현대 사회에서는 대의를 같이 하는 조직이나 스승에 대한 헌신으로 해석해야 할 것 같다.

사람은 사회적 동물이라고 했다. 그냥 무리를 지어 사는 걸 뜻하는 것은 아닐 것이다. 각자의 위치에서 가져야 할 사회적 책임이 존재한다. 한 개인의 노력은 그가 속한 사회의 발전이다.

비인부전非人不傳

"선생님, 명함 하나 부탁합니다."

"없네."

"왜 없으세요?"

"쓸데없이 찾아오는 것이 싫네."

"…."

어떤 사람을 쓸데없다라고 하는 것일까?

위의 대화는 하세가와 선생에게 명함을 얻으려 했다가 들은 이야기이다.

우리 도장에서는 속된 말로 간만 보는, 성실하지 못한 수련생은 승단을 시키지 않는다. 사제 간에 신뢰가 쌓이지 않고 세월만으로 승단을 시키는 것은 잘못된 것이다. 빨리빨리 주는 것을 저변확대라고 생각해서는 안 된다. 수입을 위해 승단을 이용하지 않아야 한다.

무분별한 단증 발급으로 흐려진 한국 무술계와는 달리, 대한합기도회는 모범이 되도록 보수적인 단위段位의 관리 방식을 견지堅持할 것이다.

교학상장敎學相長

스승은 수련생에게 가르침으로써 성장하고, 제자는 배움으로써 진보한다는 말이다.

도장에는 선생과 오랫동안 함께해온 제자들이 있다. 평생 동안 수련해도 선생의 능력을 뛰어넘지 못하는 제자도 많지만, 대다수는 선생의 기술과 삶을 흉내 내는 것만으로도 만족한다.

그들이 자신을 단련하고 훈련하는 이유는 심신을 건강하게 하는 것도 있지만 좀 더 가치 있는 인생을 보내겠다는 의도가 깔려있다. 선배는 선생과 함께 새 시대에 더 나은 변화를 가져올 뛰어난 후배의 등장을 기대하며 도장을 지킨다. 인재를 찾고 키우는 노고를 선생과 함께하는 것이다.

아이키도의 크기

도장에서 하는 수련은 순간적으로 다가오는 위험을 감지하고 대처하는 훈련을 한다. 만약 이기고 지는 것이 중요하게 되면 매우 경직되고 거칠어 파트너를 다치게 하거나 괴롭게 할 것이다.

사람은 자신의 약점을 발견하면 고치기 위해 노력한다. 아이키도가 바로 그런 운동이다. 승부에 집착하지 않고 순간적으로 펼쳐지는 위험을 감지하며 대응하는 운동이다. 검술을 할 때도 지지 않으려고 하다 보면 몸과 마음이 경직되어 순간적으로 나타나는 약점을 느끼지 못한다.

검술을 하든 체술을 하든 지고 이기는 것에 중점을 두지 않아야 한다. 하지만 무술이기에 승부를 소홀히 할 수는 없다. 모든 무술은 승부를 가르기에 강하다. 아이키도에서 보여주는 표현도 무술이기에 던지거나 제압한다. 하지만 상대를 이겨서 얻는 승리가 아닌 스스로 이해할 수 있는 승리를 바라는 것이 타 무술과 다른 점이다.

승패를 가르는 운동을 하는 사람은 강해질 수 있지만 아이키도가 진정 원하는 사람은 강한 사람이 아닌 큰 사람이다. 아이키도가 바라는 수련의 결과는 사람을 크게 만드는 것에 있다. 아이키도는 누군가를 어떻게 이길 것인지 고민하는 무술이 아닌, 어떻게 살 것인가를 고민하는 운동이다.

아이키도는 몸으로 하는 대화라고 매번 말하고 있다. 누군가를 만나고 나면 기분이 좋아지는 사람이 있는가 하면 반대로 기분이 나빠지는 사람도 있다. 아니면 집에 돌아가서 혹은 잠자리에 들면서 또는 며칠이 지나서 곱씹어 생각할수록 기분이 나빠지는 것을 경험하는 사례도 있다.

사회생활을 하면서 매번 기분 좋은 사람만 만날 수는 없다. 이해관계가 얽혀 있다면 더욱 그렇다. 아이키도는 상호 관계 속에서 다가오는 위험을 감지하고 그것을 가능한 좋은 방향으로 인도한다. 인간관계를 좋게 하고 서로가 살아가면서 좋은 영향을 미치게 한다. 좋아하지 않은 타입이라 해도 소홀히 하지 않는 폭넓은 인간관계가 좋은 것이다.

우리의 삶이 아름다움을 포기하는 순간 막가는 인생이 될 수 있다. 내재하여 있는 폭력성을 자제하고 어떤 상황에서도 나타나지 않게 해야 한다. 진정한 아름다움은 아름다움을 갈망할 때 생기는 것이다. 마찬가지로 멋진 삶이란 멋진 삶을 갈망하는 삶이다. 아이키도는 어떻게 살아갈 것인가를 합심해서 고민하는 운동이다.

수련할 때는 상대의 약점, 빈틈을 공격하는 것이 아닌 그것을 느끼게 한다. 파트너의 공격이 위험을 감지하는 데 도움을 준다. 서로 합심해서 조화로운 결과를 만들어내고 결코 이기려고 하지 않는다. 완력은 지지 않으려 할 때 나타난다. 때에 따라 펼쳐지는 파트너의 거친 공격은 강한 훈련에 도움을 주는 것일 뿐 절대 이기기 위함이 아니다.

그것은 검술을 수련할 때도 마찬가지이다. 만약 이기고 지는 것이 중요하게 되면 일반적인 타 무술에서 보듯 완력과 스피드가 중요하게 되고 결국 한때 운동으로 잠깐 하고 끝난다. 돌려 말하면 한 철을 맞은 것처럼 한때(왕년에) 강했다라고밖에 할 수 없는 운동을 하는 것이다. 사람은 겉과 속이 다를 때 불평을 한다.

폭력적이거나 그 모습을 보고 아무렇지 않게 생각하는 것은 그 마음속에 폭력이 있기 때문이다. 좋은 사람이 나쁜 짓을 하면 후회하고 반성한다. 나쁜 사람은 나쁜 짓을 해도 스스로 잘못되었다고 느끼지 않는다. 폭력을 미화하는 것은 그 속이 그렇기 때문이다. 만약 그런 사람이 몸이 생각 같지 않거나 예전 같지 않다면 신경질적인 형태로 드러날 것이다.

수련 중에 나타나는 완력은 그만큼 마음 수양이 안 되어 있거나 경직되어 있기 때문이다. 내가 하고 있는 운동은 한때 강한 사람을 만드는 것이 아니라 살아가는 전 생애를 통해 마음이 따뜻한 사람을 만들어 가는 운동이다. 그것은 편할 때만 국한된 것이 아니라 목숨이 위태로운 상황에서도 똑같아야 한다. 그것이 고결高潔한 품격이다.

아이키도는
몸으로 표현하는 대화이다

근대 이전의 무술武術이 전투의 수단으로 강함을 추구했다면, 근대 이후 무도武道는 무술이라는 심신단련을 통한 전인적 성찰이라 할 수 있다. 수련을 통해서 무술이 추구하는 강함을 얻는다. 그 길이 어렵고 힘들어서 수양修養이라고 한다. 무술 수련을 통해서 얻는 변화는 몸身과 마음心, 그리고 기술技의 향상이라 할 수 있다. 그러나 일반적으로 사람들은 기술과 몸의 변화는 얻고 있지만, 마음의 향상은 소홀히 한다.

무술은 연습 상대를 가상의 적으로 여기고 빈틈을 공격하는 방법을 연마하는 것이 수련의 기본이다. 그래서 극도로 몰입하면 상대에게 심각한 상처를 입히거나 순식간에 기절할 정도의 충격을 가하기도 한다. 무술의 기본 목적을 생각하면 그런 행위가 결코 틀렸거나 이상한 것은 아니다.

호랑이와 같은 맹수는 배고플 때만 싸우기에, 어여쁜 사슴을 공격해서 죽이는 것은 미워서가 아니라 생존을 위한 어쩔 수 없는 선택이다. 하지만 인간은 배고픔과 관계없이 싸운다.

과시욕에서 혹은 심심해서 장난으로 죽이는 것이 아니다. 무술이 테크닉과 몸의 단련에만 치중하면 기술이 발전하고 강한 몸은 만들 수 있겠지만 정작 중요한 마음의 수양과는 멀어지게 된다. 무술가 하면 싸움꾼으로 생각했던 옛 어른들의 생각을 부정하기 어려운 이유는, 당시 무술가라 자칭하는 사람 대부분이 싸움을 잘하는 방법만 추구했기 때문이다. 사실 나의 삶도 그러했다.

기技와 체体는 강해지고 향상되었지만 정작 중요한 마음心은 소홀히 했다. 지적해주는 선생이 없었다. 지금도 주변을 살펴보면 실전에 강한 기술과 복부에 식스팩을 만드는 운동을 선전하는 곳은 많다. 그러나 심心, 기技, 체体를 일치시키는 도장은 흔하지 않다.

30년 전 정말 강했던 내가 강해 보이지 않은 아이키도를 처음 만나 빠진 이유는 마음心에 있었다. 아이키도는 파트너를 존중하는 마음이 일반 무술과 달랐다. 아이키도에서는 우케[14]와 나게[15]로 파트너를 구분한다. 좋은 파트너는 상대를 존중하고 멋지게 만든다. 물론 아이키도도 무술이기에 강한 표현을 한다. 그러한 강함은 무술적 표현을 하고 있는 것이고, 결코 과시나 분노의 공격적 본능을 표출하는 것이 아니다.

일반 무술과 아이키도는 이런 점이 다르다. 아이키도는 댄스가 아니므로, 무술이라는 점을 간과하지 않는다. 좋은 우케란 나게가 무엇을 하는지 잘 살펴야 한다.

좋은 파트너 간에는 조화가 있다. 서로의 생각까지 살핀다. 마치 대화를 주고받듯이 하는 것이다. 힘을 쓰면 몸이 경직되고 자연스러

---

14 우케(受身): 공격 기술을 받아내는 사람
15 나게(投げ): 공격 기술을 거는 사람

운 교류가 단절된다. 욕심을 부리듯 무리한 힘을 쓰면서 넘어뜨리려 하거나 이기려 하면 조화가 깨진다.

우케가 방어만 생각하고 몸을 움츠리면 결국 나게가 뭘 하려고 하는지 모르게 된다. 우케는 나게가 뭘 하고 싶어 하는지 생각까지 살펴야 한다. 그것은 결과적으로 상대의 기술을 내 것으로 만드는 가장 빠른 배움의 길이다.

상대가 경직되거나 무서워하고 있으면 파트너는 그것마저도 느껴야 한다. 아이키도에는 눈에 보이는 것보다 더한 깊이가 존재한다. 눈에 보이는 것이 전부인 것이 많지만 아이키도는 눈에 보이는 것이 전부가 아니다.

관절을 꺾어 제압하는 기술은 파트너를 아프게 하려는 기술이 아니다. 절대로 상대를 비참하게 만들거나 흉하게 만드는 것이 아니다. 그에 반해 힘이나 완력으로 단순하게 대응하는 기술들은 파트너를 다치게 한다.

기술의 핵심 포인트를 느끼는 것이 훈련의 시작이다. 수련생은 위험을 감지하는 법부터 배운다. 훈련은 파트너의 반응을 다양한 방법으로 대응하는 것이다. 아이키도를 배운다는 것은 파트너를 가상의 적으로 여기고 단순히 쓰러뜨리기 위한 것이 아니다. 오히려 파트너를 위험하지 않게 하고 존중한다.

아이키도는 몸으로 표현하는 대화이다. 좋은 대화는 조화에서 나타난다. 배움과 수양을 통해서 자연스러운 표현이 가능하도록 만든다.

유튜브 등에서 동영상을 보면 아이키도는 상대를 아프게 하고 던지는 것만 보인다. 보이지 않는 것을 보지 못하고, 파트너에 대하는 느낌이 전달되지 않기 때문에 그저 단순한 테크닉으로만 보일 뿐이다.

무술 그 자체가 인류에 대한 사랑을 표현하고 있는 것은 아이키도밖에 없다. 무술이라는 점에서 던지거나 제압하고 있지만, 그것은 절대 과시욕이나 파괴적 본능을 나타내려는 것이 아니다.

동양무술은
팔각의 링 안에서 모두 죽었다

1986년, 일본에서 가라데 시합에 참가하고 나서 하나의 꿈이 생겼다. 정상까지 도전해 보겠다는 의욕이었다. 이후 극진공수도 최영의[16] 총재를 서울에서 만났다.

존경하는 최영의 총재와 좀 더 의미 있는 만남을 만들기 위해, 약속 몇 시간 전에 서둘러서 강남에 있는 에메랄드 호텔 연회장을 예약하고 자체 뷔페가 없어 출장 뷔페를 불렀다.

전국에 있는 관장들에게 전화를 해서 서둘러 모이라고 했다. 그렇게 70명 이상이 모인 환영 파티를 준비했다. 최영의 총재를 신사동에 있는 리버사이드 호텔 커피숍에서 만나 준비해 놓은 파티장으로 이동했다.

이동하는 자동차 안에서 나는 총재에게 진지하게 의사를 물었다. "극진공수도 도장을 한국에도 많이 만들어야 하지 않겠습니까?" 그러자 최영의 총재는 "한국에는 태권도가 있으니까…"라며 말꼬리를

---

16 최영의: 일본명 오야마 마스타츠(大山培達). 극진공수도 총재로 영화 '바람의 파이터'의 실제 인물이다.

▲ 극진공수도 최영의 총재와 필자와 필자의 부친

흐렸다. 지금도 나는 최영의 선생이 한국인들끼리 편을 갈라 다투는 것을 결코 원치 않으셨다고 생각하고 있다.

환영 파티장에서 최영의 총재는 일본인에게 절대 지지 말라는 당부를 했다. 일본에서 성공하신 분이 그런 이야기를 하는 것이 의아하긴 했지만, 일본을 이겨야겠다는 막연한 의욕이 생겼고 독자적으로 '국제격투기연맹'을 조직하여 '격투기로 일본 선수들을 모두 꺾어버리겠다!'는 꿈을 꿨다.

그 당시에는 가장 많은 경기를 정동 MBC 문화체육관에서 개최하면서 스폰서를 만들기 위해 노력했다. 한 번은 유명 패션그룹인 ㈜

논노에서 후원을 받았을 때 나를 잘 알고 있던 회장님께서 "자네가 왜 이런 대회를 주최해야 하는지 모르겠어?"라며 의아해 하실 때 나는 "제가 아니면 한국에서 할 사람이 없습니다!"라고 대답했다.

그때는 정말 그렇게 생각했다. 체육관에서 최고 레벨의 선수를 양성해 놓아도 출전시킬 만한 경기가 드물었던 시기였다. 이후 무에타이까지 도입했고 태국 트레이너와 선수들을 초청하는 등 기술적인 면에서 질적, 양적으로 국내 최고의 수준으로 끌어올렸으나, 그런 훈련을 소화해낼 수 있는 선수가 부족했다. 단순히 자질이 있는 선수도 부족했지만, 행여 인재를 발굴했다 하더라도 내·외부 요인에 의해서 오래가지 못했다.

시합을 지속해서 개최하려면 흥행몰이를 할 수 있는 선수층이 두꺼워져야 했지만 늘 그 자리였다. 다들 자기 체육관 선수가 강하다고 떠들지만 정작 링에서 보여주는 실력은 수준 이하가 많았다.

한국 챔피언을 태국까지 데려가서 시합을 치르기도 했지만, 기량 차이가 너무 컸다. 장충체육관에서 한국 킥복싱 챔피언과 내가 태국에서 데리고 온 트레이너와 시합을 붙였을 때는 시작하자마자 한국 선수의 갈비뼈가 부러졌고 들것에 실려 나갔다. 현역선수도 아닌 트레이너와도 상대가 될 수 없는 수준 차이가 났다.

절대적인 실력 부족을 해소하기 위해 내가 노력한 것은 훌륭한 선수를 만들 수 있는 트레이너를 초청하는 것이었다. 트레이너의 자질이 선수의 자질로 이어지는 것은 당연하다. 그래서 태국에서 최고의 트레이너를 데려왔고 시합은 계속 열었다. 그러나 직장을 다니며 한두어 시간 짬을 내서 배우는 훈련으로는 세계적인 선수를 만들 수 없었다. 선수가 훈련에만 집중할 수 있도록 선수의 생활비까지 뒷받침을 해야만 한다는 생각을 하면서 한계를 느끼기 시작했다.

한 번의 시합을 성공시키기 위해 매니저가 짊어지는 부담이 너무 컸다. 큰돈을 들여서 시합을 주최해봐야 대부분 아마추어 실력자들로 시합을 하다 보니 시합 수준은 거의 동네 건달들의 어깨 싸움과 별반 차이가 없었다.

엄연한 코칭스태프 전용 유니폼을 기념품이랍시고 하나라도 더 가져가겠다며 다투는 관장들과, 기량 차이도 별로 없는 졸전 끝에 승패가 엇갈린 선수 간의 판정 시비는 대회 때마다 일상다반사였다.

세계적인 선수를 만들어 일본 선수들을 꼭 꺾겠다는 초심은 그렇게 사라지고 있었다. '증명할 수 없으면 신용할 수 없다'는 최영의 총재의 말씀을 지키려 노력했지만, 힘든 것을 극도로 싫어하는 한국적 토양에서 격투기의 지속적인 발전을 기대하기란 무리였다.

그 후, 1990년에 우에시바 깃쇼마루植芝吉祥丸 아이키도 2대 도주를 처음 만났을 때 최영의 총재와 비교되는 왜소함을 보고 나이 많은 동네 아저씨 정도로 얕잡아 본 것이 사실이다.

일주일 만에 다 배워서 오겠다고 혼자서 일본에 무작정 갔을 때도 나는 아이키도가 별것 아닌 일본무술이라고 생각했다. 하지만 27년 동안 전 세계 선생들의 깊이와 장단점을 파악하면서 어느새 아이키도에 깊은 애정을 갖게 되었다. 마치 자식을 대하고 있는 부모처럼 그 단점까지도 사랑하게 되었다.

남편과 30년을 살았던 부인이 신뢰감이 가지 않는 남편을 떠나면서 집에 불을 지른다는 일본 속담이 있다. 현대에 와서는 불을 지르는 것이 아닌 위자료로 퇴직금을 모두 챙겨서 떠난다고 한다.

신뢰감이 없으면 분열하게 되어있다. 만약 내가 신뢰감 없는 행위로 사람들을 기만하고 있다면 불을 지르고 나간 부인처럼 사람들이 떠나, 대한합기도회는 분열되고 망가질 것이다. 오랫동안 만남이 숙성되어 갈수록 신뢰는 더욱 깊어져야 한다.

'싸워서 이길 수 없다면 친구가 되어라'라는 속담이 있다. 싸움보다는 친구가 되는 것이 옳다. 그것은 국가 간에도, 개인 간에도 똑같이 적용된다.

일본무도를 만나면서 이전에 경험하지 못한 것을 많이 느꼈다. 왜 미국과 유럽의 명망가들이 얼핏 봐서는 왜소하고 연약해 보이기 그지없는 동양인, 그것도 일본 선생들에게 최고의 예를 표하면서 배움을 갈망하는 것일까? 무엇이 그들로 하여금 존경심을 갖게 하는가?

서양 사람들의 동양무술에 대한 불손한 태도는 UFC와 같은 격투기에서 쉽게 볼 수 있다. 뿐만 아니라 이제는 아예 서양의 새로운 무술이 합리성을 갖추고 자리를 틀고 있다.

격투기는 선수가 상품이다. 상품이 빛나면 그만큼 값어치도 높아진다. 하지만 투견장같이 생긴 팔각의 링 안에서 무한경쟁을 빛낼 동양의 선수는 보기가 쉽지 않다. 이제 동양무술은 팔각 링 안에서 모두 죽었다.

처음에 품었던 최고가 되고 싶다는 열망은 최영의 총재를 만나면서 일본을 이겨야 한다는 의욕으로 피어났다가 한국의 현실에 부딪혀 꺾였다. 하지만 만유애호의 무도인 아이키도와의 만남을 통해 동양무술의 힘을 다시금 알게 되었다. 우열을 가리기 위한 속 좁은 싸움보다 자연과 하나 되는 나를 찾고 싶다. 나는 그렇게 아이키도를 만났고 아이키도에서 잃어버린 꿈을 다시 찾았다. 이제 모든 문제는 아이키도 안에서 그 해답을 찾는다.

무도를 수련해야 하는 이유

아이키도는 모든 사물에 대한 애정 어린 보호 정신이다.

— 우에시바 모리헤이

아이키도는 진정한 평화를 갈망하는 사람들을 위한 무술이다. 평화는 '모든 사물에 대한 애정 어린 보호'에서 나온다. 1941년 우에시바 모리헤이는 자신의 무술을 '조화와 사랑의 도道'로서 아이키도合氣道라 부르기 시작했다.

아이키도를 수련하는 목적은 신체적인 능력을 얻는 것만이 아니라, 더 나은 인간이 되는 것이다. 그것이 우리가 아이키도를 수련하는 진정한 이유이다. 창시자인 우에시바 모리헤이는 그의 제자들에게 평화의 무술로서 아이키도를 널리 전파하도록 격려하였다.

그 목적은 '사람들에게 조화와 친교를 가져다주는 지상 낙원과 같은 세상을 건설하는 것'이었다. 훈련은 모든 삶의 도전에 적응하면서 품위를 잃지 않고 강하고 탄력 있는 신체뿐만이 아니라 정신 영역까지 성숙해지는 동기를 부여한다. 역경 속에서 균형을 유지하는 법을 훈련하는 것이다.

각자의 도장에서 또는 전국적인 강습회를 통해서 만나는 새로운 친구들과 동문들이 비슷한 목적을 지닌 품격 높은 회원으로서 자연스럽게 제공하는 고품질의 지원 체계는 아이키도라는 무도를 최고주의로 이끌어 주고 있다. 상대를 패배시키는 하나의 결과로서 승리는 진정한 승리라 할 수 없다.

아이키도는 스포츠가 아니기에 경쟁이 없다. 스포츠 경기에서 승패는 활력을 주기도 하지만 적자생존의 원칙으로 강자가 약자를 지배하려는 성격이 크다. 나 자신의 가치가 다른 사람에 의해 결정되는 것은 결코 바람직하지 않다.

강자가 약자를 지원해주고 이끌어주며 보호해 주어야 한다. 하나의 결과는 관련된 모든 것에 대한 평화와 상호이익을 낳아야 한다. 따라서 아이키도에서는 어떠한 대립에서도 서로가 윈win-윈win 할 수 있는 해결점을 항상 염두에 두고 있다.

절대 자신을 타인과 비교하지 말아야 한다. 자신의 뛰어난 실력을 누군가가 알아주지 않는다 하더라도 본능과 직관을 통해 인생을 바라볼 수 있어야 한다. 아이키도는 공격보다 방어적인 요소를 지니고 있다. 공격성이 앞서게 되면 내적인 평화를 잃어버릴 수 있다.

수련에서는 상대의 강한 힘에 저항하지 않는다. 상대 움직임에 순응하면서 힘의 방향에 따라 기술이 걸리는 것을 배운다. 매우 기술적이고 움직임이 아름답기까지 하면서 부딪치지 않는 것은 심각한 부상을 피하는 데 필수다. 단순하게 상대를 굴복시키는 것과는 다르다.

위험한 동작을 할 때라도 상대의 관절에 손상이 없게 하고, 수신

▲ 아이키도는 평화를 갈망하는 사람들의 무술이다.

을 안전하게 하도록 유도하는 것이다. 상대의 안전을 유념하면서 기술을 완벽하게 구사하는 데 집중한다.

안전한 마무리는 상호 조화의 결과이다. 자신의 기술적 능력을 향상해 갈수록 힘을 통제하고 연민과 같은 포용력을 키워 나간다. 함께 훈련하는 파트너를 보호하는 것이 수련의 과정이다. 우리는 아이키도의 세련된 기술을 수련하는 동안 예의를 포함해 인간이 갖춰야 하는 모든 것의 질이 높아졌음을 발견하게 된다.

아이키도는 보기 드물게 훌륭한 무술이다. 그것을 이해하지 못하고 있는 것은 아이키도에 대해서 잘 모르고 있기 때문이다. 따라서 지도자는 훈련을 통해서 그것이 무엇인지 깨닫고 자신의 능력을 십분 발휘하여 수련생들이 그것을 이해하고 보존할 수 있도록 해야 한다.

배우면서 힘과 스피드 또는 실전력이 떨어진다 하더라도 인류애人類愛에 대한 조예는 깊어질 수 있다. 평화에 대한 단순한 바람이 자신의 본성과 결합되어 몸과 마음의 균형과 조화를 유지하는 것이다. 그리고 그것은 도장 안과 밖에서 안전하게 적용해 나갈 때 더욱 의미를 가진다.

한 시간가량의 수련을 통해서 얻게 되는 이득은 TV 앞에서 의미 없이 보내거나 동네 카페에서 신세 한탄이나 가십에 보내는 몇 시간과는 비교조차 할 수 없다.

아이키도는 유술을 하면서도
검劍의 멋스러움이 있다

무술은 확연히 단계별로 성장한다. 기술의 숙달과 기량, 그리고 훈련을 할수록 자신감에서 뿜어져 나오는 여유와 기품이 있다. 영상 촬영이 쉬워진 요즘 조금 배웠다 하는 사람들이 SNS에 자랑하듯 올려놓은 것을 보곤 하는데 실제로 던질 수 없거나 걸리지도 않을 기술을 보여주면서 허세를 보이는 사람들도 있다. 정말 보기 흉한 것은 잔심殘心을 구현하지 못하고 어정쩡한 모습을 하는 이들이다.

아이키도를 수련하는 사람들은 사범의 단계에 이르기까지는 끊임없이 겸손한 자세를 견지하면서 주의를 해야 한다.

기술을 펼치는 사람이나 수신을 하며 받는 사람이나 모두 흐트러져서는 안 된다. 기술을 펼치는 중에도 또 끝내는 마지막 자세에서도 반듯함을 잃지 않은 잔심이 필요하다.

나쁜 습관이 나타나지 않게 기본기를 철저하게 습득해야 하고 흔들림 없는 기본기를 바탕으로 자신의 스타일을 인정받는 사범이 되기까지는 철저히 수련생의 자세로 임해야 한다.

아이키도의 움직임은 반듯한 멋이 있어야 한다. 허리를 받쳐주는 하카마의 딱딱한 요판의 선과 허리가 일치되어 반듯하게 서있을 때

비로소 멋이 나온다. 검도가 멋있어 보이는 이유다.

반듯함은 검을 다루는 사람들이 공통으로 가지고 있는 멋스러움이다. 아이키도는 유술을 하면서도 검劍의 멋스러움이 있다. 반듯함은 당당함이다. 주눅 들지 않는 패기는 허리를 펴야 비로소 나온다. 그런 당당함은 거만하지 않고 고수의 가르침을 흡수하려는 겸손함도 함께 한다.

허리를 반듯하게 세우고 눈은 온화함 속에 예민함을 가지고 상대와 부딪치는 순간에도 기품을 잃지 않는다. 이빨을 드러내며 공격해 올지 모르는 상대에게 "가까이 오면 강한 이빨로 물어 버릴 거야!" 짖어대는 강아지 같은 모습이 되지 말아야 한다.

긴장감과 두려움이 몰려오는 순간에도 기품을 잃지 않는 반듯한 태도가 중요하다. 약자를 무시하는 건방진 태도가 아니다. 무도는 인간다움을 겸비해야 한다.

인간이 동물과 다른 것은 허리를 반듯이 펴는 직립보행을 하고 도구를 사용할 줄 아는 것이다. 싸움에 임해서 반듯하게 서서 검을 들고 있는 모습이 인간답다. 그리고 선善과 불선不善을 구별할 줄 아는 것이 인간다운 것이다.

일상에서뿐만이 아니라 싸움에 임했을 때에도 인간은 당당하고 기품있는 모습으로 불선에 맞서서 선을 지키는 모습이어야 한다. 검도가 발산하는 멋 가운데 하나가 당당하게 맞서 허리를 꼿꼿하게 세우고 부딪치는 순간에도 자세가 흐트러지지 않는 모습이다.

사람을 살리는 진정한 활인검은 검을 내려놓는 것이라고 했다. 검을 사용하지 않는 검사劍士, 이것이 아이키도다.

반듯한 운동이 좋다. 도구를 사용할 줄 아는 운동이 좋다.

고대의 무사는 검술과 유술을 함께 수련해 왔다. 하지만 검도나 유도가 포인트 위주의 경기를 중심으로 하는 현대 스포츠로 발전하면서 한편으로는 초기의 멋을 잃었다. 전혀 다른 형태로 발전한 이 두 가지를 모두 할 줄 아는 것이 좋아 보일진 모르지만 부족한 능력과 일상이 바쁜 현대인들에게는 어느 쪽 한 가지도 완벽을 기하기가 쉽지 않다.

유술이라는 하나의 틀 속에서 검술을 자연스럽게 체득시키고 있어서 좀 더 예스러움을 가지고 있는 게 아이키도 기술의 특징이다. 하나의 틀 속에 유술과 검술 이 두 가지를 모두 포함함으로써 전체를 볼 수 있게 하였다.

검으로 표현하는 정면베기는 정면치기로, 횡면베기는 횡면치기로 표현하고, 찌르기도 검으로 하는 것을 손으로 표현한다. 처음 보는 사람은 누가 저렇게 공격하냐며 냉소를 보인다. 하지만 손에 칼을 들면 상황은 180도 달라지고 공포감은 배가 된다.

검을 다루는 반듯함과 당당함 그리고 겉으로 표현되는 부드러움, 또 인간 사랑에 대한 선함과 세계평화를 지향하는 마음은 지금까지 내가 경험했던 어느 무술에서도 찾아볼 수 없는 높은 가치를 가졌다고 장담할 수 있다.

부드러움 속에 감춰져 있는 강함을 갖고 있으면서도 시합을 하지 않는 아이키도는 패배자를 만들지 않으며 그야말로 자타공영自他共榮을 실현해 현시대가 요구하는 진정한 현대인의 무도라 할 수 있다.

▲ 아이키도에는 옛 검술의 멋스러움이 있다.

강剛을 넘어서 유柔로

나는 태권도 관장의 아들
로 태어났다. 어렸을 때부터
기본적인 뼈대가 보통의 아이
들에 비해서 크고 강했던 나
는 태생적으로 강한 아이였
다. 중학교 때부턴가 형들과
대련을 하다가 사고가 나기
시작했다. 이후로도 수련 때
마다 매번 대련을 하는데 연
례 행사처럼 큰 사고가 났다.
"너는 왜 열만 받으면 사고를

▲ 어렸을 때 아버지와 함께한 필자

내냐!" 아버지의 꾸지람을 들은 것이 한두 번이 아니었다.

경기장에서 하는 시합만 긴장되는 것은 아니다. 도장에서 하는 대
련도 긴장은 매 한 가지다. 내가 가진 실력을 십 분 발휘하는 것은
물론이지만, 능력 이상으로 기술을 끌어올리다 보면 무리해서 부딪
치기가 일상이었다. 손가락이 꺾여 퉁퉁 붓고 관절이 삐는 것 정도

는 사고라고 보지도 않았다. 피부가 찢어지고 갈비뼈가 부러지는 등 사고가 다반사로 일어났는데 승패를 가리려면 이기기 위해 무리를 해야 하는 기술의 특성상 어쩔 수 없는 현상이었다.

고등학교 졸업을 앞두고 대련을 하면서 발을 휘두를 때. 상대가 무릎을 올려 방어하는 바람에 발목 부위가 상대의 무릎에 부딪혔다. 그 충격으로 밤새도록 통증 때문에 잠을 잘 수가 없었다.

매일 새벽 함께 운동하던 분이 계셨는데 그 당시 패션그룹으로 유명했던 주식회사 논노의 유승열 회장이셨다. 그는 절룩거리며 운동하는 모습을 보고 뼈에 금 간 것 같으니 당장 병원에 가서 엑스레이 찍으라며 병원비를 주셨다.

장충체육관에서 열린 격투기 챔피언전에서 상대 선수가 나의 발길질에 KO 되고 구급차에 실려 가 수술을 받았다. 태권도 심사 때는 국기원에서 나보다 키가 큰 독일인을 만났다. 나는 긴장을 하면서 순식간에 발차기를 펼쳤는데 독일인은 공격도 못 하고 쓰러졌다. 아이와 함께 부인이 뛰어 내려오고 비참하게 쓰러져 있는 남편을 부둥켜안고 울었다. 그 독일인을 가르친 사범이 나를 바라보며 외국인에게 심하게 하면 되냐며 소리를 질렀다. '그럼 내가 쓰러져야 했나?'

챔피언전에서 발에 맞고 쓰러진 선수는 두 번의 수술을 하고 좋아하던 격투기를 떠났다. 평생 잊을 수 없는 상처로 많이 힘들었을지 모른다.

수안보 온천에서 무에타이 시합을 하던 중에 선수가 내 눈앞에서 사망한 사건이 일어나고 말았다. 내가 직접 개최한 것은 아니었지만, 무에타이협회 대표라는 이유로 피해자 부모로부터 고소를 당하고 변호사를 선임해야 했다.

시합을 하면, 자기 능력 이상의 무리를 해야 하는 것이 사실이다. 그런 것이 자신은 물론 상대에게까지 돌이킬 수 없는 상해를 입힐 수 있다. 시합에서 죽은 선수를 상대했던 선수는 죄책감에 일상생활이 힘들다고 했다.

MBC 정동 문화체육관에서 주로 시합을 열었는데 시합 때마다 나는 가슴을 조아려야 했다. 시합에는 사고가 따르기 때문이다. 의사를 경기장에 대기시켜 놓고 찢어진 피부는 그 자리에서 꿰매기도 했지만 큰 부상은 병원으로 가야만 했다. 그런 사고에 대한 책임은 선수 당사자에게 돌리는 것이 일반적이지만 주최자에게 책임소재가 올 수밖에 없는 것이 현실이다.

노력해도 강자가 되기 어려운 자를 시합에 올리는 행위는 매우 위험하다. 시합은 같은 조건을 가진 자들이 싸워야 큰 사고가 나지 않는다. 좋은 체격으로 태어나 도장에서 뼈가 굵어지며 더욱 강해진 나와 같은 사람에게 취미로 시작한 운동으로 시합에 나와서 상대가 되는 것은 잘못 평생을 장애인으로 살아야 하는 위험천만한 일이 될 수 있다. 심하면 목숨도 위협받을 수 있다. 내가 보아온 승패가 있는 시합은 모두 그런 것이었다. UFC에서 보듯이 실력이 뛰어날수록 상대에게 상처를 입히기가 쉽다.

나는 일본에서 아이키도를 다시 시작하면서 이전까지 알고 있던 상식이 바뀌었다. 보통의 투기운동은 실력이 좋을수록 다치게 하지만 아이키도는 반대로 실력이 낮을수록 다치게 할 확률이 높아진다는 점이다. 실력이 뛰어날수록 아이키도는 상대를 다치게 하지 않는다.

아이키도가 대단한 것은 만유애호를 실천하는 운동이라는 점이다. 훈련의 목적이 조화라는 점에서 타 무술과 비교된다.

가르치는 것도 지도자의 수준이 낮으면 기본을 체계적으로 가르칠 만한 수련경험과 자질이 부족해 유튜브에서나 보는 좀 더 멋지고 화려한 기술에만 치우쳐서 사고를 유발하는 경우가 높아진다.

아이키도는 강한 것을 더욱 강하게 하는 운동이 아니다. 격투기에서 추구하는 강함이 스피드와 완력이라면 아이키도는 유연성과 부드러움이다. 강함을 추구하는 방향이 달라서 강한 사람보다는 선천적으로 약한 여성이나 수험생, 사회생활로 몸이 허약해진 사람들에게 더 잘 어울리는 운동이다. 겉으로 잘 드러나지 않는 품격과 같이, 다른 방향에서 강함을 찾는 운동이다.

단위段位가 높아질수록 더욱 안전해진다. 오래 수련할수록 수련의 질이 더욱 깊어지므로 지도자들의 연령도 매우 높다. 나이 80에도 젊은 사람들과 함께 수련할 수 있는 것은 아이키도가 그만큼 안전하기 때문이다.

▲ 83세인 고바야시 야스오 8단

기품 있는 사람을 만드는 것

옆의 사진은 일본에서 열린 교쿠신가라데 시합에 출전했을 때 잡지에 나온 필자의 옛 모습이다. "최후 주자로 나와서 4대 0으로 이겨 2회전에 진입, 한국 1회전 전원 전멸을 방어하다."라고 되어 있다. 나는 이런 시합을 통해서 더욱 강한 것을 추구하게 되었고, 결국 태국에서 무에타이까지 도입했다. 나는 타격기 중에서 가장 강한 무술을 찾았지

만, 아이키도를 만나면서 무도에 대한 인식의 변화가 일어났다.

타격기는 승패에 대한 강한 열정으로 훌륭한 선수가 되는 것을 요구한다. 이 시기에 경쟁을 하는 스포츠와 심신心身 수양을 목적으로 하는 무도武道는 시합과 스승에 대한 시각이 다르다는 생각이 정립

되어 갔다.

경쟁을 좋아하고 시합에서 승리만 추구하는 사람은 무도보다는 스포츠를 선호할 것이다. 경쟁이 결코 나쁘다 할 수 없지만 어떻게 해서라도 이기려고만 하는 것은 좋은 게 아니다. 무도 수련의 원래 목적은 심신의 수양에 있다. 무도는 기품있는 큰 사람을 만드는 것이 그 목적이다.

반듯한 자세와 마음을 평온하게 유지하는 평상심이 수련에서 얻는 몸과 마음가짐이다. 이겼다고 해서 들뜨지 않고, 졌다고 해서 실망하거나 좌절하지 않아야 한다. 위험한 상황에서 할 수 있는 호신술을 배웠다고 해서 자기방어가 가능한 것은 아니다. 실제 무서운 상황이 펼쳐졌을 때 평상심을 잊지 않는 것이 더 중요하다.

사람은 무엇을 시작하든 노력하면 발전할 수 있다. 그것이 음악이 되었든, 서예나 회화가 되었든 각자의 취향에 맞춰 좋아하는 것을 선택하고 배움을 통해서 깊이 있는 발전을 하는 것이다.

서예를 통해서도 품위 있는 사람이 될 수 있고 훌륭한 사람이 될 수 있다. 무도를 선택하는 것도 이와 다르지 않다. 스승이 있어야 하는 것과 없어도 되는 것이 있다.

수양적인 측면에서 발전을 모색하는 사람이라면 제일 먼저 선생을 찾는 것이 우선되어야 한다. 그것이 무도이다.

무도 수련과 스포츠가 다른 것은 그것을 통해서 무엇을 얻는가에 있다. 건강해진다는 측면에서는 공통점이 있다. 만약 아이키도를 스포츠로 생각하고 있는 지도자라면 어떻게든 경쟁에서 이기기만 하면 된다고 생각할 것이다.

무도로 바라보게 되면 기품을 갖춘 큰 사람으로 바뀌는 것에 중점을 두게 된다. 만약 아이키도를 배운 사람이 동네 양아치 같은 모습을 보이고 있다면 그는 아이키도를 싸움기술 정도로만 생각하고 있는 소인배라 할 수 있다.

펜싱 경기와 검도 경기에서 스포츠와 무도의 차이를 느낄 수 있다. 그것은 뒷모습에서 더욱 두드러진다. 승패가 갈리는 순간 두 손을 높이 치켜들고 기뻐하는 펜싱의 유럽 귀족 문화 정서와는 달리, 이기고도 겸양을 유지하는 검도에서 유교 윤리가 강조하는 수신修身의 차이를 생각하게 된다.

아이키도는 기술의 숙달 정도에 따라 평상심을 보여주는 마음의 변화도 함께 깊어진다. 나는 아이키도를 통해 무도가 무엇인지 이해하게 되었다. 만약 무도가 잘 싸워서 이기기만 하면 되는 것이라고 생각했다면 나는 이전에 익힌 투기 종목을 모두 섞었을 것이다. 하지만 격투기를 하면서 마음에서 떠오른 하나의 생각이 있었다. '내 자식에게는 가르치고 싶지 않다!'

무엇이든 오랫동안 배우고 나면 내가 어떤 모습으로 바뀔까 배우기 전에 먼저 생각해 봐야 한다. 내가 바뀌는 것이 있으면 제일 먼저 가장 가까운 사람부터 알게 된다. 무도는 사람을 좋게 바꾸는 것이어야 한다. 앞에 보이는 모습보다 뒷모습이 더욱 멋있고 아름다워야 한다.

선택은 각자의 마음이지만 그것을(무도를) 통해서 무엇을 얻을 수 있는지는 알아야 한다. 비로서 나는 아이들에게 가르치고 싶은 것을 찾았다.

무도에는 길道이 있다

▲ 아이키도 창시자가 쓴 사랑 '愛'

아이키도를 설명할 때 평화와 사랑 그리고 만유애호를 말하곤 한다. 정말 웃기지 않은가? 사람을 던지고 제압하는 무술이 사랑과 평화를 언급하고 있다. 만유애호萬有愛護는 하나 된 인류로서 세상과의 조화를 이룰 것을 말한다.

그렇다. 아이키도는 조화, 하모니를 말하고 있다. 비폭력 무저항은 그냥 가만히 있는 것을 말하는 것이 아니다. 평화의 무술이라고 말하면 어떤 사람들은 비웃곤 한다. 나도 격투기를 해 왔던 사람으로서 그 마음을 충분히 이해한다.

평화? 그것은 경쟁을 말하는 것이 아니다. 마음으로부터 어떻게 하겠다는 의도를 가지지 않는 것, 의도를 버림으로써 적극적인 평화를 추구하는 것이다. 그것은 어린아이와 같은 순수함이 있어야 실천 가능하다.

피부색이 다르고 언어가 달라도 아이들은 잘 어울린다. 그러나 어른들로부터 말하고 듣고 행동하는 방식을 배우면서 순수성을 잃어버리고 만다. 여와 야, 보수와 진보로 나누는 정치가 그렇고 종교도 마찬가지다. 그 모든 것은 통치에 필요한 색을 가지고 있다. 같은 색을 가짐으로써 다른 색을 배척해 버린다. 유태인의 선민의식도 그렇고 민족이나 국가를 구별하는 것도 같다.

이들에겐 공동의 적이 필요하고 그것을 통해 하나같이 공포를 조장한다. 사람들은 실전적인 무술이 무엇인지 말들 하고 있지만, 각자의 생각에 갇혀서 현실을 보지 못하곤 한다.

칼싸움이 난무하던 일본 전국시대 가장 많은 사망자를 발생시킨 것은 칼싸움이 아닌, 어이없게도 돌팔매였다.

호랑이에게 물려가도 정신만 차리면 살 수 있다는 말을 가볍게 생각해선 안 된다. 아무리 강한 무술을 배워도 돌멩이 앞에서는 위축될 수밖에 없다. 그래서 진정한 호신술은 주변의 사물을 잘 이용하는 것이다라고 말하는 것이다. 따라서 우리가 도장에서 수련을 하는 목적이 위험으로부터 자신을 지키기 위해 하는 것이라고 하는 것은 아주 작은 생각일 뿐이다.

호신술을 배우지만 그것은 목적이 아니다. 그런 것을 가지고 평화를 얘기하고 만유애호를 말하는 것이라면 별 가치 없는 것에 시간을 소비하는 것이다. 또한 폭력을 가지고 경쟁을 하는 것은 형제애와 인간관계를 발전시키지 못한다.

나와 타인을 구분 짓지 않고 자연의 일부로서 우리라는 하나를 생각하는 것, 그것이 평화이고 만유애호로 이어지는 깨달음의 길이 될 때 수행에 가치가 생기는 것이다.

아이키도 창시자는 모두가 하나의 인류로서 조화롭게 사는 세상을 꿈꾸었다. 그가 생각하는 세상은 폭력이 없는 평화로운 세상이었고 인류를 하나로 묶어주는 유토피아였다. 그래서 그는 아이키도를 만유애호의 길道이라 하였다. 하지만 그것을 제대로 받아들인 사람이 몇이나 있을까? 각자가 가진 정치, 신앙, 국가관과 같은 집단 이기주의와 개인적인 신념에 따라 성향은 달라진다.

수행하지 않는 자는 창시자가 말하는 만유애호의 길을 심화시킬 수 없다. 처음 기술은 힘을 빼는 것에서부터 시작한다. 내가 완력을 사용하면 상대도 똑같은 힘으로 부딪침이 생긴다. 상대를 무력하게 만든다는 것은 더 센 힘으로 누르는 것을 말하는 것이 아니라 상대와 하나가 되는 것을 말하는 것이다.

내가 마음속에 어떤 색을 갖거나, 또는 지지 않겠다는 의도로 상대를 대하는 것은 상대에 대한 마찰이나 억압과 폭력을 미리 품고 있는 것과 같다. 아이와 같은 순수함이 없고 이미 내 마음속에 세뇌된 색깔 때문에 상대에 대한 순수성을 잃었다. 눈빛은 맹수와 같고 마음은 단호함으로 무장하고 있다. 몸은 경직되고 세상은 험악하다.

경직된 기술은 상대의 더 강한 저항에 의해 제압되고 만다. 의도를 가지고는 어떤 상대도 자신과 하나 될 수 없다. 비폭력은 의도를 버렸을 때 가능하고, 상대는 나와 하나 되어 움직인다.

아이키도는 비폭력, 무저항을 실천하는 운동이다. 일체의 의도를 버림으로써 아이와 같이 순수해지고 하나 되는 우리로서의 나를 발견하게 된다. 몸의 중심은 뿌리를 내린 듯 흔들림이 없고, 마음은 일체의 의도를 버리고, 자연과 하나 되어 움직이는 자신을 만들어가는 것, 그것이 아이키도다. 몸과 마음 어느 하나에 치우치지 않고 나와 남이 분리되지 않고 조화를 이루면서 진보할 때 하나 된 우리로서 평화를 이해할 수 있다.

의도를 가지고 상대에게 접근하는 것은 조화를 깨는 것이고 분열을 심화시키는 것이다

어린아이와 같이 순수해지려면 색깔을 벗겨내야 하고, 나와 남이 다르다는 차별을 두지 않아야 한다. 상대를 있는 그대로 인정하고 하나가 되었을 때 평화가 있다.

말로는 쉽지만, 몸(기술)으로 표현하는 것은 몹시 어렵다. 그래서 수련이 더 가치 있는 것이다. 아이키도는 평화의 무술이고, 사랑의 무술이며, 만유애호의 길이다. 이 글을 이해한다면 당신은 이미 아이키도인이다.

내 삶을 바꾼 경이로운 무술

도장 운영과 관련한 이야기다. 차를 타고 가다 한 건물에 붙어 있는 간판을 보았다. '합기도, 태권도, 우슈, 주짓수, 종합무술, 킥복싱, 무에타이, 삼보, 유도, 복싱'. 모두 격투기 종목이 나열된 체육관 간판이었다. 전문성을 선호하는 사람들은 그런 간판을 보면 눈살을 찌푸리게 된다.

하나라도 똑바로 할 수 있을까라는 생각 때문이다. 하지만 이상할 것이 없는 것은 종합무술이 그런 것이기 때문이다. 태권도나 유도같이 전문화된 종목에서 국가대표가 나오기는 어렵겠지만, 종합격투기 시합에 나가면 여러 가지를 연습한 사람이 더 유리하다는 생각을 할 수 있다. 여러 종목을 상호보완적으로 익혀 시합에 맞게 효율적으로 운용할 수 있다고 생각하기 때문이다.

이론적으로는 위에 열거한 종목들을 모두 섭렵하는 것이 이상적일 수 있다. 하나에 연연하지 않고 다양한 재주를 부리는 신시사이저처럼 정작 자신의 소리는 없지만 다양한 악기 소리를 내는 재능을 갖는 것이다.

단순하게 생각한다면 다양한 기술을 익히는 것이 잘못된 것도 아니다. 폭력은 그 자체로는 악이지만 선하게 쓰일 때 그 의미를 갖기도 한다. 하지만 폭력은 더 강한 폭력을 끌어들인다.

무술도장이 다양한 폭력을 교육하면 수련생들은 더 강한 것을 찾게 되고 도장은 더 강한 폭력을 가르치는 데 신경 쓰게 될 것이다. 무술도장은 돈벌이 수단이 되고 폭력은 더욱 미화될 것이다. 무술을 찾는 수련생들의 연령이 어린 한국적 토양에서 수련생들에게 비폭력 운동을 설명하기란 쉽지 않다.

지도자가 무언가를 가르칠 때는 계몽하는 내용이 있다. 그것이 잘 싸우는 것이라면 폭력이 더욱 증대될 것이다. 폭력을 증대시키는 운동을 일상적으로 해왔던 사람이 비폭력 운동을 본다면 이해하기 어렵다.

야구배트를 격파하며 파괴적인 것만 찾던 나는 타이완에서 처음 비폭력 운동인 아이키도를 보고 이해가 안 됐다. 부드러운 움직임이 그냥 신기하게만 보였다. 파괴적이어야 할 무술이 전혀 실전적이지 않게 보였기 때문이다. 이해하지 못했다는 것이 사실이다.

한국은 비폭력적인 것보다 폭력적인 무술이 더 인기가 있다. 일반인의 시각이 그렇다는 것이다. 좀 더 강한 것을 추구하는 유행과 분위기에 따라서 무술 종목도 변화해 왔다. 비폭력 무술을 이해할 수 있는 지식이 한국에는 그동안 없었다.

아이키도가 유럽과 같은 선진국에서 큰 인기를 얻을 수 있었던 것은 평화에 대한 인식의 차이가 있었기 때문이라고 생각한다. 다시 말해서 폭력이 다반사인 무술도장에서 비폭력을 이해하기란 불가능에 가깝다. 생각 없이 오는 수련생에게 비폭력을 말하기보다는 좀 더 폭력적인 장면을 보여주는 것이 효과가 있다는 것이다.

사람들은 무도가 우리 삶을 개선하는 교육적 수행방법으로서 존재하는 것임을 모르고, 그저 이기고 지는 결과에만 환호성을 보낸다. 그것은 스스로 원치 않았다고 해도 가해자와 피해자를 만들어 낸다.

아이키도는 비폭력 운동이다. 아이키도는 평화에 대한 계몽 운동이다. 평화에 대한 철학이 있고 그 정신과 일치되는 기술이 있다. 아이키도는 비폭력 운동이기 때문이다.

모든 폭력은 어떤 형태로든 대가를 치르게 되어 있다. 나는 격투기 챔피언전에서 KO로 이겼지만 상대는 구급차에 실려 가 수술을 해야 했다. 그 당시 나는 챔피언이 되었다는 희열을 느꼈다. 마치 악당을 물리친 영웅처럼 기뻐했다. 그러나 폭력으로 얻는 기쁨은 오래 가지 않는다. 더 강할지 모를 다음 도전자가 기다리고 있고, 패하지 않아야 한다는 끝없는 스트레스를 받아야 하기 때문이다.

▲ 마치 악당을 물리친 영웅처럼 기뻐했다.

폭력은 교육에 의해서 발생한다. 폭력이 인과응보로 미화되고 신화처럼 보이게 하는 것은 인간을 비인격화하고 폭력이 정당화될 수 있게 만든다. 우리가 경기장에서 벌어지는 폭력을 나쁘게 생각하지 않는 이유는 결과에 대한 보상 때문이다. 그것이 우리를 지배하게 된다면 불을 보고 달려드는 나방처럼 어떠한 위험에도 뛰어들게 될 것이다.

우리의 삶이 좀 더 안전하고 풍요로워지기를 바란다면 우리는 폭력으로부터 멀어져야만 한다. 그것은 마음을 바꾸는 것에서부터 시작된다. 우리는 매 순간 생각을 해야 한다. 기술을 펼칠 때도 위험하지 않은 방법을 선택하고, 상대의 안녕에 기여하는 것을 즐기는 것이다. 좀 더 평화적인 방법을 생각하고 내가 선택하지 않는 것은 하지 않겠다는 것을 인식하는 것이 비폭력이라 할 수 있다. 아이키도는 이와 같은 마음이 우선되어야 하며 인간적인 연민으로 공감을 형성하는 것이다.

비폭력 운동인 아이키도는 인간성 향상과 함께 사회의식을 변화시키는 운동이다. 우리 개인은 물론, 우리 사회가 좀 더 선진국으로 가기 위해서는 인간 존중에 대한 연대 의식이 무엇보다 필요하다.

평생 도장에서 살아온 나도 아이키도를 처음 봤을 때 이해하지 못했다. 하지만 지도자가 된 지금은 진정 내 삶을 유익하고 기쁘게 만드는 것이 무엇인지 알게 되었다.

폭력적인 것에서 얻는 희열보다 재미있는 것이 더 많고 더 흥미진진하며 더 큰 기쁨을 줄 수 있는 그리고 상대 폭력을 진정시켜버리는 다양한 기술을 보여주는 것이 아이키도이다. 아이키도는 내 삶을 바꾼 경이로운 무술이다.

PART
3

검술에서 이치를
깨닫는다

A I K I D O

마아이間合い와
아와세合せ

무술을 바라보는 시각이 넓지 못하여 우물 안 개구리의 시선으로 아이키도를 바라보고는 '싸우는데 누가 손을 잡느냐'고 비아냥거리는 것을 들은 적이 있다. 또는 칼을 들면 비겁하게 칼을 사용한다고 말한다. 무도武道의 시각을 넓히지 못하여 자기 생각의 틀에서 벗어나지 못한 경우다.

용맹의 상징이었던 무사들이 전투와 전쟁을 대비하던 훈련 방식이 현대에 이르러 정신수양과 호신술로, 혹은 몸과 마음을 재충전하는 힐링의 또 다른 방법으로 이용되고 있다. 하지만 혈기왕성한 사람 중에는 심신 수양과 같은 인생의 가치 측면에서 무도를 바라보기보다는 단순히 쌈박질 정도로 여기는 경우가 많다.

그래서 오늘은 전투적인 측면에서 아이키도를 살펴보겠다. 처음 듣는 사람은 이해가 쉽지 않겠지만 아이키도는 옛 전쟁터의 칼싸움을 몸으로 표현하는 기술이다. 싸움에서 제일 중요한 것은 위험을 감지하는 것으로부터 시작한다. 때문에 아이키도에서는 '마아이'[17]

---

17 마아이(間合い, 간합): 위험이 시작되는 거리

가 중요하다.

칼싸움을 머릿속에 그려보자. 상대가 내 머리를 향해 칼을 휘두르고 있고, 나는 칼에 단단히 힘을 실어 머리를 향해 내려오는 칼을 막는다. 만약 호신술을 익혔던 사람이라면 상대의 공격을 피하거나 막은 다음에 무언가를 할 것이다(방어한 후에 무엇을 하겠다는 것이 호신술의 취약점이라 할 수 있다. TV에서도 잘못된 호신술의 위험성을 지적한 바가 있다).

칼싸움에서 상대의 공격을 기다리는 것만큼 최악의 상황은 없다. 아이키도 기술에서 가장 중요하게 다루는 것 중의 하나가 바로 이런 것이다. 호신술은 위험을 감지하는 것으로부터 시작해야 한다. 그 위험이 시작되는 시점을 아이키도에서는 '마아이'라고 하는 것이다.

상대가 손목을 잡으려고 할 때는 이유가 있다. 아이키도 기술을 말할 때 손목이 잡히면 어떻게 해야 하는지 묻는 것 자체가 오류다. 만약 내가 칼을 들고 있고 칼의 공격 가능 범위 내에 있는 상대가 살 방법은 단 하나밖에 없다. 칼을 뽑지 못하게 만드는 것이다. 그것이 적극적으로 손목이나 팔을 잡아야 하는 이유다. 따라서 잡힌 사람의 기술이 아닌 잡는 사람의 기술이라는 점을 먼저 생각해야 한다.

지금까지 설명한 내용을 가지고도 위험을 감지하는 '마아이'에 대해서 이해했다면 당신은 무술에 대해 상당히 조예가 깊은 사람이라고 할 수 있다.

만약에 힘센 상대가 당신의 손목을 잡았다면 상황은 끝난 것이다. 마찬가지로 내려 베는 상대의 칼을 막으려고 기다리고 있다면 당신은 강력하게 베는 방법을 터득한 상대에게 죽거나 깊은 상처를 얻고 말 것이다. 아직도 호신술이라는 것을 잡으면 어떻게 하는 것으로 생각하고 있다면 당신은 이미 상대의 위험한 공격을 받을 수 있는 공간에 들어간 것이다. 그것이 '마아이'이다.

'아와세습ゼ'는 우리말로는 맞춤, 견주어 우열을 정하다, 영어로는 타이밍, 하모니에 속하는 기술적 표현을 의미한다. 상대로부터 위험을 감지하는 순간 상대 안으로 들어가든지 아니면 멀어져야 한다. 위험 속으로 들어갈 때는 외나무다리에서 원수를 만난 것과 같이해야겠지만 아니라면 피해야 한다.

지금까지 올린 글에서 이해해야 하는 것은 아이키도는 잡히는 순간, 끝난다는 것이다. 공격을 준비하는 순간 마아이와 아와세가 적용되고, 움직임이 일어나는 순간 '쿠즈시'[18]가 일어나서 끝나는 것이다.

검술의 원리를 체술로 펼치는 아이키도를 일반인들이 이해하지 못하는 것은 당연하다. 마치 짜고 하듯이 잡히는 순간 던져지고 제압되어 쓰러져 버린다. 기술적 표현은 상대를 보호해야 한다는 책임도 함께 가져야 하므로 매우 어려운 게 사실이나 그만한 가치가 있다.

적에 대한 연민을 갖는 것도 그렇다. 칼싸움은 이기고 지는 것이 아니라 죽이느냐 살리느냐의 문제를 갖고 고민한다. 공격을 준비하는 순간은 죽음을 준비하는 순간이기도 하다. 아이키도는 싸우지 않는다고 하는 것은 곧 스스로 상대의 마아이 속에 들어가지 않는다는 뜻이다.

아이키도는 검술劍術의 원리를 체술體術로 표현하는 무술이다. 그러나 한국에는 아직 그것을 제대로 이해하거나 표현하는 사람이 없

---

18 쿠즈시(崩し): 무너뜨림

었다. 때문에 유사 합기도 대회를 지켜보았던 사람은 합기도를 태권도의 아류 정도로 잘못 알고 있다. 진짜 합기도를 보고도 이해를 하지 못하기에 합기도 지도자라고 하는 사람들이 합기도인 아이키도를 비방하는 어처구니없는 일이 발생하고 있다.

마지막으로 『나의 문화유산 답사기』의 저자 유홍준 선생의 말을 인용하면서 이 글을 마칠까 한다.

아는 만큼 보인다.

몸 쓰는 법과 효과

전자제품을 사면 사용 설명서가 따라오지만, 사람은 태어날 때 사용법을 가져오지 않는다. 마음과 몸을 어떻게 써야 하는지에 대한 지침서는 가정과 학교의 교육을 통해서 이루어진다. 신앙생활을 통해서 얻는 경우도 있다. 그런 교육은 대체로 마음에 집중되어 있고 몸 사용법은 체육을 통해서 이루어진다. 문文과 무武를 구분하는 것도 같은 것이다.

마음은 바르게 써야 한다. 항상 긍정적이어야 하며 덕德과 함께 타인에 대한 배려가 있어야 한다. 무도는 심신心身을 강하게 만드는 훈련을 하는 것이므로 수련을 거친 사람들은 인내심 또한 유별나다. 조금만 불편해도 토라지고 화를 내는 일반인들과는 차별성을 가진다.

마음 쓰는 법을 바르게 배우지 못하면 참을성이 없고 덕이 부족하며, 항상 부정적인 사고를 하게 된다. 교육은 지식의 습득을 통해 지혜를 가지고자 한다. 그 지혜는 정의롭고 예의 바르며 타인을 배려할 줄 아는 인간을 만드는 것에 있다고 할 수 있다. 그리고 마음은 행동으로 옮겨진다.

행동의 결과는 얼굴에서 나타난다. 오랜 세월 살면서 만들어진 얼굴은 그 사람의 성품이라 할 수 있다. 범인을 가장 많이 잡은 형사에게 그 비결을 묻자 "얼굴을 보면 범인이라는 것을 알 수 있었다."라고 말한다. 우리 도장에 수련하고 있는 경찰은 거의 모든 사람을 우선 부정적으로 보는 것 같아서 안타깝지만 나쁜 것만 보다 보면 그렇게 될 수 있다.

마음 쓰는 법을 잘 배우고, 몸 사용법도 잘 익혀야 한다. 지지 않기 위해서 무술을 배우는 사람은 마음 한 편에 열등의식과 두려움이 있다. 이기고 싶어 하는 거친 행동은 그런 마음의 표현이다. 지지 않으려고 하는 마음이 강한 완력을 쓰게 하고 팔과 어깨에 긴장을 초래한다. 당연히 어깨와 팔에 근육통이 생긴다. 운동 후에 어디가 아픈가를 보면 몸을 어떻게 쓰고 있는지 알 수 있다.

호랑이나 사자, 치타 같은 맹수들은 어릴 때 장난을 통해서 사냥과 싸움을 익힌다. 그런 장난은 몸 사용법을 익히는 절차와 같다. 상대는 가상의 적이 아니라 나를 도와주는 고마운 파트너다. 사람도 맹수와 같이 훈련을 한다. 파트너와 함께하는 기분 좋은 훈련을 하고 나면 팔과 어깨가 아픈 것이 아니라 다리와 허리에 기분 좋은 통증이 와야 한다.

이겨야 한다는 조급한 마음은 팔과 어깨를 긴장시킨다. 맹수의 장난은 팔과 어깨가 아닌 다리와 허리를 바쁘게 만든다. 아이키도 운동이 바로 그런 것이다. 상대를 적으로 여기며 싸움을 하려는 무술이 아니다. 따라서 훈련은 강한 기술로 단숨에 쓰러트리거나 제압하려는 것이 아니다. 오히려 그렇게 하려고 하는 파트너의 의도를 가볍게 피하거나 자연스럽게 되돌려버린다.

결국 몸 사용법은 허리 동작에 따라 움직이는 다리 운동이 되어야 한다. 훈련이 끝나고 나서 허리와 다리가 근육통으로 아프면 잘한 것이다. 하지만 팔과 어깨가 아프면 잘못된 것이다. 아이키도는 완력을 사용하지 않기 때문이다.

모든 무술이 하단전下丹田, 즉 허리가 중요하다고 강조하지만, 정작 훈련이 끝나고 팔과 어깨 통증을 호소하는 사람이 많다는 것은 몸 쓰는 방법이 틀렸다는 것을 말해주고 있다.

허리는 엉덩이 근육에 의해 움직인다. 엉덩이는 다리가 받쳐주고 있다. 따라서 아이키도 훈련을 강하게 하였다면 분명 엉덩이와 허리 그리고 다리가 아파야 한다. 그런 아픔은 훈련을 하고 다음 날 상쾌한 아침에 일어나면서 느끼는 기분 좋은 뻐적지근함이라 할 것이다. 몸의 사용법을 잘 배운 사람의 팔은 깃털처럼 가볍다. 마음 쓰는 법을 잘 배운 사람은 긍정적인 변화로 자신은 물론 주변을 바꾼다.

심신을 강건하게 바꾸는 것이 무술 수련의 효과라고 할 수 있지만 어떻게 바꿀 것인가는 전적으로 누구에게 어떤 것을 배우는가에 달려 있다고 보아야 할 것이다. 그런 의미에서 아이키도는 몸과 마음 쓰는 법을 배우는 지침서와 같은 운동이라 할 수 있다.

▲ 아이키도는 모든 무술의 기본이다.

세월이 명산을 만든다

오랜 세월 지도자 생활을 해오다 보니, 다양한 직업군의 제자들이 있다. 그 가운데에서는 업계에서 이름만 대면 다 알 수 있을 정도의 실력을 갖춘 셰프들이 몇 명 있는데, 이들의 공통점을 살펴보면 배움의 의지가 강하지만 날림으로 하는 경우가 없다는 것이다.

오랜 기간 한눈 팔지 않고 오직 요리에만 전념하면서, 스승과 선배로부터 혹독한 트레이닝을 통해 오늘의 이 자리에 설 수 있었다는 것을 잘 알기에 그렇다. 대량 생산과 소비가 주를 이루는 현대 사회이기에 대형 공장에서 생산되는 음식이나 주류 등을 쉽게 접할 수 있지만, 실력 있는 셰프가 만들어낸 그것과는 비교되지 않는다. 그게 다 땀과 노력, 시간이 녹아 있기 때문이다.

요즘 무술계를 보면 어렸을 때부터 꾸준히 수련해 오면서 지도자로 성장한 사람보다는 한때 유행하는 무술에 편승하여 단기 과정을 통해 도장을 차리는 경우가 있다. 개인의 문제뿐만이 아니라 영리를 목적으로 단기간에 양성하는 일부 몰지각한 지도자와 단체의 문제이기도 하다. 그들은 자신이 하고 있는 것이 매우 실용적이고 강력하다는 것을 어필하려고 노력하지만, 젊은 혈기로 모든 핸디캡을 극복한 것이지 기술적인 깊이나 철학적인 성찰을 찾기가 어렵다. 된장, 간장의 숙성도 힘든데 사람의 숙련은 얼마나 힘들겠는가?

성인 회원이 대부분인 도장을 운영하다 보니, 제자들의 면면을 살펴보면 과거 다양한 무술 경력을 가진 이들이 많다. 타 류 지도자뿐만이 아니라, 자칭 지상 최고의 무술을 익혔다는 사람, 군에서 북파공작원의 훈련을 받았던 사람도 있다. 그렇게 강한 사람들에게는 몇 가지 강한 테크닉만으로 나의 지도 방침을 수긍하게 하기는 어렵다. 하지만 이런 분들이 10년 넘게 꾸준히 자신을 낮추고 배움에 임하게 만들 수 있는 것은, 걸음마를 떼자마자 시작한 도장 생활에서부터 실전을 방불케 하는 다양한 시합 경험뿐만이 아니라 훌륭한 스승을 모실 수 있었던 인고忍苦의 세월 덕분이다.

MMA[19] 트레이너가 링이라는 한정된 공간에서 살아남는 파이터를 키우는 사람이라면, 무도의 스승은 무술뿐만이 아니라 인생이라는 링 아닌 링에서 인생사 희노애락喜怒哀樂을 헤쳐가는 방법을 가르칠 수 있어야 한다.

내 제자들이 일신의 안위安危에 관심을 가지는 것이 아니라 이 사회에 꼭 필요한 구성원이 되고 나아가 지도적인 역할을 하는 인물로 성장해주기를 바라기 때문이다. 작은 승리에 도취하기보다는 지혜롭고 명예롭게 살아가기를 원한다.

어제는 예비군 훈련장에서 총기 난사 사건으로 꽃다운 청춘들이 생명을 잃거나 심각한 부상을 입었다. 아무리 무술 고수라고 해도 등 뒤에서 총을 쏘아대면 아무 소용이 없다. 자살한 피의자처럼 사

---

19 MMA: Mixed martial arts, 종합무술

회 부적응자가 생기지 않도록 훌륭한 리더와 함께, 소외된 이를 포용할 수 있는 사람들이 많은 사회가 되기를 간절히 바란다.

에베레스트와 같은 명산은 목숨을 걸고 도전을 해야 정복이 가능하다. 평범한 사람들에게 에베레스트와 같은 명산 등정은 엄두도 내지 못한다. 정복은 남의 이야기일 뿐이고, 동네 뒷산 올라가는 것도 힘들어 한다. 잠깐 즐기기 위해서는 인적 물질적 준비가 잘 되어있는 레저시설을 이용하는 편이 낫다. 무도에도 그런 깊이가 있다. 무도는 일반 사람들이 올라갈 수 없는 명산과 같다. 그 명산은 내가 닮아야 할 스승을 말한다.

산에 왜 올라가야 하는지 그 의미를 일깨워 주는 것이 지도자의 역할이다. 산이 있으니 올라간다는 말은 도전과 응전이라는 DNA가 없는 사람들에게는 공허한 메아리일 뿐이다.

보통의 사람들은 높은 명산을 보면 두려움을 느낀다. 질려버리거나 아예 고개를 돌린다. 지도자는 명예롭게 사는 것이 무엇이고, 멋지게 사는 것이 어떤 것인지 조언하고 실천한다. "스승을 배우는 것이 무도武道다!" 스승이 명산이고 명예다. 스승을 닮는 것, 따르는 것, 그것이 전통이다.

싸워서 이기는 것보다는 적을 만들지 않는 것이 훨씬 현명하다는 것을 무술로 깨닫기까지 너무 오랜 세월이 걸렸다. 살인검을 통해서 활인검의 가치를 배웠다. 내가 살아가면서 보고 배우고 느낄 만한 스승이 있다는 것이 얼마나 다행인지 모른다. 거울 앞에 다가서면 하얗게 변해버린 머리카락이 세월의 무상함을 느끼게 한다. 그래도 난 참 많은 것을 보았고 경험했고 그렇게 쌓인 경험으로 제자들을 가르쳐 왔다. 앞으로 몇 년을 더 할 수 있을까 생각하면 제자를 좀 더 많이 배출하지 못한 것이 못내 아쉽다.

試玉要燒三日滿, 辨材須待七年期.

시옥요소삼일만, 변재수대칠년기.

옥돌을 시험하려면 꼬박 사흘은 태워 보아야 하고, 인재를 가리려면 7년은 기다려야 한다.

— 당唐, 백거이白居易, 「방언放言」

▲ 중국 소림사에서 가토리신토류 검술 연무를 보이는 장남

모든 행동에는 책임이 뒤따른다

'키보드 워리어'라는 말이 있다. 인터넷의 '익명성'이라는 특수성을 이용해서 현실에서는 자기 의견 하나 내세우지 못하고 싫은 소리 한 번 하지 못하는 '예스맨'이 인터넷 공간에서 말을 거침없이 하는 사람들을 일컫는 말이다. 또 실제 경험은 전무할 정도로 부족하면서 말만 그럴싸하게 꾸며 대는 이들을 가리키기도 한다.

아이키도에 대한 논쟁은 동서고금을 막론하고 새로운 것이 아니다. 가끔 수준이 하의 글을 볼 때면 대부분 무시하지만 어디서부터 설명을 해야 할까 고민이 되기도 한다. 한 예를 들어보겠다. "아이키도는 길 가다가 예기치 못한 공격을 당할 때 같은 실전에서 효용성이 떨어진다."라는 댓글을 보았다.

사실 어떤 이들은 일반인들의 그런 생각에 부합하여 이런저런 다양한 무술의 장점만을 모아서 만들면 최고의 실전 종합무술이 되리라는 환상을 가지기도 한다. 그리고 그러한 탄생 배경을 가진 무술이 실전에서 가장 유용하다는 주장을 하지만 이는 취향일 뿐 논리적인 근거도, 경험치도 없는, 시쳇말로 '정신승리'에 지나지 않는다.

옛날 칼싸움하던 시절에는 지금과 같이 대중화한 현대무술을 실전이라고 할 수 없다. UFC 같은 것을 봐도 로마 시대 죽을 때까지 싸우는 검투장면과 비교하면 장난에 불과하다. 죽거나 운이 좋으면 불구가 되는 미야모토 무사시 시절의 진검승부와도 비교될 수 없다. 만약 길거리에서 누군가로부터 목숨에 위협을 느꼈다면 현대의 무술보다는 고대의 무술이 더 효과적일 것이다.

현대인들이 옛 무사들처럼 실전에 대비하려고 하면 일상적인 사회생활을 포기해야 한다. 권투나 MMA 선수들을 보면 링에 나오기 위해 거의 종일 훈련에 몰입한다. 가까이는 태릉선수촌 대표선수들도 목숨을 걸고 훈련하는 특수부대의 훈련량에 결코 뒤지지 않는다. 일상적인 생활을 영위하면서 한두 시간 짬을 내서 훈련하는 것을 가지고 전문적인 파이터라고 말하는 것은 시합을 동네 애들 싸움 정도로 생각하고 있기 때문이다.

현대인들이 옛날 칼싸움을 하던 시절의 무사와 같은 파이터가 되는 것은 거의 불가능하다. 하지만 아이키도를 가지고 위에서 말한 길거리에서 누군가에게 예기치 못한 공격을 당했을 때 실전이 가능하냐고 질문한다면 대답은 "가능하다!"이다. 좀 더 깊은 이해가 필요하지만 '구슬이 서 말이어도 꿰어야 보배'라는 속담처럼, 이런저런 기술을 모아 놓기만 하기보다는 제대로 된 기술의 숙달과 상황에 대처하는 감각 훈련이 얼마나 되어 있느냐가 더 중요하다.

아이키도는 고류 검술에 기반을 두었기에 다양한 상황에 대처하는 기술과 함께 멘탈 트레이닝이 발달해있다고 자부한다. 훈련은 유사시 어떠한 상황에서도 힘을 집중할 수 있도록 훈련한다. 이는 검술에서 말하는 '슨도메寸止め'에서 답을 찾는다.

'슨寸'은 1인치 정도의 간격을 말하고 '도메止め'는 멈춘다는 뜻이다.

즉 슨도메는 1인치 정도에서 멈춘다는 사전적인 의미로 검도인들에게 많이 알려져 있다. 그저 멈춘다는 뜻으로 알고 있는 이유는 바라보는 사람의 관점에서 말한 것이고 실제는 마지막 순간에 화약이 폭발하듯 강한 힘이 나온다는 의미이다.

이소룡이 보였던 '1인치 펀치'가 그런 것이고 태권도에서 주먹을 뻗었을 때 마지막 멈춰지는 순간이 가장 강한 것을 말한다. 검으로 대나무를 자를 때 크게 휘두르는 것이 아닌 아주 작은 움직임에도 슨도메가 작용한다.

검술의 실력은 슨도메에서 나타난다고 말한다. 슨도메는 크게 휘둘러서 볏짚이나 대나무를 자르는 일반적인 것을 말하는 것이 아니다. 진짜 실력은 매달려 있는 가느다란 실을 1인치 펀치와 같이 작은 움직임으로 잘라내는 것이다. 또는 대나무가 아닌 그 줄기인 가느다란 가지를 약간의 움직임으로도 잘라내는 것을 진짜 실력이라고 하는 것이다.

볏짚을 자르고 대나무를 자르는 것은 일반인도 어렵지 않게 할 수 있지만, 대나무 가지나 실을 슨도메로 잘라내기는 쉽지 않다. 아이키도에서 힘을 집중한다는 것이 그런 것이다. 약간의 움직임으로 상대를 무너뜨리고 제압하는 것을 일반인들이 쉽게 이해하기는 어렵다.

실제로 아이키도를 수련하고 있는 회원들도 몹시 어려워하는 것이다. 검도 고단자가 신문지를 둘둘 말아서 때렸는데 팔이 부러졌다는 이야기는 허언이 아니다.

힘을 집중했을 때 나오는 강한 파괴력을 이해해야 비로소 힘을 뺀다는 아이키도 기술을 이해할 수 있게 된다.

힘도 쓰지 않고 약간의 움직임에도 나가떨어지는 연무 시범을 보고 믿을 수 없다는 반응은 그러한 힘의 작용을 이해하지 못해서 나오는 것이다. 검술은 단순하게 보이지만 인류 역사와 함께할 정도의 깊이를 지니고 있는데 그 움직임이 너무 단순해서 이해하기가 쉽지 않다.

아이키도에서는 혼자서 하는 연습은 극도로 제한되어 있다. 항상 둘이서 약속대련을 하듯이 훈련하는데 검을 들었을 때도 마찬가지이다. 그 이유는 훈련의 효과가 추상적이지 않고 빠르기 때문이다. 이러한 훈련을 통해서 얻는 직접적인 효과는 간합과 아와세의 배양이다. 실전에서 주먹이든 몽둥이든 휘두를 때 집중되는 힘이 파괴력을 갖는 것이며 위험을 감지하는 거리 감각과 상대의 공격을 받아내는 타이밍이 제일 중요하다

혼자서만 춤을 추듯 하는 검법이나, 반복적인 투로 훈련을 하는 일부 중국 무술은 무술적인 원리를 갖추고 있다고 하더라도 실전 감각이 떨어질 수밖에 없다. 시합을 하는 무술은 오랜 시간을 고된 훈련을 하지만 포인트와 룰에 맞춰서 준비해야 하기 때문에 그 습관이 오히려 실전과 멀어질 수 있다.

만약 길거리에서 발생할지 모르는 위협 때문에 실전이 필요하다고 생각한다면 돌멩이를 강하게 던질 수 있을 때까지 연습하라고 하고 싶다.

일본 전국시대 전투에서 가장 많은 사망이 일어난 원인이 돌멩이였다는 점을 알면 이해가 될 것이다. 가까운 예로는 브라질의 격투기 선수가 어이없게도 동네 양아치가 휘두른 흉기에 맞아 혼수상태에 빠졌다는 외신 뉴스가 있다.

아이키도는 시합을 목적으로 하는 운동이 아니다. 정신과 기술을 균형 있게 훈련하여 유사시 이 둘을 가장 효율적으로 집중하여 사

용하는 것을 목표로 한다. 시합을 하지 않지만 슨도메와 같은 강한 집중력은 여느 무술의 고수들과 다르지 않다. 그러한 힘의 집중력을 보이면서도 완력을 쓰지 않는다는 점은 기존 타 무술과 구별이 되는 강점으로 나타나고 있다.

철없는 키보드 워리어들이 길거리 싸움을 실전이라고 착각하고 있는데, 법치국가에서 길거리 싸움에 휘말리지 않도록 자신을 수양하는 것이 실전이지 상대를 흠씬 두들겨 패서 민형사상 책임을 지는 것이 실전이 아니다.

정당방위? 대한민국에서 정당방위가 과연 어디까지인지 법리 공부부터 하라. 현실과 게임 속 '스트리트 파이트'를 혼동하면 안 된다. 그런 실수를 애교로 봐 줄 수 있는 기간은 짧다.

모든 행동에는 책임이 뒤따른다.

▲ 멕시코 시티 도장에서 아이키도를 지도하는 필자

간합 이해로부터 시작

현직 일본 경찰들이 흉악범을 검거할 때 아이키도보다 유도를 배운 경관들이 더 많이 다친다는 이야기가 있다. 허리 던지기腰投げ 기술 하나만 놓고 비교를 해보면 아이키도와 유도는 뿌리가 같다는 사실을 알 수 있다. 두 무술 모두 근대 이전 고류 유술의 영향을 벗어날 수 없었기에 그렇지만, 현재에 이르러서는 상당 부분 아이키도와 유도는 기술의 무게 중심이 달라지고 있다. 피아彼我 간에 긴장을 유지하는 거리, 즉 간합(間合, 마아이)이 전혀 다르기 때문이다.

위험이 시작되는 경계를 간합이라고 한다. 유도는 근접 기술이 많은 비중을 차지하여 간합 안에서 제어하는 기술이 위주가 되어가는 데 반해, 아이키도는 대부분이 간합을 유지하려는 무술이다. 따라서 상대가 공격 의지를 갖추고 접근할 때 이미 그 위험이 감지로부터 시작하여 그 간합을 계속 유지하려 노력하는 것이 아이키도다. 검도도 이와 유사하다. 아무리 무술의 고수라 해도 간합 안에서 시도되는 공격을 피하거나 막아내는 것은 불가능에 가깝다. 살을 내주고 뼈를 취한다고 멋있게 포장하기도 하지만, 그 희생이 너무 크다.

만약 잡아야 할 범인이 칼이라도 들고 있다면 그 위험은 불을 보듯할 것이다. 범인을 요행히 체포했다고 해도 경관이 당해야 할 위험이 너무 크다. 칼싸움은 극도의 공포를 수반한다. 전장에서 굶주린 맹수처럼 좌우를 살피지 않고 달려드는 무사를 상상해 보라. 생사를 초월한 눈동자는 핏발이 홍채를 관통해 있고, 맹수의 발톱 같은 시퍼런 칼날은 보기만 해도 오금이 저릴 것이다.

서로를 죽고 죽이는 광기 넘치는 상황에서 평상심을 유지하기란 쉽지 않다. 만약 살인에 이골이 난 흉악범의 살기가 주도권을 잡으면 아무리 무술의 고수라고 해도 소용없게 된다. 격투기 체육관에서 평소에는 대련을 잘했던 선수가 실제로 시합을 나가서는 힘을 쓰지 못하고 기술도 사용하지 못하고 주먹만 휘두르다 나오는 것을 많이 본다. 그것은 체육관에서 가졌던 평상심을 경기에서는 잃어버렸기 때문이다.

간합 안으로 들어가 시작되는 싸움은 매우 위험하다. 유도는 경기 위주의 트레이닝이 강조되면서 아테미当身技라고 하는 타격기가 사라져 버렸다.

실전을 표방하는 신흥 유파인 주짓수Jujitsu가 등장하지만, 간합 안에서의 기술 위주라 비슷한 상황의 위험을 맞닥뜨리기는 마찬가지다. 강력한 타격기를 추구하던 필자가 국내 최초로 태국에서 무에타이를 도입한 것은 주지의 사실이다. 어느 정도 노하우가 쌓였을 당시에 고도의 훈련으로 상당 수준까지 올라서지 못하면 역시 위험에서 안전할 수 없다는 것이었다. 실제로 종일 훈련만 하는 프로들도 다치는 것을 많이 봤다.

간합 밖에서 싸우는 무술은 아이키도와 검도다. 검도는 세메攻め를 통해서 상대의 공격 의지를 읽는다. 실수로 혹은 실력으로 상대

의 간합을 읽지 못하면 손목-검술에서 손목은 심장과 같다-을 비롯해 몸 이곳저곳을 사정없이 난타당하고 만다. 아이키도는 적을 만들지 않는다는 무술의 성격상 상대를 겨누는 자세를 잡거나 하지 않는다. 하지만 적의를 가진 상대가 접근할 때 세메로 공격 의지를 알아내는 검도처럼 미리 파악하고 대처하는 기술을 추구한다.

▲ 검술에서 손목은 심장과 같다

아이키도는 간합 밖에서 시작하는 무술이다. 따라서 간합 안에서 시작하는 유도와 비교했을 때 상대적으로 안전하다. 특히 검에 대한 대처가 부족해진 유도(경기 위주 수련의 맹점)와 비교하자면 아이키도는 검劍의 이치를 몸으로 표현한다는 점에서 '몸으로 하는 검술'이라고 한다.

아이키도는 체술에 대한 이해가 부족한 검술 수련자와 검술에 대한 이해가 부족한 체술 수련자에게 그 의문의 실타래를 푸는 역할을 하고 있다고 자부한다.

고도칸講道館 유도의 기반이 된 기토류起倒流와 합기계 유술의 근간인 다이토류大東流 유술, 신카게류神陰流와 호조인류宝蔵院流의 검술과 창술에 대한 철저한 체득을 바탕으로 아이키도를 창시한 우에시바 모리헤이 선생에게 다시 한 번 경의를 표하게 된다.

Do not be tense, just be ready. — Bruce Lee.

긴장하지 말고 그냥 준비하라. — 이소룡

왜 손목을 잡고 하는가?

'왜 손목을 잡고 하는가?'와 '손목수? 이해가 안 되는 것' 등 이전 책에서도 손목 잡는 것에 대한 이야기를 했다. 이번 글은 더욱 발전된 이해를 돕기 위해서 적었다.

일본어로 잡는 방법을 모치카타持ち方라고 한다. 고바야시 야스오 8단의 손목을 잡으면 마치 잡고 있는 내가 제압된 듯 압도되곤 한다. 야마시마 다케시 7단은 손목을 잡는 사람이 상대의 중심까지 제압하듯 잡아가는 방법에 대해 강조한다. 잡고 있는 사람이 오히려 통제되고 있기 때문이다.

두 손이든 한 손이든 어떤 방법으로 선생의 손목을 잡는 순간 잡는 사람이 불리해지는 것을 곧바로 느끼게 된다. 검술에서 공격하면 그것을 방어로 받는 것이 아니라 공격으로 상대의 공격을 차단해 버린다. 만약 방어를 위한 방어만을 하게 되면 결국에는 당할 수밖에 없다.

잡혔을 때 힘을 쓰며 주먹을 쥐거나 손가락을 힘껏 펴면서 강한 저항을 하면 잡고 있는 상대의 잡고 있지 않은 반대쪽 손이 뒤따라 공격한다. 때문에 잡히는 사람은 잡는 사람의 또다른 공격이 가능

▲ 대구지부에서 지도하는 필자

한 상황에 대해서 인지해야 한다.

아무런 생각이 없는 바보처럼 손목을 그냥 잡고 있는 것이 아니므로 손목을 잡히는 순간 잡힌 사람의 중심이 제압되거나 반대쪽 주먹의 공격을 받아 상황은 끝나게 된다.

두 손으로 잡혔을 때도 똑같은 상황이 펼쳐진다. 잡히면 상황은 이미 끝난 것이다. 아이키도를 잘못 이해하면 손목이 잡히면 어떻게 하겠다는 호신술로 생각하게 된다.

공격하는 상대가 사고력이 떨어지는 바보가 아니라면 그런 손목수는 불가능한 것이다. 한 손을 잡으면 다른 한 손으로 공격하는 태권도가 오히려 유리하다.

손목을 잡는 것은 여러 공격유형 중에 하나가 되어야지 손목수라는 고유한 형태가 되어서는 안 된다. 아이키도를 이해하지 못하면 하나하나를 모두 고유한 테크닉으로 지정해 버린다. 그래서 아이키도를 시작하면 손목을 잡는 손목수라는 것을 꼭 배워야 하는 것이 되고 만다.

손목수, 의복수라고 형태로 정하면 그런 상황이 벌어지기 전에 전개되는 심리적인 것과 움직임에 대한 감각적 이해를 하지 못하게 된다. 손목을 잡아야지만, 의복을 잡아야지만 테크닉을 펼치게 되는 실수를 저지르는 것이다.

모치카타에 대한 이해도 없이 손목을 잡으면 어떻게 한다라는 것은, 공격해오는 검을 방어한 다음에 공격하겠다는 식으로 단순한 호신술로 생각해 버리는 것이다. 합기도에서 호신술이라고 하고 있는 것들이 거의 다 이런 것들이다. 합기도 지도자라고 하는 사람들까지도 그런 사고思考에서 벗어나지 못했기 때문에 이해를 못 하는 것이다.

아이키도는 손목을 잡으면 무엇을 하겠다는 호신술이 아니다. 손목을 잡히는 순간 제압되어 버린다.

검이 머리 위로 쳐내려올 때 막는 것이 아니라 일도류一刀流의 극의極意에서 보여 주듯 적의 중심을 향해 공격함으로써 상대의 검을 순간적으로 제압해 버린다. 마찬가지로 손목을 잡는 순간 제압해 버린다. 그것은 검술이나 유술에서 똑같이 나타난다.

순식간에 공수攻守가 뒤집히는 그런 상황을 만들기 위해서 상대를 내가 의도하는 방향으로 이끄는 것이 중요해진다. 손목을 잡힐 때는 모타세카타持たせ方라고 하는 방법과 모타레카타持たれ方라고 하는 방법을 교묘히 쓴다.

모타세카타는 상대를 내가 의도하는 방법과 방향에서 잡게끔 만드는 것으로 잡는 것을 내가 유도해 낸 것이다. 모타레카타는 상대가 잡을 때 어떻게 잡힐 것인가를 말한다.

즉 내가 주도하여 잡게 하는 것과 수동적으로 잡히는 법을 말한다. 상대가 접근해서 잡힐 때까지 잠을 자고 있듯 생각 없이 멍하게 있다가 잡히는 것이 아니라 공격 의도를 가진 적敵이 접근할 때 이미 내가 의도한 방법으로 유인해서 잡게 하거나 아니면 어떻게 잡힐 것인가를 연습을 통해서 적용하는 것이다.

손목을 잡히는 순간 상대의 중심에 '아타리[20]'가 걸리면서 순간적으로 잡는 사람의 몸이 경직되고 무너지듯 제압된다. 이때 손목을 잡은 상대는 반대쪽 주먹으로 공격하는 것이 불가능해진다.

외통수와 같은 아타리 공격으로 몸이 경직되거나 중심이 무너진다. 즉 손목을 잡는 순간 기술에 걸리고 마는 것이다. 만약 공격자가 빠르게 중심을 수습하면서 주먹으로 공격해오면 타이사바키라고 하는 전환을 이용해서 다시 제압한다.

기술을 거는 자(投け, 나게)는 모치카다라고 하는 잡는 방법을 이해해야 하고, 기술을 받는 자(受け, 우케)는 잡게 만드는 방법(모타세카타)과 잡히는 방법(모타레카타)을 터득해 나가는 것이어야 한다. 아이키도는 눈에 보이는 기술보다 보이지 않는 감각적인 기술이 더 많은 운동이다.

---

20 아타리(當たり): 상대의 중심과 내 중심이 연결되는 것을 말함.

검술이 진짜 실전이다

　무武는 강한 것, 즉 힘을 의미하는 것이다. 무사武士의 시대에서 힘이란 곧 검劍을 의미하는 것이었다. 검은 '무도의 강함'을 상징하는 무기로서, 무도 또는 병법이라 하면 곧 검술을 뜻하는 것이었다. 이렇게 검으로 표현되는 강함을 부드러운 몸으로 표현한 것이 유술이며, 현재 일본을 대표하는 가장 부드러운 유술이 바로 아이키도다.

　본래 유술과 검술은 떼어낼 수 없는 관계임에도, 이들 각각을 스포츠로서 극대화해 발전한 것이 바로 유도와 검도다. 검도의 종주국 일본은 검도가 순수한 무도로 남기를 희망하고 있지만, 올림픽 종목이 되기를 원하는 주변국들의 열망을 거스르기는 어려워 보인다. 또한 이미 올림픽 종목으로서 확고한 지위를 차지하고 있는 유도는 타고난 체격과 힘에 더해 기술까지 일본을 따라잡은 서양이 상위권을 차지하고 있다.

　무엇보다도, 검도와 유도가 스포츠로서 발전하면서 검술과 체술을 서로 다른 것으로 보고, 이 둘을 따로 배워야 하는 현상이 일어났다. 아이키도가 무도의 순수한 전통을 지키고 있다고 평가받는 이유는 시합하지 않기 때문이기도 하지만, 체술 하나하나가 검술의 이치를 따르고 있어서이다. 만약 검술과 멀어져 검의 이치를 따르지 않게 된다면, 결국 아이키도는 체격적으로 우월한 서양인들에게 설 자리를 잃게 될 것이다.

검술과 아이키도의 체술은 표리일체의 관계이다. 또한 그것은 우선 강함을 익히고, 이를 다루는 부드러운 힘을 깨달아가는 과정이기도 하다. 아이키도는 힘을 쓰지 않는다고 말하지만, 힘없는 환자가 잘할 수 있는 무도는 없다.

먼저 힘을 기르고 쓸 줄 알게 된 다음에야 부드러운 힘을 알아가는 것이다. 따라서 무도를 하지 않는 사람이더라도 팔굽혀펴기나 윗몸 일으키기 정도는 열심히 하는 것이 좋다.

공부도 강한 체력이 뒷받침되어야 끈기 있게 잘할 수 있다. 굳센 무武가 부드러운 문文을 받쳐주는 것과 같다. 문을 바로 세우고 나면 다시 전쟁터와 같은 세상에서 살아남아야 하니 결국은 다시 무로 돌아가는 것이다. 그때는 문이 무를 받쳐준다. 따라서 사람은 문무 文武를 겸비했을 때 가장 완벽하고 강한 인간이 된다.

부드러운 아이키도를 잘하기 위해서 단단한 검술을 배운다. 그러나 검을 다루다 보면 외려 몸이 경직되고 손목과 같은 관절과 팔이 딱딱해질 수 있다. 때문에 아이키도를 통해 몸을 부드럽게 만들고, 이 부드러움을 재차 검술로 이어지게 하는 것이다. 검술의 강함을 바탕으로 한 체술의 부드러움이 억센 힘을 통제하는 동양적인 신비함을 갖추는 것이 바로 아이키도를 빛나게 하는 것이다.

무술의 시너지

무술도 궁합이 맞는 종목이 있다. 옛 무사들은 검술과 함께 유술을 수련하였다. 여기서 유술의 의미를 정리할 필요가 있다. 일반적으로 유술이라고 하면 그래플링을 생각하지만, 고류에서 유술은 검이나 무기를 들지 않은 무술이라는 의미다.

▲ 사무라이의 전투

무술도 근대화를 거치면서 검술은 검도로, 유술은 유도와 아이키도로 나누어졌다. 즉 검을 손에서 놓더라도 검술과 똑같은 원리로 기술을 펼치는 하나의 무술이었다.

따라서 아이키도와 검술은 분리할 수 없는 관계다. 기본자세에서 손을 들어 앞으로 뻗고 있는 것은 검을 들고 있는 손의 모습이다.

상대를 던질 때도 검으로 베는 것과 똑같이 허리는 반듯하게 세우고 두 손이 자신의 중심에서 벗어나지 않도록 한다. 허리 중심에서부터 뻗어 나오는 검 끝의 기가 목표를 두 동강이 내듯 체술에서도 자연스러운 손끝의 움직임에는 강한 검기가 실려 있어야 한다.

한번은 필자가 전문가들 사이에서 널리 알려진 기무라 타츠오木村達雄 선생이 손가락 끝으로 가볍게 미는 것만으로 넘어진 적이 있다. 믿기지 않아 앞뒤로 크게 발을 벌리고 다시 버텨 보았지만 앞의 발이 들리면서 또 넘어졌다. 그 외에도 여러 경험을 하고 수련에도 참여했다. 돌아와서 그러한 체험을 얘기하자 오컬트에 빠졌다는 어처구니없는 말을 듣기도 했다. 마음을 많이 나누던 사람에게까지도 '사탄도 힘을 발휘하니 다시 만나지 말'라는 엉뚱한 충고를 들었다.

거의 10년이 지난 지금에 와서 그 원리를 어느 정도 이해하는 수준까지 오게 되었지만, 그 당시에는 충격 그 자체였다. 그만큼 나는 격투기 외에는 다른 세상의 깊이를 모르고 있었던 것이다. 이후로 나는 딱 3가지에만 집중하고 있다. 그것은 '검술劍術, 유술柔術, 합기合氣'다. 이 세 가지는 나에게 가장 큰 영감을 준다.

아이키도는 나에게 인간애人間愛에 대한 또 다른 감성을 발달시키고 있어서 단연 최고의 무도라 생각한다. 아이키도는 정말 좋은 운동이지만 대한민국에서 타 무술에 비해 너무 알려지지 않은 것을 안타깝게 생각한다.

다시 말해 아이키도의 수련 목적은 신체적인 능력과 함께 더 나은 인간이 되기 위함이라 할 수 있다. 창시자 우에시바 선생이 어떠한 상황에 처하더라도 평화를 추구하며 자기애를 지닌 분이었다는 믿음이 생기지 않았다면 굳이 어려움을 겪어가면서 보급할 필요도 느끼지 않았을 것이다.

"아이키도는 모든 사물에 대한 애정 어린 보호정신이다萬有愛護."라는 창시자의 말에서도 그의 정신을 살펴볼 수 있다. 기술적으로 아이키도와 고류 검술은 뿌리가 같은 무술이다. 상대적으로 스포츠로 성장한 태권도는 아이키도와의 조합으로 얻어낼 수 있는 시너지 효과가 미미하다. 왜냐하면 힘을 사용하는 방법이 완전히 다르기 때문이다. 무에타이와 같은 격투기는 말할 것도 없다.

광복 직후 1세대 선배들이 첫 단추를 잘못 끼운 이른바 '한국형 합기도'만을 보아온 이들이 태권도에 관절기를 조합하면 합기도가 아니냐는 말을 하기도 하는데, 시쳇말로 피지컬이 어울리지 않는 짬뽕이 되어 버려서 후배들이 여러모로 고생하고 있다. 한국 합기도계가 무술계에서 자신의 포지션을 찾지 못하고 시류에 흔들리고 있는 것은 이미 주지의 사실이다.

무술 중에서도 교차 수련을 통해 시너지 효과를 얻을 수 있는 무술은 많다. 유도와 주짓수, 무에타이와 킥복싱, 호쿠신잇토류北辰一刀流와 검도가 그 예다. 이런 조합은 한쪽이 다른 한쪽에 도움을 주기에, 기술을 더욱 향상하기 위해서 함께 배울 가치가 있다. 그러나 개인적 관심을 충족하기 위해 배우는 것은 각자의 취향일 수 있지만, 시너지 효과를 낼 수 있는 조합이 아니라면 한 가지도 제대로 하지 못할 수 있으므로 주의가 필요하다.

검을 다루는 선비

아이키도 수련에 임할 때는 선비가 검을 잡았을 때와 같아야 한다. 그 목적이 절대적인 힘이 아닌 궁극의 평화를 추구하는 것이다. 검은 살인이 아니라 대의를 실현하기 위한 최소한의 수단이 되어야 한다. 승패에 연연하지 않아야 하며, 승리에 집착해서는 안 된다. 미세한 움직임의 손끝에서, 정확한 위치를 잡는 발바닥에서, 느낄 듯 말 듯한 호흡의 흐름을 통해서 상대와 충분한 교감을 이루어 내야 한다.

상대를 배려하지 않은 단순한 위력은 불안과 공포를 조성하고 혐오와 따돌림으로 이어진다. 무술이 단순히 파괴적인 힘을 추구하는 모습들은 현대인들에게 무술을 기피하는 이유가 되기도 한다.

상호교감에 집중하여 자신과 상대의 안녕을 추구해야 한다. 무술을 통해서 적을 늘리지 않고 도반을 얻어야 한다. 그런 노력의 과정이 신뢰, 우정, 존중을 이끌어 내는 것이다. 이것이 진정한 아이키도인의 마음이어야 한다. 그것은 자신이 하고 있는 행동의 결과에 대해서 인지하는 사람이라 할 수 있다. 대체로 사람들은 누군가 무심하거나 또는 무책임한 방식으로 나를 대하고 있다면 그에 걸맞은 결과를 되돌려 주려고 한다. 주먹에는 주먹으로, 피에는 피로 돌려주려고 하는 것이다.

상호작용의 결과로 그들이 어떤 것을 깨닫는가 하는 것은 전적으로 바로 당신의 책임이다. 도장의 좋은 수련 분위기는 서로를 안전하게 한다. 이 말은 일부러 부드럽게 혹은 조심스럽게 수련해야 한다는 말이 아니다. 파트너를 대하는 깨어있는 상태에서 수련이 만족스럽게 된다면 우리는 활발하고 유효한 기술들을 경험하게 된다.

사람들이 도장에 오는 것은 다른 누군가로부터 다치는 것을 피하는 방법을 배우러 오는 것이다. 훈련을 통해서 그들의 실수와 잘못을 사과하게 하고 진심으로 고마워할 수 있게 만들어야 한다. 이는 곧 도장에 좋은 에너지를 이끌어 낸다.

위험스러운 기술을 연마할 때에도 안전하게 해야 하는 책임을 갖고 잠재적인 위험으로부터 신속하게 적응하며 살아남는 법을 숙달하는 것이다. 그렇게 되기 위해서는 꾸준한 훈련이 필요하다. 가끔 도장 청소를 하다 보면 오랫동안 사용하지 않아서 무기에 먼지가 쌓여있는 것을 발견하곤 한다.

검술이나 장술 훈련은 자신의 몸을 크게 멀리 확장하는 역할을 한다. 따라서 아이키도는 무기와 신체가 하나가 되는 훈련을 하는 것이다. 그리고 올바른 정신이 그것을 통제할 수 있어야 한다. 아이키도가 훌륭한 것은 바로 그러한 정신에 있다.

목검과 장은 먼지가 쌓이지 않도록 오랫동안 방치해서는 안 된다. 먼지가 쌓이는 것은 그만큼 훈련을 하지 않았다는 증거다. 나무의 균열을 점검하고 손에서 나오는 땀으로 나무의 상태를 최상으로 유지해야 한다. 무기와 신체와 정신이 하나가 되어 있어야 훈련을 하면서 파트너를 다치지 않게 보호할 수 있게 되는 것이다.

창시자는 검술과 유술의 고류 형태를 두루 섭렵하고 아이키도에 맞게 특화해 놓았다. 무기를 쓰는 손의 움직임과 발의 이동, 몸의 움직임을 검술과 일치시켜 놓은 것이다. 두 손과 양 팔꿈치는 항상 중앙에 두고 있는 것이 그러한 예라 할 수 있다.

아이키도에서 무기술은 체술과 실질적인 관련이 있을 뿐만 아니라 검술에서 가장 중요한 마아이聞合, 아와세合わせ, 그 외에도 무술의 핵심적 기술에 대한 가르침을 주고 있다.

무기 훈련은 의도적인 공포를 이끌어 위험한 순간에도 정신을 침착하게 하고 강하게 유지하는 법을 가르쳐 준다. 아이키도는 기술적으로도 뛰어나지만 제일 중요하게 여기는 것은 기술의 발전과 일치하는 정신적인 발전이다. 아이키도를 알면 알수록 정신적 성숙과 깨달음이 따른다. 수련을 거듭하면 할수록 가슴 뜨거운 우군을 얻는 기분이다.

아이키도는 무武를 겸비한 선비, 문文을 추구하는 무사의 길이다.

▲ 검술보다 무서운 실전은 없다.

검술보다 무서운 것은 없다

옛날 이소룡 영화에서 적의 칼을 발차기로 제압해 버리는 장면을 보고 열심히 따라 했던 기억이 있다. 그런 장면들을 보면 맨손으로도 검을 이길 수 있다는 착각에 빠지기도 한다. 필자는 어렸을 때부터 태권도를 5단까지 수련했지만, 무기를 들고 싸우는 자를 비겁한 자로만 생각했다.

검과 맨손 중 어느 쪽이 단시간에 생명을 앗을 수 있는지 물어보는 것 자체가 바보스러운 질문이다. 실전에서 검을 사용하지 않았다면 그것은 분명 칼이 없거나, 칼이 아니어도 충분히 상대할 만하다고 보아서일 것이다.

현대의 평화 속에서는 검술의 의미가 많이 달라졌지만, 그 형태와 전략은 변하지 않고 전해지고 있다.

15세기경부터 검술에 선불교禪佛敎의 교리가 접목되면서 맹목적 살생에 대한 종교적 반성이 시작되었고, 나아가 무사들의 살인은 마지막 선택이 되었다.

살생하지 않는 진정한 활인검은 검을 뽑지 않는 것이다. 생명이 오락가락하는 실제 상황에서 맨손에만 기대는 것은 미친 짓이다. 게

다가 검을 뽑지 않고 상대의 위협을 감수하기란 더욱 어려웠을 것이다. 이는 싸움 자체를 부정한다는 뜻이다.

만유애호萬有愛護를 펼치는 아이키도도 이와 같다. 아이키도가 승부를 가리는 무술이면서 살생을 피하는 마음을 갖는 것은 매우 흥미롭다. 공격해오는 상대마저 다치게 하지 않는다는 정신은 매우 철학적이면서 현실적이다.

검술보다 더 무서운 무술은 없다. 안전을 보장하면서 즐기는 스포츠 검도와 옛 검술은 실전을 바라보는 관점이 다르다. 기술이 모두 살생의 기술뿐인 검술은 더더욱 그렇다. 따라서 스포츠처럼 아무에게나 검술을 가르치는 것은 위험천만한 일이다. 처음 배울 때는 검의 원리를 바탕으로 하는 유술을 숙지시키고 평화를 사랑하는 아이키도 윤리에 기반을 둔 정신을 확립한 상태에서 검술을 각인시켜 나간다.

아이키도는 바로 그러한 점에 착안된 무술이라고 해도 틀리지 않다. 아이키도가 많은 사람들에게 호응을 얻는 것도 바로 이런 점 때문일 것이다. 검을 모르는 유술은 실전에 대한 편협한 프레임 속에 갇혀서 실제 상황을 보지 못한다.

살인을 거부하는 궁극의 활인검은 검을 들지 않는 것이다. 하지만 검술을 모르고 어떻게 검으로부터 자유로운 유술을 할 수 있을까?

나는 그 해답을 아이키도에서 찾았다. 칼싸움은 강한 정신이 동반되지 않으면 불가능하다. 검을 들고 싸우는 것만큼 무서운 것은 없기 때문이다.

옛 검술은 유술을 함께 포함하고 있다. 이유는 검을 사용하지 않거나 못할 때를 위해서였다. 무술 수련은 좀 더 안전하게 평화를 지킬 수 있는 힘을 얻고자 노력하는 것일 뿐이다.

검술보다 무서운 무술이 없다는 말이 무엇을 의미하는지 이해했으면 한다. 검술은 구미타치組太刀라는 짜인 형을 위주로 수련한다. 그렇게 하는 이유는 안전하게 기술을 습득하기 위함이다.

약속된 동작이라고 해도 위험해질 수 있다. 다시 말하지만, 검술만큼 위험하고 무서운 것은 없다. 따라서 영리를 목적으로 검술을 가르치는 것은 살생하는 법을 돈벌이로 이용하는 것과 같다. 때문에 검술을 가르칠 때는 먼저 가르치려는 자의 인성을 잘 살피지 않으면 안 된다.

인성이 안 된 자에게 검술을 가르치는 것은 매우 위험하다. 내가 가르친 기술이 어디선가 나쁘게 이용되고 있다면 나는 폭력을 조장하고 사회 공익을 해치는 사람 중의 하나가 될 뿐이다. 따라서 잘 알지 못하는 사람에게 검술을 지도해서는 안 된다.

검술이 일반적으로 알려진 현대 무도에 비해 오랜 역사가 있지만, 주변에서 도장을 쉽게 보지 못하는 이유는 검술로 돈을 번다는 생각을 하는 선생이 많지 않기 때문이라 할 수 있다.

대중적인 무도는 모두에게 열려있는 스포츠와 같다. 내가 가르치는 도장도 모든 사람에게 열려있다. 안전하고 재미있게 배우며 운동할 수 있다. 그런 과정에서 서로를 알아가면서 기술은 더욱 깊어진다. 검술도 그렇게 배우는 것이다.

내가 검을 들면 귀신도 무서워한다

生생과 死사를 다루는 것이 검술이다. 생사가 오가는 상황만큼 극심한 긴장은 없다. 그래서 목표의식이 뚜렷한 상황에서 무술을 통한 배움의 가치는 그 무엇보다 절박하다. 승부라는 하나의 화두를 놓고도 스승에 따라 의견이 달라진다. 나이나 경험에 따라 가르침도 달라진다.

사실 나는 고등학교 때까지는 이가 부러지도록 치고박고, 싸웠지만 졸업을 하고 나서는 싸워본 기억이 없다. 물론 위험한 상황은 있었지만 정작 마음 놓고 누구를 때려 봤다거나 그런 상황에 놓인 적이 없다는 것이다. 무술도장은 예외였는데 기본적으로 상대를 폭력으로 대하는 것이 허용되어 있었기 때문이다.

자유당 시절 도장 운영을 업으로 살아왔던 아버지 세대는 폭력이 만연한 사회적 분위기 때문인지 무술을 배우는 수련생이 많았다. 주로 성인들이었고 지금처럼 어린아이들 위주의 도장은 거의 없었다. 폭력이 정당화될 수는 없지만 불가피한 폭력에 대비하려는 사회 분위기가 있었다.

▲ 1961년도 아버지 태권도장 수련생들

　강해지고자 하는 욕구는 누구에게나 있다. 하지만 아마추어일 수밖에 없는 일반인이 폭력적인 기술 구사가 다반사인 격투기에서 프로선수를 흉내 내며 승부를 가리려 할 때 폭력에 노출된 자신을 상해로부터 100% 안전하게 보호받기는 어렵다. 무술을 배웠다고 해서 모두 프로선수처럼 될 수 있는 것이 아니다.

　'만약 억울하게 누군가로부터 폭행을 당했다면 어떻게 해야 할까?'라는 화두에 칼로 복수하겠다는 말이 나왔다. 그 말이 일리가 있다고 생각한다면 생각 없이 주먹질했던 사람은 생명을 잃을 수 있는 환경을 만든 것이다. 그러한 면에서 아이키도는 매우 현실적인 대안이 있다.

　만약 다가오는 적으로부터 위협을 느꼈다면 주변에서 눈에 띄는 도구를 사용하는 것이 현명하다. 도구를 이용하지 않았다면 분명 이유가 있을 것이다. 생명의 위험을 무릅쓰고 싸워야 할 상황이 아니거나 상대를 얕잡아 볼 만한 이유가 있거나 아니라면 좀 더 안전하게 현실적인 해결을 하려고 노력했을 때다.

시합에 출전하는 선수가 아니라면 일반인이 싸울 일은 거의 없다. 길거리에서 일어나는 모든 싸움은 경찰서로 가게 되고 서로 잘못한 만큼 처벌을 받는다. 싸움은 피해야 한다. 목숨을 걸어야 할 만큼 지켜야 할 것이 없다면 싸워야 할 명분도 없는 것이다.

목숨을 걸고 지켜야 할 것이 있다면 싸워야 한다. 근접전에서는 검을 사용하지 못할 것이라는 생각은 검을 가볍게 본 것이다. 검술은 그렇게 허접하지 않다. 또한 칼을 들고 있는 자에게 주먹으로 싸우겠다고 접근하는 자도 무모하지만, 접근하면 칼을 못 쓸 것으로 생각하는 자도 검에 무지한 자다.

만약 근접전에서 칼을 쓸 수 없으니 유도를 배워야 하고, 떨어졌을 때를 위해 권투를 배우고, 또 발차기를 배워야 한다고 말하는 자가 선생이라면 그 제자들은 검도, 유도, 권투, 태권도를 모두 배워야 할 것이다. 한 가지도 제대로 하지 못하는 자가 다양한 폭력에 대해서 걱정하는 꼴이다.

강아지도 자기를 해칠 사람인지 예뻐할 사람인지 알아본다. 하물며 공격 의도를 보이는 자에게 접근해서 얻어맞는 바보 같은 사람은 없다. 그런 현상은 엇비슷한 자들이 지지 않겠다고 맞붙었을 때나 일어나는 일이다. 만약 억울하게 당했다고 보복한다면 더 무섭고 강한 복수를 불러온다. 따라서 현대인들에게 가장 필요한 것은 더 강한 폭력이 아니라 그런 것에 휘말리지 않고 대처할 수 있는 능력이다.

검술의 강함을 익히고 그것을 사용해서 승부를 가리는 것이 아니라 속에서부터 욱하고 올라오는 폭력성을 자제하는 법을 익히는 것이 더 현명하다.

　아이키도가 살벌한 검술을 설명하면서 유술을 가르치고 평화를 얘기하는 이유가 이런 것이다. 아이키도는 "검술과 유술의 완벽한 조화."라고 오랫동안 설명했지만 알아듣고 이해하는 사람은 흔치 않다. 더욱이 '합기'가 추구하는 기술적 의미도 모른 체 아이키도를 그저 3류 격투기로 전락시킨 것은 매우 안타까운 일이다.

오도悟道

벌써 30년 가까이 된 기억이다. 일본에 여러 유명 선생들을 찾아다니면서 하나라도 더 배우려고 노력할 때였다. 고바야시 도장에서 함께 수련하고 있던 유단자에게 질문을 했다.

"일본에는 유명한 선생들이 많은데 당신은 그런 선생들을 찾아다니며 배우고 있습니까?"

"저는 고바야시 선생 한 분에게만 집중합니다. 고바야시 선생처럼만 할 수 있었으면 좋겠습니다!"

죽비로 얻어맞은 듯 나는 아무 말도 하지 못했다. 그는 이후 고바야시 도장 지도원이 되었고, 여전히 수련에 정진하고 있다. 그 이전까지 나는 국내에서 평생을 통해 연구할 만한 가치가 있는 것을 발견하지 못했고 따를 만한 선생도 만나지 못했다.

내가 했던 무술은 싸우는 재주에 불과했고, 아이키도를 배우기 위해 일본을 처음 갈 때만 해도 기존의 재주에 몇 가지 테크닉을 추가해보겠다는 생각이었다.

선생은 얼마나 제자를 잘 키웠는가를 보면 그 선생의 실력을 가늠할 수 있다. 제자를 잘 키우는 것이 스승의 자질이라 생각한다.

▲ 장남에게 대代를 이어가며

　홀륭한 제자를 만들기 위해서는 먼저 무술이 가진 특성을 정확히 이해하고, 그 분야에서 최고의 선생을 찾는 노력을 경험해야 한다. 정통한 모든 무술은 단계별 성장을 위한 교학敎學 체계가 갖추어져 있다.

　기본 카타[21]가 있고 그것으로부터 진화한 변화와 응용이 있다. 이런 것들은 모두 다음 단계에 가기 위한 준비가 된다. 그래서 유단자가 되면 그때부터가 진짜 시작이라고 말하는 것이다.

　유단자가 되면 마치 다 배운 것처럼 떠나는 사람이 많다. 그것은 그 무술의 교학 체계가 가진 한계이며, 대체로 가르치는 선생의 자

21　카타(型, 형): 정해진 형태로 둘이서 하는 약속 대련도 카타라 한다.

질과 관련이 있다.

최근 검술과 관련한 행사가 집중되면서 검과 체, 즉 검술과 체술을 다시 한 번 점검하는 시간이 되었다. 스가와라 테츠타카 선생은 부드러우면서 힘 있는 검술을 하라고 지적하신다.

지난주 호쿠신잇토류 마도카 종가가 왔을 때 어떤 대답이 나올까 생각하면서 던진 질문이 있었다.

"검을 다룰 때 중요한 것이 무엇입니까?"

"검을 얼마나 부드럽게 사용할 수 있는가가 중요합니다!"

검술이 카타를 위주로 하고 있는 것을 생각하면서 스가와라 선생에게 질문을 했다.

"선생님 카타를 모두 익히고 나면 무엇을 합니까?"

"내가 처음 왔을 때는 카타를 가르쳐주었지만, 지금은 카타가 아니지 않은가!"

마도카 종가는 비슷한 질문에 대해서 자신은 가르치는 커리큘럼을 갖고 있지 않다고 했다. 오해하기 쉬운 말이지만 레벨이 높은 제자라면 그것이 무엇을 의미하는지 안다.

나는 교수면허를 받기 전까지는 검술이 그냥 빠르고 강하면 된다고 생각했다. 수련생들이 검을 아주 가볍게 사용하고 또는 강하게 사용하고 있을 때에도 무엇이 문제인지 알지 못했다. 수련을 거듭할수록 몸이 어떻게 변해야 하는지도 몰랐다.

각자의 레벨에 따라 감당할 수 있는, 또는 이해할 수 있는 능력이 다르기 때문에 어떤 것은 알려고 한다고 해서 알 수 있는 것도 아니다. 도장에서 수련생들을 가르칠 때 가장 어려운 것이 이런 것이다.

선생은 실력이나 능력에 따라 깊이가 다를 수밖에 없다. 처음 초심자에게는 기본을 가르치고 그것을 익히고 나면 다음을 가르친다.

가르치려고 하지 마라, 스스로 고민하고 보았던 것을 기억할 수 있도록 훈련하라.

초심자에게 맞지 않은 기술을 가르치면 선생이 제시하는 의도와 반대로 엉뚱한 결과를 가져오고 만다. 완전하지 못한 자가 나서서 가르치는 것은 쿠세[22]를 다른 사람에게 전달할 수 있어 더 나쁜 결과를 가져옴을 지적하는 말이다.

면허를 받기 전까지는 절대 가르치려 해서는 안 된다. 도장에 찾아오는 수련생들 중에 무언가를 배웠다고 해서 살펴보면 나쁜 쿠세가 고치기 어려울 정도까지 발전해 있는 것을 보곤 한다.

선생은 수련생의 능력에 맞게 다양한 가르침을 주어야 한다. 그것을 위해 선생은 쉼 없이 연구하고 노력한다. 이름 있는 선생들은 단위에 따라 가르침도 달라진다. 그러나 많은 수련생들이 능력 밖의 재능을 바라고 여러 선생을 기웃거리며 인간적 끈을 놓아버리는 실수를 한다.

검을 부드럽게 만들어야 하는 것처럼 몸을 부드럽게 만들어야 한다. 아이키도는 검을 몸으로 표현하는 무술이다. 많은 사람들이 무술을 배우고 나서 부드러움을 잊어버리곤 한다.

무술은 무도로 발전한다. 그것은 오도悟道를 향하는 길이고 자신이 서있는 곳과 가야 할 길을 깨닫는 것이기도 하다.

강하지만 부드럽게 사용해야 하는 검처럼 우리의 인생도 같다. 무

---

22 쿠세(癖): 편향된 경향이나 성질, 나쁜 습관이나 버릇을 일컫는 단어

도가 깨달음이 없다면 그것은 한낱 살생을 위한 기술에 불과하다. 그런 것이 얼마나 오래갈까?

검도와 유도 그리고 아이키도는 기본적으로 카타形를 가지고 있다. 그렇다. 고바야시 선생처럼만 해도 원이 없겠다고 했던 유단자처럼 자신의 능력에 맞는 카타를 찾아야 한다. 그러나 그것이 오직 형태만 있고 그것만을 위한 운동이라면 심사숙고해 봐야 할 것이다.

옛부터 무사는 선禪에 관심이 많았다. 결가부좌를 하고 깨달음을 추구하는 좌선坐禪만큼이나 발걸음을 옮기면서 깨닫는 행선行禪도 중요하다. 검도는 검으로, 유도는 유술로 깨달음을 추구한다. 아이키도는 아이키合氣를 통한 깨달음을 추구하며, 이것은 기술적인 것과 정신적인 것을 모두 포함한다. 그래서 서양에서는 아이키도를 움직이는 선이라고 하였다.

무도란 강함에 대한 깨달음이지만 얼마나 부드러워질 수 있는가가 중요하다.

PART
4

쓴소리 같은
단소리

A I K I D O

바꾸어야 할 무도세상

일본에는 무도 수련을 지원하며 장려하는 곳이 많다. 전국에 산재해 있는 신사들 안에는 무술을 장려하는 수련장을 가지고 있다. 특히 가토리 신궁과 가시마 신궁은 무신武神을 모신 신사로 유명하다. 지난주에 참여한 행사장은 교토 부토쿠텐武德殿으로 평안신사에 붙어있는 연무회 장소로 예로부터 무도 고단자들이 연무를 보이는 장소로 유명한 곳이다.

6단 이상의 스승들이 서는 자리로 일반 유단자들이 설 수 있는 곳이 아니다. 옛날에는 연무가 검술 위주였기 때문에 검술과 검도의 원로들이 주로 연무시범을 보이던 곳이다. 고바야시 선생은 인사말에서 유서 깊은 장소에서 연무를 보이게 된 것이 감격스럽다고 소감을 말하였다. 교토 행사에 참석한 우리 회원들은 역사가 깊은 자리에서 연무시범을 보이게 된 것을 기뻐했다.

고바야시 도장은 2014년 창립 45주년을 맞아 이를 기념하기 위해 마련한 연무회는 소속 회원 한 사람 한 사람이 도장에서 만난 관계를 얼마만큼 소중하게 생각하고 있는지 확인하는 자리이기도 하다.

단위段位 순으로 짜인 연무순서에서는 오랫동안 수련하며 쌓인

▲ 교토 부토쿠텐武德殿에서 연무 중인 필자

실력의 깊이 차이를 볼 수 있어서 좋았다. 80세를 전후한 선생들이 연무를 보일 때에는 기술의 화려함보다는 한 동작 한 동작에서 나타나는 기품이 아름답게 보이기까지 하며 감동을 주기에 충분해야 한다.

아름다운 예술작품을 보는 것처럼 승패를 초월한 감동은 오래도록 기억에 남는다. 강인하면서 기품 있는 아름다움은 땀 한 방울 흘리기 싫어하는 사람들에게는 영화 속에서나 보는 세상 밖 일이다.

한국에서도 7단, 8단의 원로가 보여주는 연무시범 대회가 있어야 한다. 대회장에 아이들 내세워 싸움질 구경하듯 어른들이 원로랍시고 단상에서 내려오지 않는 것은 크게 잘못하는 것이다.

돈벌이밖에 모르는 천한 세상에서 어린아이들의 동심이 살아있는 신화를 펼치고 꿈을 키울 수 있는 창의성을 기르는 것은 어른들의 실천에 달려있다.

▲ 무도는 행동하는 철학이다. 부인의 연무 모습

　한창 운동해야 할 50대에 원로가 되어 단상에 자리나 잡고 앉아있는 자를 무도인武道人이라고 해서는 안 된다. 무도는 행동하는 철학이다. 이제부터라도 무도세상을 바꿔야 한다.

유튜브는 유 선생이 아니다

종합무술로 알려져 있는 유사 사이비 합기도에서 유튜브에 올려놓은 서양인의 시범 영상을 보았다. '合氣道'라는 동일한 한자를 쓰고 있어 혼란스러우나, 이 책에선 이해의 편의를 돕기 위해 Hapkido를 합기도로, Aikido는 아이키도로 표기하겠다.

영상은 서양에서 훈련하는 모습과 함께 한국에서 열린 합기도 대회에서 보여주는 시범이 그 내용이었다. 그가 한국에 와서 2명의 수련생 팔꿈치를 부러뜨렸다는 소문이 있을 정도로 강한 무술가라고 하지만 그의 영상을 보면서 측은하고 불쌍하다는 생각이 들었다.

훌륭한 신체 조건을 가지고 있지만, 선생을 잘못 만난 탓에 광대로 변해버린 안타까운 모습이었다. 차라리 태권도를 배웠으면 올림픽 메달리스트가 되어 국가적 영웅이 되었을 수도, 무에타이를 배웠다면 앤디 훅처럼 K-1에서 세계적인 격투가의 반열에 이름을 올릴 수도 있었을 정도의 재능이 보였지만, 제 딴에는 종합무술이라고 하는 합기도를 만난 것이 안쓰러울 정도다.

합기도를 하는 한국인 중에서는 그 서양인을 당할 자가 없을 것 같다는 생각이 들었다. 영상을 보면 아이키도 기술을 섞어가며 거의 영화 수준의 액션을 보여주고 있다. 하지만 그는 무도가 추구해야 하는 것을 정확하게 배우지 못했다. 아마 그를 가르쳤던 선생도 마찬가지였을 것이다.

손목을 잡고 있는 파트너를 킥으로 가격할 때는 태권도와 유사하고, 아이키도 입신던지기를 흉내 내다가 끝에서 타격기처럼 가격을 해 버린다.

합기도에서 손목을 왜 잡아야 하는지 기술적 이해나 체계를 설명해 주긴 하는데 그 내용이 궁색하기 그지없다. 힘센 악당이 약한 여성을 납치하기 위해 손목을 잡는다는 정도로밖에는 이해하지 못하고 있다. 그런 정도의 사고력으로 무술을 가르치면 위와 같은 상황에서 아무 생각 없이 멍청하게 잡았던 사람은 팔이 부러지거나 킥에 나가떨어지는 것이다.

아이키도를 오랫동안 수련하면 자연체와 같은 몸이 되고, 그 중심에 쌓인 공력으로 자연스럽게 상대방을 제압하거나 던질 수 있다. 그래서 혼자 하면 태극권이고 함께하면 아이키도라고 말하는 것이다. 만유애호萬有愛護를 강조하는 아이키도 정신에 따라 파트너는 안전하게 보호해야 한다. 영상에서처럼 관절을 부러뜨리고 짐짝을 쓰레기통에 처박듯 파트너를 꽂아버리는 과격함을 보이지 않는다.

많은 이들이 수많은 영상을 이처럼 생각 없이 올리고 있다. 유익한 정보도 많지만, 엉터리 정보가 더 많다는 점에서 결코 좋게만 볼 수는 없다. 따라서 아무리 자신과 관련 있는 선생의 영상이라고 해도 허락 없이 함부로 올리면 안 된다. 광고를 의도한 영상이 아니라면 함부로 올리지 말아야 한다.

서울강습회 지도를 위해 매년 오시는 야마시마 선생께서는 자신

▲ 고 우에시바 깃쇼마루植芝吉祥丸 아이키도 2대 도주와 필자

의 기술이 항상 완전해 보이는 것이 아니기에 자신의 영상을 공개하지 말아달라고 당부를 했다. 너무나 훌륭한 기술을 펼치시는 야마시마 선생을 알리고 싶어서 최소한의 분량만 조심스럽게 공개하고는 있지만, 선생이 바라고 있는 것은 아니다.

가토리신토류香取神道流 교사면허를 보유하신 스가와라 선생님께서도 검술의 달인이시지만, 영상이 공개되는 것을 몹시 꺼리신다. 스가와라 선생께서 미국에서 지도했을 때 가르치자마자 유튜브에 지도하는 영상이 올라가는 것을 보시고 몹시 불쾌해 하셨다. 최고의 위치에서도 결코 겸손을 잃지 않으려 노력하시는 선생님들의 자세를 보면서 배우고 또 배운다.

처음부터 광고 의도로 만들어진 영상은 알리고 싶은 것이나 보여주고자 하는 것만 나타낸다. 광고를 위한 영상들이 다 그런 것이다. 하지만 의도하지 않은 내용이 인터넷에 올라가는 경우 선생을 몹시 당황스럽게 할 수 있다. 보여주고 싶지 않은 프라이버시도 있지만, 내용이 의도했던 것과 다르게 나타나거나 틀린 부분도 있을 수 있기 때문이다.

또 자신의 기술이 인터넷에 공개되는 것을 꺼리는 유명 선생이 많다. 테크닉만 배우기 위해 접근하는 사람을 피하려고 일부러 드러내지 않는 것도 있다. 아이키도를 선택할 때는 유튜브에 올려져 있는 영상보다는 어느 곳이 정통한 교학教學의 체계를 유지하는 조직인지를 확인해 보는 것이 안전하다.

스승을 잘못 만나면 윗글에서 언급한 서양인 사범과 같이 되는 것이다. 과격한 무술은 나이를 먹으면 할 수 없다는 것을 영상은 절대 보여주지 않는다.

은퇴의 해석

선수가 은퇴한다는 것은 더 이상 시합을 하지 않는다는 뜻이다. 시합을 하지 않는 아이키도에서는 더 이상 지도를 하지 못한다는 뜻이다. 좀 더 자세히 말하면 가르치기로 정한 수련 시간이 없다는 것이다.

은퇴하지 않은 선생들은 모두 자신의 수련 시간이 있다. 아이키도 세계본부에 가면 도주道主도 수련 시간이 정해져 있다. 고령의 선생들도 지도 시간이 있다. 은퇴라는 것은 더 이상 할 수 없다는 뜻이다. 특히 무도에서 은퇴란 더 이상 도복을 입지 않는 것을 말한다. 은퇴한 원로는 왕년에 한 가닥 했노라고만 말한다.

도복을 입는 시간이 없는 것이 은퇴다. 은퇴를 결정하면 선생은 다음 세대를 이끌어줄 뛰어난 제자에게 자리를 넘겨주어야 한다. 물론 세상을 떠나는 날까지 제자를 가르쳤던 선생들도 있다. 나이를 먹는다고 못 가르치는 것이 아니다. 가장 중요한 것이 무엇인지를 강조하며 수련을 이끌어 주신다. 매번 똑같은 수련을 하기도 한다.

지난번 나고야에서 있던 강습회에 참가했을 때 우에시바 모리테루 도주는 기본이 제일 중요하다며 기본기를 지도하셨다. 선생이 가르칠 게 있다면 도복을 입어야 한다.

지금 한국에는 수많은 무술단체가 존재하지만 대표할 선생이 없
거나 은퇴한 선생이 자리만 지키고 후학 양성에는 손을 뗀 곳이 많
다. 사업가가 선생이 되어 있는 곳도 있고, 수련장도 없이 단증이나
발행하는 사무실만 존재하는 곳도 수두룩하다.

아이키도는 만유애호萬有愛護라는 철학적 토대 위에서 만들어진 운
동이다. 처음 일본에서 도입되었을 때 그 수련의 깊이나 이해도가
떨어진 사람이 받아들여, 아이키도에서만 느낄 수 있는 본질적인 모
습은 왜곡되고 일반적인 타격기 무술의 형태로 변질하여 버렸다. 시
작이 문제가 되다 보니 대표할 만한 스승도, 그것을 이어나갈 제자
도 없는 것이다.

은퇴한 원로들이 발전을 저해하며 다음 세대를 이끌 뛰어난 대표
지도자를 만들어 내지 못했다. 무엇이 제일 중요한지 핵심을 표현할
수 있는 지도자가 없다 보니 온갖 테크닉이 뒤섞인 깊이 없는 무술
이 되어 버렸고, 연혁은 거짓이나 전설로만 가득하다.

원로 선생들의 공통적인 모습은 기본을 강조하며 지도한다는 것
이다. 무엇이 가장 중요한 것인지 모르는 선생이라면 가르치는 것 자
체가 무리이다. 만약 그 기본마저 나서서 가르칠 수 없다면 그때는
다음 세대를 이끌 지도자에게 자리를 물려주고 은퇴하는 것이 바람
직한 모습일 것이다.

가끔 일본이나 외국에서 지도 요청을 받을 때가 있다. 수련생들이
요청을 하는 경우도 있지만, 스승과 선배들이 요청하기도 하는데,
그분들이 부족해서가 아니라, 제자와 후배의 성장과정을 지켜보기
위함이다. 나로서는 영광일 수밖에 없다. 인간적인 신뢰와 실력에 대

한 인정이 없이는 좀처럼 얻을 기회가 아니기 때문이다.

필자는 20여 년 전, 제대로 된 합기도를 배워보고자 했던 그 초심을 잃지 않고, 창시자 우에시바 모리헤이 선생의 철학과 기술적 토대를 똑바로 이해하고 보급하는 데 노력하고 있다.

바뀌지 않는 사람들과
거짓 없는 기술이란

일본에 본부를 둔 국제아이키도연맹International Aikido Federation에 한국 대표 조직으로 '대한합기도회'가 결정되자 평소 단증이나 발행하고 있던 국내 합기도단체에서 자신들을 가입시켜 달라고 억지 요청을 해왔다는 이야기를 국제부 담당자와 골즈버리 회장으로부터 들었다. 국제 조직 가입을 국제적인 인지도가 있는 상품 정도로 생각하고 접근하는 사람들이 있다는 사실에 같은 한국인으로서 부끄럽기도 했다.

국제아이키도연맹 규정에는 창시자 우에시바 모리헤이 선생이 제창한 만유애호의 정신을 받들어 경쟁을 목적으로 내비칠 수 있는 아이키도 수련을 금지하고 있다. 그런데 국내 합기도에서 경쟁을 금지하는 정신을 따를 만한 단체가 하나라도 있을까 싶다. 일반적인 투기 운동을 짜깁기해서 가르치고 있는 유사 합기도가 위와 같은 정신을 따르기는 어렵다.

죽었다 깨어나도 바뀌지 않는 사람들이 있는가 하면 바뀌려고 노력해도 바뀔 수 없는 사람들이 있다. 인생 50이 되면 신神도 성격을 바꾸지 못한다는 말이 그런 의미인 듯하다. 이미 길들어져 버린 행

▲ 국제아이키도연맹(IAF) 회장인 피터 골즈버리 선생의 수련지도-신촌도장

동과 습관 때문에 아무리 고치려 해도 바뀌지 않는다. 무술에서도 마찬가지이다. 무술 협회가 바뀌는 것은 더욱 어렵다.

타 무술 지도자들이 가끔 강습회나 도장 훈련에 참여하곤 하는데 그들 스스로 몹시 힘들어 하는 모습이 보인다. 음식을 비유할 때 입맛을 버렸다고 하는 말이 있다. 형편없는 맛을 보았을 때 입맛을 버렸다고 하지만 반대로 쉽게 흉내 낼 수 없는 아주 훌륭한 음식을 대했을 때도 같은 표현을 한다.

화려한 할리우드 액션에 길든 사람이라면 그렇지 않은 운동을 이해하지 못하거나 별것 아니라는 듯 무시한다. 아이키도 수련에서도 가장 조심해야 하는 부분이다. 쇼를 하듯이 일부러 던져지거나 쓰러져서는 안 된다. 파트너의 손을 꺾거나 발길질에 멋지게 몸을 던져 공중회전으로 낙법 하며 스스로 우쭐해 하는데 이는 무술에 대한 무지를 드러내는 일이다.

강한 타격을 받았다 해도 실제로 몸이 공중에서 회전하며 나가떨어지는 일은 일어나지 않는다. 영화에서나 나오는 그런 액션들이 마치 실제 무술처럼 각인되었는데, 이는 7, 80년대 한국-홍콩 합작영화 전성기 이후 행해온 구태다.

가끔 사이비 합기도를 호신술로 배운 사람이 파트너의 팔꿈치 관절에 고통을 주는 '칼넣기'라는 것을 합기도 기술의 핵심으로 생각하고 집착을 보인다. 수도手刀에 힘을 가하면서 관절을 아프게 만드는 것이 비기인 양 가르치고 있다. 파트너를 괴롭히는 이런 몰상식한 힘을 기술이라고 여기는 사람들이 많은 것은 완력을 쓰지 않고도 자연스럽게 처리하는 것을 배우지 못했거나 이해하지 못했기 때문이다.

그런 무술을 오랫동안 해왔던 사람들은 힘을 쓰지 않는 자연스러운 아이키도 기술을 이해했다고 해도 이미 길들어버린 습관 때문에 행동을 고치기는 어렵다. 강습회 지도를 할 때 파트너의 팔꿈치에 손가락을 뻗쳐 힘을 주며 칼 넣기를 하고 있는 타 무술 지도자가 있어서 그렇게 하지 말라고 여러 번 지적하였지만, 강습회가 끝날 때까지 습관처럼 칼 넣기를 하고 있었다.

최근에도 타 합기도 관장이 습관이 되어버린 칼넣기에 파트너를 자처했던 회원은 마지막까지 참아주느라고 힘들었다는 말을 했다. 모르고 저지르는 행동을 마치 혼내기라도 하듯 가르칠 수 없었기 때문이다.

이미 고집불통이 습관처럼 되어 있는 사람이라면 새로운 것을 받아들이기는 어렵다. 오랫동안 굳어진 습관을 고치기는 힘들다. 가끔 타 무술지도자가 배우러 오곤 하지만 구멍가게에 상품 몇 가지 더 갖춰놓는 것처럼 가르칠 테크닉 몇 개 더 늘려 보겠다는 의도가 뻔히 보이기에 마음이 잘 열리지 않는다.

이미 길든 행동과 습관들 그리고 공격적인 기술만큼이나 거친 태도와 생각들이 완전히 새롭게 받아들이려고 해도 그 변화를 찾기가 어렵다. 유튜브에서 아이키도 기술을 흉내 내는 합기도인들이 많아졌지만, 실제 합기도 기술을 이해하고 있는 사람은 없어 보인다.

아이키도를 훈련하면서 혹시 내가 일부러 낙법이나 수신을 하고 있는 것은 아닌지 체크해야 한다. 유튜브에 호신술로 올라온 유사합기도 영상을 보면 거의 다 일부러 던져지거나 스스로 낙법을 하고 있다. 마치 영화 촬영하듯 액션 연기를 보이며 일반인들의 눈을 현혹하며 속이고 있는 것이다. 그런 이미지를 수련생이 실제로 받아들이는 것은 옳지 않다.

거짓 없는 기술은 나게(投げ, 기술을 걸어 제압하는 사람)가 우케(受け, 기술을 받는 사람)를 강하게 던질지 아니면 약하게 쓰러뜨릴지를 선택해서 기술을 펼친다. 따라서 기술을 받는 우케가 낙법을 잘하고 못 하는 것은 전혀 상관이 없다. 왜냐하면 자신의 의도대로 넘어가거나 던져지게 할 수 없기 때문이다. 오직 기술을 걸고 있는 나게의 배려만이 우케의 안전을 보장한다.

아이키도 기술이 어려운 것은 화려해 보이는 연무 이면에 또 다른 핵심이 숨어있어서이다. 만약 여러분이 그런 핵심을 모두 이해하게 되면 기술은 더욱 완전하고 반대로 상대는 아무런 기술도 걸지 못하게 될 것이다.

어린이 위주의 도장과
성인 위주의 도장이 다른 점

지도자의 자질이 가장 중요하다고 말한 적이 있다. 그 자질이라는 것은 인자하고 친절함을 말하는 것이 아니다. 물론 천진난만한 아이들에게는 친절하고 인자한 선생이 되어야 한다. 하지만 성인을 마치 아이들 대하듯 할 필요는 없다.

성인들은 선생이 가지고 있는 실력의 깊이, 그가 걸어온 길, 그리고 어떤 성향의 지도자인지를 어렵지 않게 파악할 수 있기 때문에 아무리 포장을 하고 감추려 해도 드러나는 것이다. 그래서 어린이 도장보다 성인도장이 훨씬 어려운 것이다. 또한 성인이 되어서도 싸우는 기술이 필요할 것이라고 생각하는 지도자가 있다면 사고력에 문제가 있다고 본다. 무술로 성인을 모집하는 것이 그만큼 쉽지 않은 것이다.

모든 지도자는 자신의 도장이 성인들이 찾아올 만한 도장으로 만드는 것이 목표가 되어야 한다. 성인이 왔다가 바로 그만두는 이유는 기술이 어렵다거나 힘들다라기보다는 배울 만한 가치를 못 느꼈기 때문이다.

다시 말하자면 성인도장은 전적으로 지도자의 자질을 필요로 한

▲ 스승의 날을 기념하여 오전부 회원들이 챙겨준 회식자리에서 기념 샷

다. 도인으로서의 여유로움도 필요하지만, 절대 의도적이어서는 안 된다. 그런 품격은 내 경험으로 미루어 봤을 때 도복 입고 오랫동안 훈련하다 보면 저절로 생기는 것이다.

기술은 연구할 만한 깊이가 있어야 하고 철학도 있어야 한다. 기술이든 정신이든 일관성이 있어야 한다. 가끔 도장을 찾아오는 사람이 헬스클럽과 혼동하고 있는 것을 보기도 한다. 헬스클럽은 말 그대로 건강미 있는 몸을 만들기 위해 가는 곳이다. 무술도장은 스승과 제자, 선배와 후배라는 인간관계가 형성되는 곳으로 단순히 몸을 만들기 위해 가는 곳과는 차이가 있다.

이소룡의 영화 '정무문'을 보면 사제지간의 정에 목숨을 걸고 싸우는 모습을 볼 수 있다. 무도에서 보이는 이러한 모습은 평생을 살아가면서 서로를 의지하며 발전해가는 공감력을 형성하는 독특한 문화에서 생기는 것이다. 어떤 조직이나 선생에게 소속되어 있다는 것이 그런 것이다. 사제지간과 선후배 간에 깊은 관계가 형성되는 것으로 휘트니스클럽에서 만나는 사람들과는 비교될 수 없는 것이다.

선생은 가르치는 사람으로서 깊이가 있어야 한다. 선배는 가르치는 사람이 아니라 배운 것을 멋지게 표현하는 것을 보여주는 사람이다. 자세는 꾸부정하고 기술은 변변하지 못하면서 후배들을 가르치려고만 하는 사람을 좋은 선배라고 할 수 없다. 노력하는 선배를 보면서 후배가 따라 하는 것이다.

아이들이 아빠가 혹은 엄마가 도장에서 도복을 입고 엄숙하게 무릎 꿇고 선생의 가르침에 귀 기울이며 기술을 전수받는 모습을 보는 것만으로도 교육적 효과가 크다.

도장은 성인 위주가 되어야 한다. 무지하고 무식한 사회성이 결여된 자가 성인을 가르치며 도장을 오랫동안 유지하기는 어렵다. 1년, 10년, 20년, 또는 평생 수련할 수 있는 매니아를 만들어가는 도장이 되어야 한다.

도장에서 오랫동안 선생을 따르려는 매니아를 만들지 못하고 있다면 그 가장 큰 원인은 지도자의 자질이다. 어린이 도장은 지도자의 실력이나 자질을 필요로 하는 곳이 아니다. 대한민국에 모든 도장들이 어린아이들 위주가 되면 기술은 깊이가 없게 되고 무도의 진정한 정신은 사라지며 마케팅만 판을 칠 것이다.

성인도장의 특징은 수련 자체가 사회성과 동떨어지지 않으므로 무도업이라는 직업이 고된 노동이 되지 않는다는 것이다. 운동을 직업으로 보고, 노동 측면에서 바라보았을 때 어린이 위주의 도장과 성인 위주의 도장이 다를 수밖에 없다.

나는 아침수련을 위해 집을 나서는 발걸음이 즐겁고 가족과 같은 회원들과 함께 수련하는 것이 너무 좋다. 어느 때는 가슴 설레는 기다림마저 느껴지곤 한다.

경제적인 부분에서 성인회원을 위주로 하게 되면 제일 먼저 월회비(월사례)를 납부하라고 독촉하는 일이 거의 없어서 돈 얘기하는 난처함이 없다.

대부분 바쁜 하루를 보내는 성인들이라서 매일 출석하기는 어렵다. 따라서 실제 수련시간에 보이는 회원 수는 적은 것 같아도 실제 소속 회원수는 보이는 것보다는 많다. 월사례(회비) 현황을 살펴보면 어렵지 않게 알 수 있는 것들이다.

아이들을 가르치는 도장에서는 만약 20명의 어린이가 매일 출석을 하고 있다면 당연히 20명의 회비가 들어올 것이다. 그러나 성인 위주의 도장은 20명이 출석을 하고 있다고 해도 회비를 내는 숫자는 그보다 많다. 따라서 성인 위주의 도장이 운영이 어려울 것이라는 생각은 틀린 것이다. 사정이 생겨서 도장을 옮겨야 하는 상황이 생긴다면 아이들 위주의 도장과 성인 위주의 도장에서 보이는 회원 이동의 숫자는 큰 차이로 나타날 것이다.

세상이 시끄럽거나 여러 가지 여건이 어려워지면 사람들은 제일 먼저 지출을 줄이려 한다. 우선 중요하지 않는 곳부터 지출을 줄이려 할 것이고 그 첫 대상이 무술이 될 것이다. 그래서 도장은 결코 좋은 사업이 될 수 없다. 장사는 돈을 벌기 위해 돈만을 생각하며 서비스를 해도 무관하지만, 무술을 돈벌이로 생각하게 되면 천박함의 극치를 보이게 될 것이다.

아이키도 세계본부도장에서 전문 사범으로 가르치다가 독립해서 성공한 도장이 있다. 바로 고바야시 도장인데 회원 분포를 살펴보면 대략 성인 수련생이 70~80퍼센트이고 어린이 수련생이 20~30퍼센트 정도가 된다. 게다가 매일 수련하는 것도 아니다.

도장의 어린이 클래스 시간은 일주일에 적으면 2타임에서 많아야 4타임이다. 성인은 일주일 내내 5타임에서 7타임 정도 된다. 하루에 5~7타임을 운영하는 한국의 태권도장과 비교하면 차이가 크다.

요즘 아이들을 보면 불쌍할 정도로 바쁘게 이 학원과 저 학원을 돌아다니며 쉴 틈이 없다. 성인들도 마찬가지다. 다른 것이 있다면 아이들은 자신들의 의지와 상관없이 부모가 필요하다고 생각되는 곳을 바쁘게 다닌다는 것이다.

옆집에 아이가 다니는데 우리 아이를 보내지 않으면 뒤처지는 것 같아 마음이 불편해서 보내는 것이 많다. 하지만 성인들은 자신이 진정 좋아하는 곳을 선택해서 다닌다.

어린이를 위주로 하는 곳은 사회사업이나 종교적인 신념으로 운영되는 곳이 아니라면 거의 사업적인 측면을 생각하고 운영하는 곳이다라고 할 수 있다. 도장도 마찬가지이다. 그것이 나쁘다는 얘기를 하려는 것이 아니다. 장사를 하다 보면 잘될 때가 있고 안 될 때도 있다. 도장운영이 잘될 때는 안 될 때도 있다는 것을 생각하라는 것이다. 수입에만 전전긍긍하는 모습은 선생으로서의 체면을 깎는다는 점도 고려해야 한다.

나는 오래전부터 수입에 대해서는 거의 신경을 끄고 살고 있다. 덕분에 오히려 수입을 올리고 있었다는 것을 최근에 와서야 알았다. 내가 운영하는 도장은 거의 모든 회원이 자진해서 회비를 납입하고 있고, 카드 체크기를 이용한 납입도 스스로 기계를 작동해서 결재를 한다. 회원들 거의 모두가 알아서 해주므로 내가 하는 일은 오직 가르치는 것 하나에만 집중하는 것이다.

어린이 도장은 수영장이나 기타 아이들이 좋아할 만한 곳에 데려가야 하고 생일과 각종 기념일까지 챙겨야 하므로 바쁠 것이다. 하지만 성인 위주의 도장은 반대로 회원들이 선생을 위해 기념일을 챙겨주니 바쁘지 않다.

대체로 젊었을 때나 가능한 것은 평생 할 수 없다. 어린이 위주의 도장을 운영하고 있는 선생은 젊었을 때 얼마를 벌었는가가 주 관심사가 되지만, 성인 위주의 도장을 운영하는 선생은 언제까지 건강하게 수련생들과 함께할 수 있는지에 더 관심을 더 갖는다.

나는 아이키도를 다시 선택했을 때 이런 생각을 했다. '이 운동이야말로 내가 죽을 때까지 평생 도복을 입고 수련생들과 함께할 수 있는 유일한 무도이다!' 사람이 살아가면서 목숨을 걸 만한 일을 하는 것만큼 가치 있는 일은 없다.

한국 무도가 진정 바로 서려면 성인들이 수긍할 수 있도록 무술의 질을 높여야 한다. 그것은 하루아침에 되는 것이 아니며 지도자의 자질이 우선되어야 한다.

노리코에루乘り越える와
노바스伸ばす

　무도를 수련하는 사람에게 노리코에루乘り越える와 노바스伸ばす는 꼭 기억해야 하는 단어다. 노리코에루는 심사를 보고 단계가 올라가는 것처럼 한 단계 한 단계 장애물을 넘듯 어려움을 극복하면서 전진하는 것을 말하며, 노바스는 고무를 팽팽하게 잡아늘리듯 실력을 늘린다는 뜻이다. 그런 것은 배우는 사람이 스스로 노력해야 하는 것도 있지만, 선생이 없으면 안 되는 것들도 있다.

　아이키도 초창기 회원이 10여 년이 지나서 옛날을 그리워하며 찾아왔다. 생일이 빠른 나와 동갑인 분이다. 그는 2000년 4월 29일 처음 종로도장에서 입문하여 3년 후 초단으로 승단하였다. 이후 부산에서 살다가 직장 때문에 울산으로 옮겨 살면서 직장에서 사고를 당하고 사업을 시작했다가 실패하고 건강까지 잃으면서 부인과도 헤어지고 혼자가 되었다고 한다.

　옛날 열정적으로 아이키도를 하던 그리움을 가지고 찾아온 그의 모습은 머리숱이 별로 없고 얼굴은 초췌해서 위로라도 하면 금방 눈물이라도 흘릴 것 같다. 다음 날 아침 시원한 해운대 대구탕으로 식사를 함께하면서 그가 옛 친구 같다는 생각이 들었다.

그는 대한합기도회를 법인으로 설립할 때 발기인이었다. 옛날의 열정적인 모습은 보이지 않았지만, 마음만은 처음 만났을 때와 같다.

"아이키도 계속하고 싶습니다."

"가까운 울산에 도장이 있으니까 꾸준히 해 주세요."

"열심히 못 해서 죄송합니다."

"그냥 즐겨주세요."

마음이 안타까웠다. 그는 오십견 때문에 팔을 잘 못 움직일 정도로 이미 건강을 잃었다.

사람이 살아가면서 가장 중요한 게 무엇인가? 건강이다. 건강을 잃으면 전부를 잃은 것이라고 하지 않았는가! 중국을 통일한 진시황도 불로장생의 비결을 애타게 찾다가 떠났다. 꾸준히 배우면서 운동하고, 말년에 제자를 가르치며 보내는 인생이야말로 가장 이상적인 삶이다. 강습회 내내 지켜보고 있는 그 친구가 안타깝고 가슴 아팠다.

일요일 부산강습회에서 또 한 사람이 찾아왔는데 그의 태도는 여느 합기도 관장들의 태도와 별반 다르지 않다.

몇 마디 얘기를 나눠보니 착한 사람이었지만 얼굴에는 격-투-기-라고 쓰여 있었다. 45살인 그는 10년 전부터 나를 알고 있었다고 했다. 10년이면 강산도 변한다고 했는데 왜 강산이 변한 지금 찾아왔을까? 그의 태도에서 아이키도도 그에게는 명함에 추가할 한 줄일 뿐이라는 생각이 들었다.

나이가 많아질수록 새로운 것을 받아들이기가 몹시 어렵고, 힘들다. 떨어진 몸의 기능도 문제지만 이전에 이미 길든 습관과 정보 때문에 새로운 것을 받아들이기가 어려워진다.

배움은 어리숙할수록 좋다는 말이 있다. 아이와 같은 순수함이 있어야 배울 수 있다는 말이다. 정보의 홍수 속에서 필요한 것과 버려야 할 것을 구분할 줄 아는 지혜가 필요하다.

　60을 바라보는 친구 같은 제자와 새로운 것을 찾아 헤매는 마흔다섯 살의 중년이 험난한 세상에서 중심을 잡지 못하고 헤매고 있는 것을 보니 마음이 안타까웠다.

▲ 중심을 지키는 것이 중요하다. 터키 이스탄불 대학에서 지도하는 필자

청출어람 靑出於藍을
바란다

　2015년 12월, 아이키도를 도입하고 지도를 시작한 지 27년 만에 제자 한 명을 세계본부에 5단 승단을 위한 추천을 하였다. 선생으로서 처음 5단을 추천하는 마음을 후배와 제자들에게 알려주는 것도 도움이 될 것 같다.

　당시 내가 추천한 제자는 1997년에 입문하였다. 이미 타 무술 사범이었던 그는 무술에 대한 기본적인 지식을 갖추고 있었다. 새로 시작하고 나서 꾸준하게 수련을 하면서 단위를 올렸고 10년 만인 2007년에 4단으로 승단했다. 이후 한 사람이라도 더 많이 아이키도를 알리려는 스승의 뜻을 함께하기 위해 2012년 3월에 수도권 인근 도시에 지부도장을 개설하고 후진양성에 노력하고 있다. 직장생활을 병행해야 하기 때문에 도장은 야간에 성인을 상대로만 하고 있다. 그렇게 노력한 결과 7명의 유단자를 배출했다.

　97년에 입문해서 18년간 직장생활과 도장 수련을 병행하면서 중도 포기 없이 성실하게 아이키도를 수련해 온 것이다. 그동안 세계본부도장 수련은 물론 유명 선생들이 지도하는 해외 합숙훈련에도 참가하면서 시야를 넓혀 왔다. 매년 열리는 전국 연무대회에서 경기도를 대표하여 한 번도 빠짐없이 연무시범을 보여주었고 본부도장에서 개최하는 소연무회에서는 변화되어 가는 기량을 가감 없이 보여주었다.

자신의 실력이 꾸준히 향상되어 가면서 멀리 있는 지역에서도 수련생이 찾아오고, 새로운 유단자를 배출하면서 2014년에는 경기도 의왕시에 지부도장을 개설하였고 2015년에는 충남 서산에 지부도장을 개설하였다. 또한 주말에는 직장동호회에서 지도를 하면서 쉼 없이 아이키도를 전파해 왔다.

실력향상에 매진하는 제자를 고단자 대열인 5단에 추천하면서 마음이 뿌듯해지는 한편, 혹시나 내 위의 선생에게 누가 될 수 있는 추천을 하고 있지는 않은가 조심스러운 면이 없지 않다. 언론에도 여러 번 노출되었지만, 승단 과정이 거래되거나 졸속으로 이루어지는 크고 작은 단체의 사건들이 이제는 무감각해지는 시대가 되었다. 게다가 국기원마저 전대미문의 '특별승단'을 강행하는 때가 되었다. 이러한 졸속 덕분에 쉽게 도장을 차리기도 한다. 유행에 따라 종목이 바뀌면서 간판이 달라지는 것도 같은 이유가 아닌가 생각된다. 쉽게 할 수 있는 것은 그만큼 가벼운 것이다.

실제 국내 여러 합기도 도장을 다녀보면 10년 이상씩 오랫동안 수련하고 있는 회원들이 거의 없다. 그렇게 오랫동안 배울 만한 가치가 없기 때문이기도 하지만, 어렸을 때나 하는 것을 가지고 오랫동안 하는 것도 이상한 것이다.

가까운 이웃나라 일본에서는 무술을 시작한 지 몇 개월 혹은 몇 년 만에 도장을 차렸다고 하면 정말 이상하게 생각한다. 그런 게 어떻게 가능하냐고 오히려 질문을 하곤 한다. 한국에서는 자연스럽게 하고 있는, 그런 현상들이 이웃 일본에서는 있을 수가 없는 일들이다.

누군가는 그런 것을 한국적이라고 하는데 정말 창피한 짓이고 잘 못된 것이다. 졸속으로 고단자가 되는 곳과 10년 이상 노력해서 얻는 자격은 비교할 여지가 없다. 단기속성이 당장은 좋을진 몰라도 그 무술의 질적 저하는 물론이고 전체 무술계에 오염원이 될 수도 있다.

오랫동안 하나의 무술에서 얻을 수 있는 성취감, 그리고 깊이를 가늠할 수 없는 완성도의 결여는 결국 새로운 유행을 찾아다닐 수 밖에 없게 한다.

아이키도는 단기과정이 없으며 속성으로 고단자가 될 수 없다. 그런 게 가능하다면 나 자신도 그 유혹을 뿌리칠 수 있으리라 확신하지 못한다.

아이키도는 단위가 높아질수록 기술적 깊이와 지도자로서의 자질이 필연적으로 동반성장하는 무술이다. 평생을 통해 노력하고 그 깊이를 완성해 갈 수 있는 무술을 찾는 것이 당장은 어렵겠지만, 나중을 생각하면 더 현명하다.

지부도장 숫자를 늘리기가 비록 시간이 오래 걸리고 어렵다 해도, 그리고 당장의 소득이 없다고 해도 내가 하고 있는 아이키도를 바라보는 사람들의 시각은 분명히 변할 것이다. 나는 그러한 마음으로 지금까지 해왔고 드디어 5단을 추천하게 된 것이다.

제대로 된 지도자를 만든다는 것이 얼마나 어려운지 모른다. 세상은 모두가 함께 바꿔가야 하지만 그 시작은 분명 한 사람의 올곧은 행위에 의해 만들어지는 것이다. 따라서 그 한 사람을 어떻게 만들

것인가가 중요하다. 고단자를 추천하면서 나에게 스승의 자격이 있는지 다시 한 번 생각해 본다.

▲ 가르쳐준 선생을 욕되지 않게 하는 것은 승단을 올바로 추천하는 것에서부터 시작한다.

보여주기보다는 함께 즐기면서 성찰하는 무도

광화문에서 가까운 정동 MBC 문화체육관에서 격투기 시합을 개최했을 때 상석이라 할 수 있는 단상에 권위적인 모습으로 앉아 있어야 하는 귀빈을 모시는 것도 준비하는 사람의 몫이다. 그래서 경기장의 권위에 맞는 정치인이나 기업인을 초청한다. 그리고 시합을 개최하는 데 후원금을 내거나 조금이라도 찬조해 준 사람을 앉힌다. 지금처럼 종편 TV가 없던 때라 후원사를 끌어들이기 힘들었다. 또 과격한 이미지 때문에 격투기 시합에 후원해 줄 만한 회사가 많지 않았다. 때문에 친분이 있었던 주변 사람들을 찾아다니며 협찬을 구했다. 그중에는 술집 사장도 있었고, 동대문의 조그만 구멍가게나 포목점 상인까지 모두 도움을 주었다. 그들이 경기에서 우승한 선수에게 트로피와 상장을 수여해주기도 하였다.

그런 모습은 합기도 연무대회를 개최할 때에도 나타났는데 평소 합기도에 관심도 없는 사람들을 연무장 앞 단상에 모셔놓고 그들 앞에서 합기도 지도자부터 회원들이 모두 나와서 연무를 보였다. 가끔은 정치인도 오고, 영화배우도 오고, 앙드레김 같은 패션 디자이너도 초청해서 앉히기도 하고 한 번도 합기도 수련을 해보지도 않은, 합기도와 아무런 관련도 없는 사람들을 앉혀 놓기도 하였다.

일본에서 열리는 아이키도 대회에 참여하면서 행사장에 모인 참가자 모두가 연무시범을 보이고 있다는 것을 알고 충격을 받았다. 그 전까지만 해도 행사장 단상에는 무조건 귀빈을 모셔야 하는 것으로 알았다. 그것이 내가 어렸을 때부터 보아왔던 무술 대회장의 풍경이었다.

지금도 대다수 무술 행사들이 그런 모습을 보이고 있다. 정말 웃긴 일이다. 마치 무술과 전혀 관련도 없는 사람을 무술인 위에 앉혀 놓는 것과 같다.

겸양謙讓도 지나치면 바보가 된다

아이키도 행사장은 아이키도인들이 참여하는 곳이다. 아이키도에 관련도 없고 관심도 없는 사람들을 방청석에 앉혀 놓고 관중을 의식하며 광대처럼 쇼를 보이며 액션을 취하고 있다면 어떤 생각이 들까?

합기도 시범을 보면 액션 영화의 한 장면을 연상시킬 정도로 멋지게 나가떨어지면서, 악! 악! 비명을 지르고 발버둥 친다. 웃기지 않은가? 무엇을 보여주고 싶은 것일까? 연기를 잘한다고 박수갈채를 받고 싶은 것일까? 무엇이 그들을 광대처럼 만드는 것일까?

관중을 의식하는 그런 행위들은 무술원로라고 하는 선배들이 만들어 놓은 저질문화라 생각한다. 액션 배우도 광대도 아닌 우리가 왜 관중을 의식해야 하는가?

무도는 자랑하는 것이 아니다. 아이키도와 같은 수양을 하는 사람들에게는 남들이 잘한다고 말하는 칭찬은 큰 의미가 없다. 자기 자신이 스스로 인정할 수 있는 발전이 필요한 것이다.

아이키도 연무대회는 아이키도를 정확히 알고 있는 사람들의 행사다

상석에 양복 입은 귀한 분들 앉혀 놓고 그들 앞에서 재롱잔치 하는 아이키도 행사는 없다. 만약 관중으로 참석하게 되었다면 조용히 방해가 되지 않도록 겸손히 있어야 한다. 아이키도 위에 군림하는 사람은 없다. 오직 선생과 선배 그리고 후배, 도우들만 있을 뿐이다. 시합으로 승패를 가리고 우승트로피를 주며 더 잘 싸우라고 독려하는 것을 하지 않는다. 아이키도 행사는 연무를 보이는 회원과 그 가족들만 참여하는 것이다.

아이키도 행사에 참여하는 일반인은 아이키도 가족이어야 한다

짜릿한 승패의 순간을 보고 싶거나 가슴 뛰는 혈투를 기대하거나 경쟁적인 싸움을 즐기고 싶은 사람이 아이키도 대회에 와서 얻을 것은 하나도 없다. KBS 88체육관에서 한, 중, 일 국제아이키도대회를 개최하고 일반인들에게 공개했을 때 대만과 일본에서 아라이 선생과 고바야시 선생 등 최고 수준의 선생들이 연무를 보이며 체육관 내부 분위기를 압도하고 있을 때 관중석에서 타 무술인으로 보이는 방청인 여럿이 소리를 질렀다. "에이 뭐 저래~. 싸워봐!"

경기도 원당운동장에서 연무시범을 요청받고 연무를 보일 때는 사회자가 마이크를 들고 "예~ 한쪽에서만 당하지 말고 함께 공격해 주세요!" 했다. 이후로 나는 전국연무대회는 물론 소규모 행사를 개최할 때도 행사장을 가능하면 공개하지 않는다.

그래서 대회를 개최할 때마다 저변확대를 위해 행사장을 일반인들에게 공개해야 한다는 회원들의 요구가 있어도 모르는 척해 왔다.

아이키도 행사는 아이키도인을 위한 것이다

우승 트로피도 상장도 필요치 않다. 오직 우리 자신이 스스로 만족할 수 있는 자기 자신을 발견하는 것이다. 자신을 가장 잘 파악하고 있는 선생과 선배 그리고 도우와 내 가족들 앞에서 나의 발전을 과시하는 것 정도의 기쁨을 갖는다. 그것이 전부다.

종주국은 중요하지 않다

어떤 무술이든 그 시작이 있게 마련이다. 종주국이라는 표현을 많이 하는데 어느 나라에서 시작했는지를 나타내는 단어다. 그런데 일본에서는 종주국이라는 표현을 쓰지 않는다. 그것이 기원을 말하는 시작의 의미도 있지만 지배한다는 뜻도 있다. 신체문화의 하나로서 무술은 개조나 창시자, 혹은 도주와 같은 단어를 중요하게 생각한다.

무술에선 국가보다 개인이 앞서있는 모습이다. 나라가 만든 것은 없다. 한 인간이 만들고 국가가 지켜주는 것이다. 태권도의 예를 들면, 태권도의 종주국은 한국이라고 말한다. 한국 사람이라면 모두 그렇게 생각하고 있다. 그런데 누가 만들었는지는 태권도 하는 사람들도 잘 모른다.

국가에서 태권도를 지원하였지 만들진 않았다. 그에 비해 군軍의 특수 목적을 위해 특공무술같이 군에서 만든 것도 있다. 하지만 그것도 처음 만든 사람이 있다.

탁구는 영국 사람에 의해 시작했지만, 종주국을 중국으로 알 만큼 중국이 세계를 주름잡고 있다. 태권도 창시자라고 알려진 고故

최홍희 총재는 자신의 일생일대의 업적이 태권도를 만든 것이라고 말한다. 가라데 원류 논쟁은 우선 접어두더라도, 거기에 이의를 제기하는 학자는 없다.

북한에서는 캐나다에 있던 국제태권도연맹(ITF, 1966 설립) 최홍희 총재를 평양으로 초청해서 태권도 전당을 지어주는 등 태권도의 영향력을 북한으로 옮기기 위해 노력한 듯하다.

세계태권도연맹(WTF, 1973)을 조직하고 국기원을 만들어 올림픽 정식종목으로 만든 김운용 씨의 정치적 능력은 따로 설명하지 않더라도 이미 널리 알려져 있다. GAISF회장이기도 했던 김운용 씨의 능력이 아니었다면, 태권도의 또 다른 축인 ITF 계열이 올림픽 정식종목이 되고, 북한이 그 종주국 역할을 했을 가능성도 배제할 수 없었을 것이다. WTF는 후발 조직인 데다, 가입 국가나 인원 면에서도 열세로 시작했다.

합기도의 개조가 누구인가라는 것에 대해서도 마찬가지다. 한국에서 합기도를 제대로 알고 있는 사람이 많지 않다. 합기도가 어떤 무술인지도 모르고 막연히 한국이 종주국이라고 생각하는 듯하다.

합기도가 한국이 종주국이 되려면 먼저 창시자, 즉 개조開祖가 있어야 한다. 또 그 개조가 한국에 있어야 한국이 종주국이라는 명분도 서는 것이다. 하지만 지금까지 살펴본 합기도는 한국이 종주국이라고 할 만한 사실을 찾기 어려운 게 사실이다. 먼저 최용술 씨 자신은 합기도 도주道主 증명서를 두 개를 만들어서 하나는 미국에 있는 장 씨라는 사람에게 주었고 또 하나는 아들에게 주려고 했으나 아들이 일찍 세상을 떠나고 말았다.

도주 증명서를 두 개씩이나 만들었다는 것도 이해가 되지 않지만 하나는 해외 도주, 또 하나는 국내 도주로 하려 했다는 말을 들었을 때는 믿기지 않을 정도였다.

1984년 4월 7일, 최용술 선생이 병원에 입원했을 당시 제자와 함께 녹음한 테이프를 들어보면 최용술 선생은 합기도에 우에시바 모리헤이라는 도주道主가 있기 때문에 자신이 도주가 될 수 없음을 알고 있었고, 무술 명칭을 바꿔서 도주명칭을 사용해야 한다는 것에 동의했다. 결국 최용술 자신도 합기도로는 도주가 될 수 없음을 알고 있었다. 또 다른 합기도인 '신무합기도'의 창시자라고 자칭하고 있는 지한재 선생은 미국에 살고 있다.

합기도를 과연 한국이 종주국이라고 할 수 있을까 여부에 대해서는 이제 생각하고 싶지 않다. 일본에는 아이키도 세계본부가 있다. 만약 아이키도 도주道主가 한국으로 옮겨왔다면 한국이 종주국이 될 수 있었다. 그게 어렵다면 중국의 탁구와 같이 최고의 실력을 쌓으면 된다.

아이키도의 시작은 국가가 아니라 한 사람으로부터 시작된다. 시작한 사람이 중요한 것이고, 그 운동을 하고 있는 사람들이 중요한 것이다. 다케다 소가쿠 선생이 세상을 떠나고 나서 그의 제자인 사가와 유키요시佐川幸義 선생이 다음 종가宗家가 되었다. 최용술 선생은 자신을 다케다 소가쿠의 양자라고 속였고 다케다 소가쿠 선생의 다음 가는 실력을 가졌다고 하였지만 어디에도 그것을 증명할 만한 것은 없다. 자신이 하는 무술이 대동류합기유술이었다면 제자이거나 지부일 뿐이지 도주가 될 수 있는 것도 아니다.

예부터 기능적인 재주를 가진 사람들을 천시하는 문화를 가진 나라에서는 재주 있는 사람들이 크게 대접받지 못했다. 그리곤 무엇이든 대중들로부터 인기를 얻고 관심의 대상이 되었다 하면 장사치와 사기꾼, 정치하는 자들이 나타나서 관심과 실익을 좌지우지해 버린 다. 스승을 더욱 돋보이게 노력해야 할 제자가 인기를 위해 스승도 비하해 버리는 머저리 같은 인간들도 있다.

합기도는 종주국이 필요한 게 아니라 그것을 만들고 체계화시킨 사람이 누구인가가 더 중요하다. 만약에 도주가 한국 사람이라면 절 대 한국을 떠나지 말아야 한다. 그것이 백년대계를 위해 진정 중요 하다면 한국을 떠나서는 안 된다. 그런 사람이 있고 그런 사람의 진 짜 제자라면 해외로 가지 못 하게 막고 지켜주어야 하는 것이 맞다.

나를 개선하는 교육적 훈련방법을 가지고 있는가?

나를 개선하는 교육적 훈련방법을 가지고 있는가?

어떤 이가 SNS에 여러 무술을 체험한 것을 나열해서 올려놓은 것을 보았다. 그간 받은 무술 단증들을 나열하며 여러 가지 무술을 했다고 자신을 소개했는데, 아이키도도 초단이라고 해놓은 것 때문에 유심히 보았다. 프로필 사진을 보니 하카마를 입고 있는 모습이 아이키도 도복이었다. 그러나 프로필과 사진을 보면서 나는 매우 언짢은 기분이 들었다. 그리고 어떤 지도자가 승단의 기회를 주었을까 궁금해졌다.

여러 가지 무술을 해 본 것을 자랑하는 것은 분명 어느 것 한 가지도 끝까지 제대로 하지 않았다는 방증일 수 있다. 특히 아이키도는 승단 문제에서 보수적인 입장을 견지하고 있어서, 기술의 나열만으로 입단을 허락하지 않고, 주관적이지만 수련생의 인품이나 대인관계 등의 무형적 요소도 자격이 있는지가 상당한 비중을 차지한다.

앞서 이 무술 저 무술을 했다고 자랑하는 사람은 무도인의 자질이 부족해 보인다. 먼저 자신에게 가르침을 주었던 선생에 대한 예의가 없다. 그리고 함께 수련했던 도우에게도 좋은 선후배가 될 수 없다. 이른바 교검지애交劍之愛를 공유하기 어렵다.

도장을 옮기거나 유파를 옮길 때는 스승의 허락을 먼저 구하거나, 피치 못한 사정에 대해서 충분히 예를 갖추어 설명하고 떠나야 한다. 그것이 최소 스승에 대한 예의고, 몸담은 조직에 대한 의리다. 그런 기본도 갖추지 않은 이에게 입단入段의 문호를 개방하는 것은 단증 장사로밖에는 생각할 수 없다. 그래서 나는 합기도가 종합무술이라는 허상을 추구하는 것을 싫어한다. 그것은 기술이 변증법적 발전을 하는 것도 아니고, 그 무술이 추구하는 철학과 그에 대한 이론의 뒷받침 또한 보지 못했기 때문이다.

무도는 단순히 체육 지식의 물물 교환이 아니다. 교육적 가치를 수반해야 한다. "지도자와 수련생의 몸과 마음이 개선改善되도록 어떤 훈련 방법을 제시하고 있습니까?"라고 질문한다면 무술을 하는 많은 사람들이 대답을 하지 못한다. 시간을 주어도 대답하지 못하는 사람이 많다. 일반인도 마찬가지지만 무도인武道人에게서 사제의 관계는 더더욱 중요할 수밖에 없다.

제자는 스승을 통해서 바로 설 수 있고, 스승은 제자를 통해서 빛나는 법이다. 변화를 위한 방향 전환은 필요하다. 하지만 구르는 돌에는 이끼가 끼지 않는다는 속담을 진리로 여기고 두 번, 세 번 계속 변화만 주고 있다면 한 가지도 제대로 완성하지 못한다. 결국 이 무술 저 무술을 기웃거리기만 해서는 진정한 무도인이 될 수 없다.

무엇이든 새로 시작하겠다고 마음을 먹었다면 최선을 다해서 끝까지 해 보겠다는 각오를 해야 하는 것이다. 무도인으로서 길을 선택하였다면, 이 정도의 사리분별은 해야 한다. 그래야 한 분야의 최고는 아니더라도 존경받는 선배가 될 수 있다.

지도자도 수련생을 거짓으로 대하고 속이는 것은 수련생에게 시간적, 금전적 손실을 입히고, 열정에 찬물을 끼얹는 격이 된다. 가르치는 사람도 이렇듯 배우러 오는 사람에 대한 노력을 소홀히 하지 않아야 하는 법이다.

▲ 아이키도 수련은 몸과 마음의 개선을 위해 필요하다

우리는 어디로 가고 있는가?

염치廉恥에 대해서 SNS에 올라온 글이 있어서 옮겨본다.

> 부끄러움을 아는 마음을 '염치'라고 한다. 사람과 동물을 구분하는 가장 큰 덕목이다. 이 '염치'라는 것은 사람 사이 '배려'나 '에티켓' 수준을 넘어서 '양심'이나 '희생' 등 사회적 마음으로 확장되며 문명사회를 구동시키는 기저동력으로 작용한다.
> 염치는 선진, 복지사회로 가는 보이지 않는 자산이며 반대로 염치가 실종되면 나라는 그저 이기적인 인간들의 냉혹한 선택만이 꿈틀거리는 욕망사회로 전락하게 된다. 지금 우리 사회는 어디로 가고 있는가.

주변에 많은 사람들이 해외에 나가서 살고 싶다는 말을 하곤 한다. 혈연, 지연, 학연으로 뚤뚤 뭉쳐서 돌아가는 한국사회에 대한 염증 때문일 것이다. 아니면 막연하게 지금보다는 나을 것이라는 생각으로 떠나려 하는 사람이다. 회사를 옮기면 더 나아질 것 같은 느낌이랄까?

나는 내가 서있는 위치에서 최선을 다하고 있는가 질문해 보지 않을 수 없다. 옛부터 무사武士는 약자를 보호하고 정의를 수호한다는 다짐을 해왔다. 그 말은 다수의 공익을 위한 일을 우선시한다는 뜻일 게다.

최근 최순실 게이트에서 보듯 욕망을 좇아 염치를 잃어버린 사람들과는 질적으로 다르다는 것을 말한다. 실수는 수정할 수 있지만 실패는 복구가 힘들다. 사람은 누구나 실수를 할 수 있다. 실수를 발견하면 그것이 왜 잘못되었는지를 그 근본적인 원인을 찾아 똑같은 실수를 하지 않도록 시스템을 만들어 구조적으로 개선하는 것이다.

개방과 개혁이 나라를 부강하게 하는 것처럼 자신을 개혁하고 변화를 주는 것이 무사의 삶이다. 따라서 무사는 노력 없이 막연하게 더 나아질 것이라는 생각을 하지 않는 사람이다.

지금의 위치에서 최선을 다하고 죽을힘을 다해 노력하겠다는 생각을 하는 사람들이 무사다. 따라서 막연히 이민을 가면 더 나아질 것이라는 생각하는 사람들은 현재의 위치에서 최선을 다하겠다는 생각이 없는 사람들이다. 만약 이민을 가고자 할 때는 죽을 각오로 새로운 곳에서 최고가 되겠다는 생각을 해야 하는 것이다.

더 나아질 것이라는 막연한 꿈만 가지고 떠나는 사람이 새로운 환경에서도 힘든 것은 매한가지다. 그래서 결국 똑같은 생각을 가지고 막연히 오는 사람들을 속이고 등치는 것이다.

자신의 현 위치에서 최선을 다하는 것이 바람직하다

돈만 벌면 된다는 생각으로 나만 호의호식하겠다는 생각이 만연하면 다수를 위한 희생과 봉사는 찾을 수 없게 된다. 염치없는 자를 보호하는 권력은 공익으로부터 멀어진 힘이다. 있는 자를 위한 사회에서는 약자를 보호하지 않는다. 각자도생을 통한 약육강식의 이기적인 사람들만 남을 것이다.

동서고금을 막론하고 스승들은 모두 겸손하라고 가르쳐왔다. 그러나 보통의 사람들은 그런 가르침을 따를 수 없었다. 그래서 욕망에 따라 권력과 재력을 탐내며 약자 위에서 군림하려 하는 것이다. 자신을 더욱 돋보이려 하고 잘난 척하는 것이 그런 것이다. 우리에게 무도 교육을 필요한 이유가 이것이다.

공익을 위한 헌신, 정의수호, 무사가 지녀야 할 마음가짐이다. 우리는 자신의 신념을 위해 죽은 위인들을 알고 있다. 호의호식하며 편하게 오랫동안 목숨을 유지하겠다는 마음은 무사에겐 수치와 같다.

어떻게 죽을 것인가를 생각하는 것이 무사의 정신이다

카나야 히로타카 7단이 암 말기로 가망이 없다는 의사의 얘기를 듣고 수술 후 더욱 아이키도에 정진하고 있다. 아이키도 하다가 죽는 것이 그의 바람이다. 야마구치 세이고 8단은 내장 출혈이 있어 수술을 해야 살 수 있다고 했지만, 수술 후 허리 사용이 제한적일 수밖에 없다는 의사의 말에 아이키도 하다가 죽겠다는 결심으로 수술을 사양했다.

그리고 제자들에게 오늘이 마지막 수련이 될 것 같다는 말과 오늘밤을 넘기지 못할 것 같다는 말을 부인에게 남기고 그날 저녁 숨을 거뒀다.

죽음을 자신이 선택한 것이다. 인공호흡기로 생명을 연장하면서까지 조금 더 살려보겠다고, 또 살아보겠다고 아둥바둥하는 모습이 아니다. 무사는 자신의 신념을 위해 죽기를 각오하는 사람들이다. 그들에게 재물은 중요하지 않다. 그것은 마음만 먹으면 되는 것이 아니다. 훈련을 통해서 각성하고 완성해야 하는 것이다.

자신의 신념을 위해 죽기를 각오하는 것은 약자를 보호한다는 정의감과 공익이 우선시 될 때 성립 가능한 것이다.

예의와 염치, 인내와 의리는 무사가 지녀야 하는 기본 덕목이다. 한번 하겠다고 마음을 먹었으면 죽기를 각오하고 해야 한다. 자신이 믿는 하나의 신념을 위해 목숨을 바치는 위인들이 진정한 무사다. 정치, 경제, 사회, 문화, 법률 모든 분야에서 무사武士가 자리를 지키고 있어야 사회가 정의로워진다.

단증에도 정도正道가 있다

　내가 가르치고 있는 최 모 회원이 최근 3단 승단을 하면서 있었던 이야기다. 아이키도에서는 처음과 끝을 이어주는 계보가 있다. 그리고 그 중심에 도주道主가 있고 창시자의 정신과 기술을 이어가며 변하지 않는 도통道統이 있다. 아이키도 단증은 그 도통을 이어가는 도주로부터 받는 것이다.

　최 군은 2단까지는 일본 유학생 시절 도쿄에 있는 도장에서 6년 동안 수련을 하면서 받았다. 이후 귀국하여 필자의 문하에서 수련을 이어갔다. 대체로 다른 선생에게서 승단을 했던 사람은 내가 처음부터 가르친 회원이 아니기에 승단을 시켜준 기존 선생을 떠나 잠시 타 지도 선생에게 경험을 쌓는 정도의 관계만 가질 뿐이다.

　몇 년이 지나고 나서 최 군이 3단 승단심사에 응시하고 싶다고 했을 때 나는 기존에 2단까지 허가한 선생에게 그래도 좋은지 허락을 받으라고 했다. 내가 승단을 허가해 주면 내가 가르친 제자가 되는 법이다. 하지만 최 군에게는 이전에 가르치던 선생이 있는데, 무시하듯 내가 승단을 시키는 것은 그 자신에게도 문제가 될 수 있고 나 또한 남의 제자를 취하듯 지도자의 계보를 바꿔버리는 것은 잘못이 될 수 있다.

최 군은 얼마 지나지 않아 이전 선생으로부터 추천서를 가져왔다. 승단을 허락한다는 취지와 그동안 자신의 수련생을 잘 가르쳐 준 것에 대해 감사하다는 편지였다. 그리고 지난 11월 심사에서 3단에 합격했고, 일본에 있는 세계본부에 승단접수를 했다. 그런데 며칠 지나지 않아 메일이 왔다. 최 군에 대한 3단 신청에 문제가 있다는 내용이었다. 그 내용은 초단과 2단을 다른 선생에게 받았는데 무슨 이유로 윤 선생이 3단을 허가하느냐는 것이었다.

또 한국에서 수련을 다시 시작했다면 언제부터 시작했는지 정확하게 알려달라고 하였다. 만약 타 도장에서 키워놓은 제자를 내가 빼돌리는 것이라면 나는 세계본부로부터 지도자로서 인격에 문제가 있다고 평가받을 것이다.

돈벌이로 생각해서 단증을 주는 것이라면 나는 분명 무도武道를 가르치는 선생으로서의 자격에 문제가 있다고 볼 것이다. 이에 사무 국장이 이전에 받아놓은 최 군의 추천서와 내 도장에 입회한 날짜를 통지해주었다. 그러자 세계본부 사무국에서 바로 연락이 왔다. 정확하게 밝혀주어서 고맙다는 내용이었다.

이전에 일본에 한 지도원으로부터 "함부로 승단을 시키면 위험해진다."라는 말을 들었다. 대충 심사해서 승단을 시키면 안 된다는 말로 들렸다. 그 말을 듣고 심사 때마다 철저하게 심사해왔다. 지금은 감격의 눈물을 흘리는 사람도 있다.

일본 도장에서 수련하고 있던 한국인 회원이 돌아가려 하자 그에게, 한국은 승단이 매우 어려우니 여기서 승단을 하고 가라는 말을 들었을 정도다. 엉터리로 심사를 본다는 말은 무도인에게는 수치스럽고 자존심 상하는 얘기다.

아직도 심사를 돈벌이로 생각하는 사람이 있다. 또한 초단을 받고 도장을 몇 번 옮기면 고단자가 되는 창피스러운 합기도인들이 많다. 심지어 도복도 입지 않는 사람을 고단자라고 이야기하는 자들도 있다.

누가 스승인지, 언제 수련을 시작했고, 단위段位를 누구에게 허가받고, 어느 선생에게 사사했는지 알 수 없는 이들이 그동안 대한민국 무도계를 어지럽혀 왔다.

몇 년 전 유현상 지도원을 세계본부에 5단으로 추천했을 때 그의 수련경력과 실력, 지도자로서 자질 그리고 몇 명의 수련생을 지도하고 있는지와 3개의 지부도장과 클럽 개설에 영향을 미친 과정에 관해서 A4용지 몇 장 분량의 추천서를 제출한 바가 있다. 세계본부에서도 5단 이상의 전 세계 고단자에 대해서 철저히 신상을 관리하고 있음을 보여준 것이다. 아이키도의 승단은 협회가 아니라 어느 선생에게서 받았는지가 중요한 것이다.

한국인으로서 수련생의 단위를 심사하고 관리하며, 도주道主의 단증을 줄 수 있는 허가를 받은 한국인 사범은 필자밖에 없다. 스스로 부끄럽지 않은 단을 제자에게 부여하고 있는가? 질문해 본다.

스승과 제자의 신뢰는 그냥 얻어지는 것이 아니다. 협회를 만들고, 단증을 발행하는 사람이 자신에게 승단을 주는 이해할 수 없는 일이 일어나고, 관장이 자기 스스로 자신의 승단을 협회에 신청만 하면 단증을 받는 어이없는 행위가 당연시되는 것을 한국적인 것이라고 하는 생각은 버려야 한다. 권위는 종이에서 나오는 것이 아니고 끊임없는 자기 수양에서 나온다.

군사부일체라고 말하는 인연

아이키도는 창시자 우에시바 모리헤이 선생으로부터 시작하여 제자들로 이어진 계보가 명확하다. 그래서 나는 누구의 제자인가라는 질문에 대해서 머뭇거림 없이 대답한다. 만유애호萬有愛護의 정신과 그 정신에 일치되는 기술은 이전까지 경쟁으로만 치닫던 이전 무술들과 확연한 차이를 보이며 전 세계 지성인들로부터 각광을 받는 무술이 되었다.

우에시바 선생은 제자들에게 그가 추구하는 정신과 함께 기술이 통합되도록 혹독한 훈련으로 제자의 자질들을 키웠다. 그렇게 훈련받은 제자들에 의해서 아이키도는 전 세계로 퍼져나갔다. 창시자의 기술은 완벽했고 제자들의 믿음은 흔들림이 없었다. 만약 선생의 기술이 못마땅하거나 부족하다고 생각했다면 또 다른 형태의 무술을 보충하듯 추가했거나 만들어 넣었을 것이다.

처음 기술형태와 정신이 거의 변질하지 않고 전 세계에 전파되었다. 아이키도를 가르치는 지도자라면 적어도 자기 선생이 누구인지는 명확하게 설명할 수 있어야 한다. 뛰어난 스승이라고 해서 제자들이 모두 뛰어난 것은 아니다. 그러나 일반 수련생이 아닌 가르치

는 선생이라면 적어도 스승과 제자의 관계만큼은 정확히 해 주어야
한다.

가끔 지도자의 자질이 없는 사람을 만나 보면 하나같이 사제지간
의 인연을 중요하게 생각하지 않는 사람들이었다. 스승이 없고 이곳
저곳을 기웃거리며 하나에 집중하지 못한다. 그들은 자신이 가르치
는 수련생들에게는 군사부일체君師父一體를 말하지만, 스스로 모범을
보이는 데는 인색했다. 그래서 스승과 제자의 인연이 어떤 것인지 살
펴보고자 한다.

길에 튀어나온 돌뿌리에서도 깨달음을 얻을 수 있고, 애완동물이
나 주변의 사물에서도 마찬가지다. 또한 평범해 보이는 당신의 삶이
다른 누군가에게 변화를 일으키는 가르침이 될지도 모른다. 이른바
원포인트 레슨으로 가르침을 얻기도 한다. 하지만 필자가 말하고자
하는 스승과 제자는 부모와 자식만큼, 시간과 공간의 공유를 통해
서 서로를 이해할 수 있는 관계를 말한다.

잠깐 이용가치가 있어서 선생이라고 말하는 것은 무도적인 측면에
서 인간성에 문제가 있다. 잠깐 스쳐지나가는 관계를 스승과 제자의
관계라고 하기에는 터무니없이 부족하다.

인연因緣은 사람들 사이에서 맺어지는 관계에 대한 원인과 그로 인
해 얻어지는 힘을 말한다. 특히 군신君臣, 부자父子, 사제師弟의 연은 선
비나 무사에게 그 무엇과도 바꾸기 힘든 것이다.

얼마 전 대구지부 초심도장 어린이 심사에서 신선한 경험을 했다.
어린 수련생들이 우에시바 선생으로부터 이어지는 사승師承의 흐름
을 정확하게 인지하고 있었다. 그 아이들은 오랜 세월이 지나서도 자
기 선생이 누구였고 그 위에 선생이 누구였는지를 말하며 자신이 맺

었던 인연에 대해서 자랑스럽게 말할 것이다. 무술은 스승을 찾아가는 것에서부터 시작한다. 내가 선생을 찾아 일본까지 갔던 것처럼 말이다.

진학, 취업 혹은 승진을 위해 단증이 필요할 때 재발급을 문의하는 전화가 귀찮을 정도로 많이 온다. 문제는 소속이나 가르친 선생의 이름을 물어보면 모른다고 하는 사람이 너무 많다는 것이다. 누구에게 배웠는지 기억을 못 한다. 그들은 선생이나 소속 단체, 도장에 대한 자부심은커녕 소속감마저 가지지 않고 배웠음이 분명하다. 아니면 교학敎學보다는 영리가 우선인 단체의 단증을 받다 보니, 그 단체는 어느새 이합집산하거나 소멸했을지도 모른다.

스승이 없는 지도자들의 문제점은 각자도생各自圖生을 하듯 유튜브나 출처가 불분명한 기술을 습득해서 가르치기 때문에 자신의 기술이 정확히 어디에서 누구로부터 이어져 왔는지를 설명하지 못한다는 것이다. 그가 받은 단위段位는 돈만 내면 단증을 주는 사이비 협회와 거래를 해서 받은 것이다. 그런 협회는 스승이나 제자 관계가 어떻게 이어지는지 관심을 두지 않는다.

4단인 관장이 5단, 6단을 주는 것이 가능한 협회도 있고 8단, 9단이 있는데 정작 그런 높은 단을 줄 만한 선생이 없다는 게 문제다. 그래서 초단보다 못한 10단도 나오고 있다. 스승은 함부로 실력과 자질이 안 되는 사람을 고단자로 허가하지 않아야 한다. 인연을 소중히 생각지 않는 사람을 고단자로 만들면 분열이 일어나고 단위를 가볍게 만들어 버린다.

가문家門에는 가풍家風이 있어 부모, 형제, 자녀 사이를 강력하게 결속한다. 무문武門에서도 마찬가지다. 부자의 인연만큼이나 강한 사제의 인연을 맺은 이상, 스승은 스승대로 제자는 제자대로 그 역할을 다해야 한다. 수업료만 오가는 레슨이 이루어지는 것이 아니라, 성심을 다해 스스로 성장하는 모습을 보여야 하고, 그에 따른 단위의 평가가 수반되어야 한다. 그러한 평가는 연무대회나 강습회 등에서 공개적으로 선후배에게도 인정을 받아야 한다.

기술은 단위에 맞게 펼칠 수 있어야 한다. 즉 몸을 통해 검의 이치를 표현할 수 있어야 하고, 호흡의 완급과 잔심殘心을 찾을 수 있어야 하며, 유술과 검술을 함께하며 기본에 충실한 변화와 응용의 묘를 살릴 수 있어야 한다. 스승은 제자의 그러한 발전을 보면서 승단을 인정하는 것이다.

무도를 배운 사람이라면 특히 선생과의 인연에 대해서 깊이 생각해야 한다. 똑바로 해야 하는 의무는 제자에게만 있는 것은 아니다. 선생도 제자의 명예와 그다음 세대로 이어지는 정통성을 위해서라도 똑바로 보여주어야 한다.

진정한 제자라면 선생이 도복을 입고 매트에 설 수 있도록 한 수 가르침을 받고자 하는 수련생의 태도를 힘들어 해서는 안 된다.

인간관계를 쉽게 끝내는 사람은 무엇을 하든 깊은 관계를 맺어가질 못한다. 오랫동안 집중하지 못하며, 함께 고행을 나눈 선후배와의 인연도 깊이 있게 나누며 발전시키기 어렵다. 쉽게 잊히는 관계를 가지고 군사부일체를 말해서는 안 된다.

지나친 경쟁은 분노를 유발한다

　지나친 경쟁은 분노를 유발한다. 우리는 어릴 때부터 경쟁에 내몰리고 있었던 것은 아닌가 생각하게 된다. 학교에서도 일등과 꼴찌로 구분 짓고 학교가 아이들의 꿈을 키우는 곳이 아닌 사회에서 필요한 인재를 육성하는 곳이 되어 버렸다. 그러한 경쟁에서 밀리거나 떨어진 아이들은 이지메를 당하거나 불량 청소년으로 분류되어 선량한 아이를 괴롭히는 것이 학교 폭력이라 할 수 있다.

　경쟁을 부추김하는 사회가 불량한 아이를 만들어 내고 있었던 것이다. 경쟁적이고, 성공 지향적인 사회가 요구하는 학교 교육에서 체육시간은 쓸모없는 시간으로 치부되어 버린다. 타 과목과는 다르게 체육이나 무술은 안 해도 그만인 유명무실한 것이 되어버렸다.

　일등만 살아남는 경쟁은 다양한 삶을 파괴하며 함께 행복해지는 공존을 무너뜨린다. 취업을 앞둔 청년과 노인의 자살률이 최고라는 대목에서 건강하지 못한 한국 사회의 단면을 보고 있다.

　사회가 어렸을 때부터 경쟁 일변도로 가면 결국에는 돈 없고 권력없는 사람은 낙오자로 구분되는 것이다. 초등학교 때부터 좋은 대학에 가는 것이 목표가 되어 학원으로, 과외로 내모는 사회가 성숙한

▲ 사진 출처: MBC 뉴스 캡처

사회라고 할 수 없다.

낙오자가 되지 않으려는 사회의 경쟁구조 속에서는 타인을 이기는 것이 내가 살아갈 수 있는 방법이라고 생각하게 된다. 학교 교육의 연장선상에서 무술도장도 경쟁을 가르치고 살아남는 법을 가르쳐야 하는 것이다. 잘못하면 도장이라는 곳이 폭력을 정당화시키는 성숙하지 못한 곳이라고 판단해 버릴 수 있다.

무술은 아이들에게 몸과 마음을 강하게 단련시키고 집중력을 높여주어 아이가 가진 잠재력을 최대한 끌어올리는 역할을 하는 곳이라는 점에서 절대 나쁜 곳이라고 할 수 없다. 그렇다고 해서 상황에 따라 폭력이 정당화될 수 있다는 것은 절대 아니다.

성숙한 사람과 미성숙한 사람을 구분 짓는 차이는 '폭력의 사용'에 있다. 이성적으로 해결한다는 것은 성숙한 어른이 되었다는 뜻으로 이해되기도 한다. 언어적이든 물리적이든 폭력에 의지하지 않고서는 자신의 생각이나 의지를 드러낼 수 없는 사람이라면 그가 아무리 똑똑하다 해도 성숙한 사람이라고는 보기 어렵다. 따라서 아이를 도장에 보내는 것은 성숙한 아이로 탈바꿈하면서 폭력적인 것에서부터 해방되는 것이어야 한다. 다시 말하면 아이가 도장에 다니면 어른스러워지는 것이다.

대체로 부모들은 우리 아이가 학교에서 다른 아이에게 맞지 않게 하기 위해 도장에 보내거나 아니면 이기는 법을 배우라고 보낸다. 하지만 학교와 다르게 도장에서는 선후배가 있고 거기에 따른 자신의 위치를 알아가는 사회적 능력과 함께 감수성이 좋아지면서 신체적 발달이 일어난다. 따라서 아이에게 이기는 법이나, 맞지 않는 법을 가르치는 것이 아닌, 친구들과의 사회적 균형과 공존을 익히면서 더욱 어른스러워지는 법을 배우는 곳이 되어야 한다.

무술을 오랫동안 수련한 사람이 어깨가 올라가고 강한 인상으로 무섭기까지 한 것은 운동이 폭력적이고 경쟁으로 일관했기 때문이라 할 수 있다. 무술이 경쟁으로 일관하게 되면 경쟁적인 사회 구조를 더욱 심화시키는 꼴이 되고 마는 것이다. 몸과 마음의 균형과 타인과의 공존을 가르쳐야 한다.

선생이 보여주는 갈고 닦은 솜씨는 신비스러울 정도여야 한다. 그것이 모험심을 자극하며 창의성과 같은 열정을 이끌어 내게 되는 것이다.

아이들에게서 나타나는 고도의 사회적 감수성은 성인들에게는 겸손으로 나타난다. 앞에서 얘기한 강한 인상과 거만함 같은 권위주의적인 모습은 자기 개선을 위한 무도수행을 꾸준히 해본 적이 없는 사람들에게서나 나타나는 허풍과 같은 것이다. 스승 앞에서 오랫동안 무도를 수련했다는 사람이 그런 모습을 보인다면 잘못 배운 것이다.

진정한 고수는 평범한 일반인보다 더 일반인 같은 모습을 하고 있어서 훈련으로 다져진 강한 인상이 전혀 느껴지지 않는다. 거만함과 같은 허풍도 없고 명품으로 치장하지도 않는다.

기술적 표현은 자연스럽고, 일상 속에서의 모습도 매우 평범하지만 무위武威의 강한 열정과 아름다움이 있다. 권위적이지도 않고 싸움도 잘할 것으로 보이지 않는다. 성숙한 어른의 모습이란 이런 것이다.

MBC 방송에서 보듯 지나친 경쟁은 분노를 유발하고 행복을 앗아간다. 모두가 경쟁하듯 앞만 바라보며 빠르게 달릴 때 천천히 주변을 살피며 걷는 것이 공존하는 것이며 삶에 더 큰 행복이 될 수 있다.

정신이 지배하는 육체,
육체가 지배하는 정신

　　장남이 일본 세계본부에 우치데시内弟子 교육을 받기 위해 갔을 때, 숙소가 없는 세계본부 도장에서 우에시바 모리테루 도주의 특별한 배려로 숙박할 수 있는 공간을 만들어주어서 집중 훈련에 들어갈 수 있었다. 세계본부는 모든 아이키도인들에게 열려있다. 그렇다고 모두가 우치데시가 될 수 있는 것은 아니다.

　　세계본부는 전 세계에서 아이키도의 진수를 경험하고 자신의 실력을 시험해 보고자 찾아오는 메카이다. 하얀 띠나 초보자 티가 나는 사람은 친절하게 대하지만 유단자에게까지 그렇지는 않다. 기술은 선생에 따라 다르지만 주로 기본기를 위주로 수련하는 경우가 많다.

　　수련이 시작되면 가까운 사람과 파트너를 정하고 시작부터 끝날 때까지 파트너를 바꾸지 않는다. 그에 반해 우리 도장은 기술이 바뀔 때마다 파트너를 바꾼다. 그것은 고바야시 선생께서 수련 중에 한 사람에게만 집착하는 스토커 행위를 예방하는 차원에서 정하신 룰이다.

　　세계본부 회원은 본부답게 실력에 대한 자부심이 매우 높다. 나도 처음 세계본부를 찾아갔을 때 나이 많은 노인분을 쉬운 파트너로

▲ 우에시바 미치테루 도주 계승자와 장남의 수련 모습

생각하고 접근했다가 몹시 혼난 적이 있다.

만약 나와 같이 운동깨나 하는 사람이 세계본부를 찾아가 가볍게 휘젓고 온다면 세계본부라는 권위는 허울만 있을 것이다. 각 나라를 대표하는 도장에도 미래 지도자를 희망하는 유단자들이 시험 삼아 찾아오곤 한다. 우리 도장도 마찬가지다. 그중에는 진짜 실력이 출중한 사람도 있어서 한국본부라는 타이틀이 무색할 때가 있다.

3단이었던 장남이 우치데시로 세계본부 수련을 시작했을 때도 그랬다. 봐주지 않는 분위기에서 실제 기술을 펼치며 훈련할 때 죽을지도 모른다는 두려움이 일어났다. 군대에서 훈련조교로 단련된 강한 체력이 있었기에 그런 두려움은 얼마 가지 않아 안정이 될 수 있었지만 정말 무서운 경험이었다고 한다.

본인 의도와 상관없이 공중으로 몸이 날아가고 바닥에 꽂히듯 떨어지는 던지기는 처음 접하는 사람에게는 공포 그 자체다. 체력과 운동감각이 뛰어난 서양인과 파트너가 되어 훈련했을 때는 서로 지지 않겠다는 듯 몸이 뒤엉키며 용호상박을 이룬다.

중간에 힘들다는 표정을 지으면 지는 것이다.

땀을 닦기 위해 수건을 꺼내 드는 것도 항복과 같다.

물을 마시기 위해 멈추는 것도 진 것이다.

이기고 지는 것은 타인과의 싸움이 아니라 나 자신과의 싸움에서 일어난다. 상대는 나를 시험한다.

"너는 지쳤어. 이제 그만하고 졌다고 선언해!"

"죽을지도 몰라! 이게 네 한계야, 그만 멈추고 물러나!"

"무엇 때문에 목숨을 걸어? 그럴만한 가치나 있어? 그만해!"

"너는 안 돼! 틀렸어! 포기하라고!"

"너는 나를 이길 수 없어!"

운동을 하다 보면 너무 힘들다. 더이상 참기 어렵다는 생각에 손바닥을 펴 보이며 일단 멈추고 상대로부터 물러선다. 물 좀 마시고 오겠다는 표시를 하고 등을 돌린다. 상대는 웃으며 쳐다본다. 그의 눈을 외면하고 물을 마시러 밖으로 나왔다. 그러자 세계본부 지도원이 빠른 걸음으로 다가왔다. 그리곤 나무란다.

"너는 본부도장 우치데시다, 왜 지는 모습을 보이는가!"

이 말에 다시 파트너에게 돌아갔다. 마음에서는 '지면 안 돼!' 하고 외쳤다고 한다.

장남은 2달 동안 세계본부에서 훈련하며 2번이나 탈수로 정신을 잃고 쓰러졌다.

수련 중에 몇 번씩 포기하고 싶은 마음이 일어났지만 우치데시 정신으로 잘 견뎌냈다.

야스노 마사토시 선생의 우치데시며 메이지대학교 이학박사로 이론물리학 전공인 요코야마 다이스케 4단은 2년 동안 서울에 체류하며 장남과 훈련하였다.

두 우치데시가 한 치의 양보도 없이 주고받는 훈련을 한다. 장남에 비해 체력이 약했던 요코야마 다이스케는 몹시 힘들었지만 얼굴 표정은 하나도 변하지 않고 있었다. 얼굴은 오히려 미소를 띠고 있다. 정신은 약해지거나 흔들리지 않는다. 훈련이 거듭될수록 오히려 더 강해지고 있었다. 그런데 몸이 버텨주지 않았다. 교대로 던져지고 있을 때 체력에 한계가 오면서 허벅지 근육이 경련을 일으키면서 마비가 왔다. 결국 일어나질 못하고 마비된 근육을 주물렀다. 마비가 풀리자 몸을 다시 세우면서 아직 끝나지 않았다며 훈련을 거듭했다.

정신이 지배하는 육체와 육체가 지배하는 정신이 있다. 권리가 있으면 책임과 의무도 있다. 사랑과 자비는 거저 생기는 것이 아니다. 건강과 행복도 마찬가지다. 우리는 어려운 역경에 부딪혔을 때 싸워서 이기려 하기보다는 자연법을 무시하고 나에게만 베푸는 신에게 매달리곤 한다.

무도는 승부를 가리는 것이다. 그중 아이키도는 상대적 평가를 통해서 얻는 승리가 아니라 자기 자신을 이기는 승리를 얻어야 한다. 끊임없는 훈련을 통해 나를 개선하며 변화해가는 자신을 발견하는

것이다. 술기 몇 개 더 알고 칼 쓰는 테크닉 몇 가지 더 알고 있다고
해서 실력이 뛰어나다고 말해서는 안 된다.

우리는 진짜 실력과 변화가 무엇인지 정확히 인식하고 알아야 한
다. 죽을 고비를 넘겨 본 자만이 실제 죽음 앞에 초연해질 수 있다.
얄팍한 재주로 자기 자신을 기만해서는 안 된다.

▲ 함께 수련 중인 부인

PART
5

역사와 함께
아쉬움으로

AIKIDO

가짜는 가치가 없다

합기도의 기원을 말할 때 '미나모토 노 요시미츠源義光(1045~1127, 이하 원의광)'를 들먹이고 있는 사람들이 아직도 있다. 미나모토 씨源氏는 황족이 신하의 신분으로 강등될 때(臣籍降下, 신적강하) 하사하던 성씨 중 하나인 명문가이다.

이 명문가의 자손인 원의광을 신라(新羅) 출신 도래인[23]으로 오독하는 이유는, 두 가지가 있다. 하나는 '신라신사新羅神社'가 신라계 도래인을 모신 사당이란 것이고, 둘은 원의광이 이곳에서 성인식을 하면서 '신라신사에서 성인식을 한 셋째 아들'이라는 뜻의 '신라 삼랑[24]'을 이름 앞에 붙여 '신라 사부로 미나모토 노 요시미츠(新羅三郎源義光, 신라삼랑원의광)'라고 하였기 때문이다.

이미 역사학계에서는 정리가 된 사실을 일선의 무술 지도자뿐만이 아니라 국내 명문대학의 교수와 연구원들마저 국수주의 안목에서 오독誤讀하고 있는 현실을 보면 안타까울 따름이다.

---

23 도래인(渡來人, とらいじん 도라이진): 넓은 의미로는 해외로부터 일본으로 건너온 사람을 의미
24 삼랑(三郎 사부로): 셋째라는 뜻, 첫째는 태랑 太郎 타로, 둘째는 차랑 次郎 지로

문제는 대동류유술(大東流柔術, 다이토류주쥬츠. 이하 대동류유술)의 시조가 원의광이라고 잘못 알고 있는 것이다. 대동류유술의 실질적 창시자인 다케다 소카쿠 선생이 차용한 신라삼랑원의광은 신라 유래를 강조하려 했던 것이 아니고 고대 일본의 명문가인 미나모토 가문과 대동류를 연결하고자 했던 욕심에서 비롯된 것이다.

신라신사는 신라 사람과 관련이 있고 고려신사도, 고구려신사도 그렇다. 최근 백제 신사의 신관神官이 우리 도장을 찾아왔을 때에도 백제에서 넘어간 사람이 만들었다는 얘기를 들었다. 일본의 국보 1호인 목조반가사유상이 있는 호류지廣隆寺도 도래인이 만든 절이다. 일본에는 옛 우리의 조상과 관련이 있는 절과 신사가 많다.

신라신사에서 성인식을 한 원의광을 신라에서 넘어간 화랑이라고 억지주장을 하는 것은 이름 앞에 붙어있는 신라삼랑이라는 예명 때문이다. 그래서 합기도의 시조를 신라삼랑원의광이라고 하면서 마치 신라에서 간 우리 조상인 것처럼 말하는 것은 어거지일 뿐이다. 만약 일본의 명문가 미나모토 가문이 한반도에서 넘어간 우리 조상이고 그들로부터 합기도가 나왔기 때문에 합기도가 우리나라 전통무술이라고 말한다면 세계인의 웃음거리가 된다. 10세기 초에 멸망한 신라 화랑의 후예가 11세기 후반 일본에서 그 정신을 꽃 피웠다는 주장은 한 편의 코미디일 뿐이다.

조선 후기 양반의 지위가 몰락하고 중인 계급이 부상하면서 가난한 양반의 족보를 구입하는 일이 많았던 것처럼, 일본에서는 자신의 뿌리를 미나모토 가문과 같은 명문가에 연결하고자 거짓 족보를 만드는 사람이 많았다. 대동류유술의 뿌리를 미나모토 가문에 연결하고자 했던 다케다 소카쿠 선생도 비슷한 오류를 범한 것으로 밝혀

진바 있다.

한국에서 지금까지 보급되고 있는 합기도라는 무술은 그 태생부터 문제를 가지고 있었다. 우선 처음 시작을 했던 최용술 선생은 자신이 일본에서 무술을 배워왔다고 분명하게 밝히고 있다. 합기유권술合氣柔拳術, 야와라柔, 기도氣道 등 여러 명칭을 사용했지만, 그 제자들에 의해 아이키도와 똑같은 명칭인 합기도合氣道라는 무명을 활용하게 되었다.

우연의 일치로 '합기도'라는 명칭을 쓰게 되었다고 주장하지만, 한일국교 정상화가 그렇게 빨리 될지 몰랐을 것이다. 또한 한중일 동북아 한자문화권의 국가들이 세계적인 강대국으로 부상할 것을 예상 못 한 짧은 안목과 지적 재산권, 상표권 같은 것에 대한 개념 자체가 없던 시대의 사생아이다. 인터넷이 발달한 요즘에는 속된말로 '쪽팔려서' 베낄 수도 없는 그런 명칭이다.

사람들이 무도를 배우려고 하는 이유는 그 무술이 제공하는 수련에 교육적 가치가 있기 때문이다. 또 강인함에 대한 동경심이 크게 작용한다. 한국인과 다르게 일본인들이 무도를 좋아하는 가장 큰 이유는 바로 사무라이武士에 대한 동경심이라 할 수 있다.

무도를 시작하는 사람들이 가장 중요하게 여기는 것은 진짜에 대한 시선이다. 가짜는 가치가 없기 때문에 진짜를 찾는다.

무도는 작심삼일로 잠깐 하다 마는 것이 아니다. 오랜 기간 수련을 상식으로 생각해야 한다. 때문에 진짜를 찾아서 오랫동안 하는 것이 중요하다. 오래 했을 때 그 가치가 드러난다. 가짜는 아무리 오랫동안 했다 해도 의미가 없다. 무도는 거짓이 없고 자기 자신에 대한 엄격함이 있다. 때문에 진짜와 가짜에 대한 무도인의 시각은 일반인의 관대한 시선과는 다른 엄격함을 가진다.

한국에는 아직 무도에 대한 바른 시각이 정착되어 있지 않다. 나이를 먹으면 도복을 입지 않는 것도 그렇고, 죽을 때까지 수련을 지속하는 원로가 없는 것도 그렇다. 비슷비슷한 단체들이 우후죽순 생기는 것도 그렇고, 총본부가 많은 것도 진짜와 가짜를 구분하지 못하거나 중요하게 생각지 않는 실수에서 비롯된 것이다. 어쩌면 진짜가 무엇인지 몰라서 그런지도 모른다.

부모가 아이를 도장에 맡기는 이유는 싸워서 이길 수 있는 강함만을 원해서가 아니다. 사회에 나갔을 때 예의 바르고 좋은 인간관계를 만들 수 있게 하기 위함도 있지만, 타인을 배려하면서도 자기 자신에 대한 엄격함을 갖추는 것을 위해서이다. 무도가 추구하는 교육적인 효과를 위해 부모는 아이를 도장에 맡긴다. 가짜에서는 그러한 효과가 낮을 수밖에 없다. 제대로 된 도道를 추구하는 것은 먼저 진짜를 찾는 것에서부터 시작하는 것이다. 앞으로 우리 사회가 진짜를 염원하는 시각을 가질 때 가짜는 스스로 소멸되거나 설 자리를 잃을 것이다.

신라삼랑원의광新羅三郎原義光에 관한 상세글

'신라삼랑원의광'. 일본명 '신라 사부로 미나모토 노 요시미츠'라는 이름은 합기도의 원류로 자주 들먹이는 이름이다. '미나모토原'가는 일본에서 처음 막부시대를 열었던 가문이기 때문에 많은 일본사람이 최근까지도 자신의 혈통을 미나모토가에 결부시키기 위한 조작을 많이 하고 있다고 한다. 대표적인 사례가 그 유명한 도쿠가와 이에야스가 자신의 혈통을 미나모토라고 했다가 가짜로 밝혀진 예이다.

다케다 소가쿠 선생도 자신의 혈통을 미나모토 가문과 연결하고 있는데 근거가 없다고 부정하는 일본인들도 있다.

합기도의 기원을 말하면서 '일본의 도미키 교수의 설에 따르면⋯ 미나모토가의 신라삼랑원의광이 그 시조로 그 혈통을 이어받은 다케다 소가쿠 선생이 대동류합기유술을 만들었다'라고 서술하고 '다케다 소가쿠에게서 배운 우에시바가 합기도(合氣道, 일본명 아이키도)를 창시했다'라고 설명하고 있다.

문제는 '신라삼랑원의광'이라는 이름부터인데 원의광(미나모토 노 요시미츠)이라는 이름 앞에 붙은 '신라삼랑'에 대해서 신라는 '신라 사람'이었고 '삼랑'은 신라 화랑들의 '계급'이라고 설명하면서부터 꼬이기

▲ 가모신사賀茂神社

시작한다.

미나모토가에서 요시미츠, 즉 원의광을 신라에서부터 데리고 온 '양자'라고 하는 설이 나오게 된 것도 바로 이름 앞에 붙어있는 '신라삼랑' 때문인 것 같다. 그래서 일부는 합기도가 고대 신라 시대 한국에서 일본으로 넘어간 것이라고 주장하고 있다. 사실 한국인의 입장에서는 그것이 사실로 입증되었으면 한다. 하지만 '신라삼랑원의광'이 미나모토가의 셋째 아들로서 신라 사람이라는 이야기는 어디에서도 찾아볼 수가 없었다.

왜 이름 앞에 '신라삼랑'을 썼는가에 대한 의문에 대한 답변은 이렇다. 고대 막부시대에 일본에서는 어느 한 지역을 다스릴 때 '신사'를 중심으로 군대를 조성했기 때문에 신사는 자체적인 학교나 군사를 가지고 있었다고 한다. 지금의 메이지 신궁과 같이 커다란 조직을 거느린 신사는 각종 무력을 지원하는 시스템을 가지고 있었다.

막부시대 무사들의 세력싸움은 바로 신사와 또 다른 신사와의 싸움이었다라고도 볼 수 있다. 그래서 신라라는 신사의 이름을 처음부터 밝히는 것은 자신이 속한 지역을 나타내는 것이었다. 결국 삼랑원의광 앞 '신라'라는 이름은 '신라'라는 신사의 이름을 붙인 것이다.

원의광(미나모토 노 요시미츠)의 형제들이 이름 앞에 각기 다른 이름을 가지고 있다. 첫째 형은 즉 장남의 이름은 '八幡太郎源義家'(하치만 타로우 미나모토 노 요시이에)이고 둘째 형은 '賀茂次郎源義綱'(가모 지로 미나모토 노 요시츠나)였고 바로 셋째가 新羅三郎源義光(신라 사부로 미나모토 노 요시미츠)이다.

설명을 하자면 첫째 형은 '八幡(하치만)'이라는 신사의 이름이 붙었고 둘째 형은 '賀茂(가모)'라는 신사의 이름이 붙어 있다. 현재 가모신사는 세계유산으로 유네스코에 기록이 되어있는 유명한 곳이다. 지금의 일본에 신사는 종교적 의미가 있지만 옛날에는 한 지역을 대표하는 정치적인 존재로서의 의미가 컸다. 마지막으로 신사 이름 다음에 붙어있는 '삼랑'은 셋째 아들임을 나타내고 있는 것으로서 일부에서 신라화랑의 계급이라고 하는 말은 잘못 알고 있다. 미나모토가의 첫째 아들은 태랑(太郎, 타로우), 둘째 아들에게는 차랑(次郎, 지로), 그리고 셋째 아들에게는 삼랑(三郎, 사부로)라고 이름을 붙여서 순서를 표기한 것이다. 그리고 이것은 다시 장남에게는 '하치만'이라는 신사와 관련이 있고, 둘째는 '가모'라는 신사, 그리고 셋째는 '신라'라는 신사와 관련이 있는 데서 붙인 이름들이다. 형제들의 성인식을 모두 각기 다른 신사 앞에서 거행됐던 것이다. 앞에서 '도미키 교수설'이라고 하는 부분은 일본에서 발행된 『스포츠코스 아이키도 교실』이라는 책자 232페이지 대동류의 유래와 현재를 설명하는 부분에서 대동류라는 명칭이 신라삼랑원의광이 어린 시절 대동의 관에 거주하면서 '대동의 삼랑'이라고 불린 데서 유래했다고 3줄로 적혀있는 글을 지칭하면서 나온 말로서 신라삼랑원의광이 신라 사람이었다는 말은 어디에도 나온바가 없다. 참고로 신라삼랑 원의광의 아버지는 미나모토 노 요리요시(賴義, 988~1075)이고 위에 할아버지는 미나모토 노 요리노부(賴信)이다. 직책은 진주부(鎭守府, 군정을 담당하는 곳)의 쇼군(장군)이었다고 나와 있다. 무츠陸奧 지역(지금의 도호쿠東北 지역)에서 아베阿倍라는 호족과 싸우기 위해 출정을 하면서, (삭제) 교토와 가까이 있는 사가현慈賀縣에 위치한 원성사園城寺 안에 있는 '신라대명신'을 모신 신사 앞에서 승리를 위한 기원을 하면서 만약 기원을 들어준다면 은혜를 갚는 보답으로 자신의 아들을 신사로 보내겠다는 약속을 신관들 앞에서 한 것이다. 이는 신사가 보유하고 있는 군사와 자금을 빌리기 위한 것이었고, 당시 신사는 군사와 학교를 갖고 있었기 때문에 신라삼랑원의광의 아버지는 그의 아들, 즉 원의광을 신라신사에 보낸 것이다. 그러한 이유로 미나모토 노 요리요시의 셋째 아들인 미나모토 노 요시미츠源義光는 신라신사에서 성장하면서 병법과 학문을 배웠으며, 이것이 성인식도 신라신사에서 하는 배경이 된 것이다.

신라삼랑원의광은 생笙이라고 하는 피리와 같은 악기를 잘 다뤘는데 전쟁에 나갈 때마다 죽을 각오를 하였기 때문에 그 악기를 다루는 중요한 테크닉을 도요하라 도키야키라는 무사에게 가르쳤다고 한다. 그리고 전투에 출정을 할 때면 따라나서는 도키야키에게 너는 죽어서는 안 되기 때문에 전투에 참가하지 말라고 하며 못 나가게 했다는 유명한 일화가 전해지고 있다.

영친왕과 아이키도

영친왕 이은(英親王 李垠, 1897~1970)은 조선의 제26대 왕이자 대한제
국의 초대 황제인 고종의 일곱째 아들이며, 부인은 이방자 여사이
다. 어머니는 순헌 황귀비 엄 씨로 순종과 의친왕, 덕혜옹주와는 이
복형제이다. 그런 영친왕이 아이키도에 각별한 애정을 가졌다는 것
을 알고 있는 사람은 그리 많지 않다.

1942년 제2차 세계대전이 한창일 때 일본 정부는 대일본무덕회大
日本武德会를 무도 관련 조직을 통제하기 위한 정부 외곽 기관으로 만
들어 버렸다. 이때 우에시바 선생은 전쟁 및 무도에 대한 정부통제
에 반발하여 이와마岩間에 은거한다. 이때 자신의 도장인 고부칸皇武
館 도장은 아들인 깃쇼마루吉祥丸에게 맡기고 부인과 함께 이와마로
이주한다.

당시 군인의 신분이었던 영친왕은 우에시바 선생의 연무를 본 후
선생과 각별한 관계를 유지한다. 그리고 이후 자신의 집에 우에시바
선생을 불러 아이키도를 연습하셨다고 한다. 우에시바 선생은 1942
년 은거를 위해 이와마의 땅을 사서 도장과 합기신사를 만들기 시작
했는데 그 당시 영친왕으로부터 받은 하사금으로 일련의 일들을 착

▲ 남양주시 홍유릉 경내에 있는 대한제국 마지막 황태자 영친왕 무덤(사진 제공: 문화재청)

수할 수 있었고, 아울러 합기원合気苑을 만들어 '무농일여'[25]의 삶을 시작하였다.

종전 후 1946년 연합국 군최고사령관 총사령부(GHQ)의 명령에 따라 무덕회가 해산하며 정부는 무도에 대한 통제 기능은 상실하였다. 1948년 2월 9일 재단법인 합기회(合気会, Aikikai)가 문부성의 인가를 받으면서 '아이키도(合気道, Aikido)'라는 명칭이 공식적으로 정착한다. 만유애호萬有愛護의 정신을 펼치는 아이키도는 전쟁을 반대하며 세계 평화에 앞장서는 세계적인 무도로 발전하게 되었다.

이런 아이키도 탄생의 역사에 영친왕이 관여한 사실은 필자뿐만이 아니라 모든 사람들에게 의외의 사실일 것이다. 우에시바 선생의 생애와 아이키도의 형성 과정에 대해 초기부터 관심을 가졌으나,

---

25 무농일여(武農一如): 무술과 농사는 한 가지

짤막하게 언급된 '이왕李王'이라는 인물이 영친왕이라고는 생각지도
못했다가, 최근에 와서야 동일 인물임을 알게 되었다.

— 내용출처:『植芝盛平伝』,『合氣道一路』, 일본Wikipedia: 植芝盛平

비운의 왕 영친왕과
아이키도

영친왕 이은(이하 영친왕)이 우에시바 모리헤이를 만나서 하사금을 전달한 내용의 글에 대해 추가하고자 한다. 기록에는 100만 엔을 하사금으로 주었다고 한다. 1942년도에 100만 엔은 현재 가치로 345,623,430엔 정도가 되고 한화로 계산하면 약 38억5천2백만 원 정도가 된다. 영친왕이 우에시바 모리헤이 선생에게 그렇게 큰돈을 주었다는 것 자체도 놀랍지만, 왜 주었을까에 대한 궁금증을 떨쳐버릴 수가 없다. 먼저 떠오르는 것은 고종의 아들로 11살에 일본에 볼모로 끌려간 비운의 왕자와 무도의 정부통제에 반대해 은거한 20세기 천재 무도가의 만남이다.

일제 시대 때 조선의 귀족과 왕족들이 친일 행적을 벌여 지탄을 받는 것과 달리 영친왕은 친일 행적을 찾을 수 없어 친일파 연명록에 이름이 올라가지 않은 분이셨다. 어렸을 때 우리말을 전혀 사용하지 않는 곳에서 혼자 중얼거리며 우리말을 잃어버리지 않으려 했다는 얘기를 들었을 때는 나라 잃은 국민이지만 슬픔을 이겨내고 모국어를 지켜내려는 노력에 큰 감동을 받았다.

해방이 되고 나서 이승만 대통령이 영친왕의 귀국을 막았다. 영친왕이 갖고 있는 영향력 때문에 자신의 기반이 흔들릴 것을 우려해서 였다고 한다. 1962년에야 병든 몸으로 귀국해서 한 많은 삶을 고국에서 마친 비운의 왕족이다.

영친왕에 대한 세간의 평가는 나라 잃은 왕으로 어렸을 때 끌려가 비운의 삶을 살았다는 것과 일본 군인으로 친일적인 삶을 살았다는 얘기가 상반되고 있다.

나는 정치적인 평가보다는 아이키도인으로서 우에시바 모리헤이 선생이 가진 세계평화에 대한 꿈과 영친왕이 그에게 보인 신망에 더 관심이 생겼다. 1942년에 이와마에 살고 있던 영친왕께서 우에시바 모리헤이를 만나서 만유애호萬有愛護를 실천하고자 하는 그 정신과 높은 경지에 오른 우에시바 선생의 실력에 감화하였을 그 모습을 상상해 보았다.

아이키도가 세계적인 무술로 발돋음할 수 있는 결정적 계기였으리라 생각되는 큰 금액을 하사하신 이유에는 분명 아이키도가 매우 훌륭하고 배울 만한 가치가 있다는 생각을 모든 이에게 전달하고자 하는 마음이 있었던 것은 아니었을까 생각해 보았다. 타이완에서 우에시바 선생의 아이키도를 처음 보았을 때 나는 이전까지 내가 해왔던 무술과는 차원이 전혀 다른 무술이라는 것을 느꼈다.

그 느낌이 무엇이었는지는 수련을 해가면서 알게 되었지만, 아직도 부족하기만 한 나의 표현력에 몹시 송구스럽고 죄송함마저 들곤 한다.

아이키도를 일본 무술이라고 배척하기 전에 아이키도가 추구하는 만유애호에 대한 정신과 기술적 깊이를 이해하려는 노력이 필요하다. 그런 의미에서 영친왕이 만약 지금 살아계셨다면 아이키도는 지금보다 훨씬 더 친근한 모습으로 우리 곁에 다가왔을 것이다.

어찌 유익하지 않겠는가?

옛 문헌을 통해서 무술에 대한 인식과 발전과정 그리고 필요성을 생각해 보았다. 『조선왕조실록』은 옛 무술에 대해 판단을 하는 데 도움을 주고 있다. 고려에서 조선으로 개국의 과정이 무신의 난 그 자체였고, 난의 주체였던 태종 이방원 스스로 중앙에 집중되지 않는 군사력의 위험성을 잘 알기에 철저한 '사병혁파'를 이루어 낸다. 이러한 경험의 축적이 무신을 멸시하는 풍조를 만들었다는 것이 역사의 아이러니한 단면이다.

조선의 통치 철학인 성리학이 문文을 더욱 귀하게 여기며 발전한 것은 이미 잘 알려진 바다. 임진왜란 때 이순신 장군이 겪은 어려움도 무관에 대한 견제에서 비롯된 것이 아니었을까 하는 생각이 든다.

임진왜란 당시의 「선조실록」을 보면 투항한 왜군이 우리 군의 살수殺手를 보고 "아이들 놀이와 같다"고 하였다고 하며, 또 "왜인의 검술은 대적할 자가 없다"라고도 기록하고 있다.

이에 선조는 전세戰勢를 만회하기 위해 왜군의 검술을 배우라고 지시하기도 하였다. 그러나 "우리나라 습속은 남의 나라의 기예를 배우기를 좋아하지 않고 더러는 도리어 비굴하게 여긴다"며 배우지 않는 것을 한탄하는 기록이 있다. 또한 「선조실록」에는 배우고 익히는 것에 대한 유익에 대해서도 다음과 같이 씌어 있다.

"왜인의 검술을 익히되 주야로 권장하여 그 묘법을 완전히 터득한다면, 이는 적국의 기예가 바로 우리의 것이 되는 것인데, 어찌 유익하지 않겠는가?"

옛 기록들을 보면 현대에 와서도 별반 다르지 않게 느껴지는 것이 있다. 무武보다는 문文에 치우쳐 있던 조선시대의 환경이 현대에 와서도 크게 달라진 것이 없다. 성인 수련생이 없는 어린이 위주의 도장문화가 "마치 아이들 놀이와 같다"라는 옛 기록과 닮았다.

지금은 살수殺手를 써서 누구를 죽일 정도로 무서운 기술이 필요한 시대는 아니다. 그렇다면 무술이 왜 필요한지에 대해서 생각해 보아야 한다. 옛 살수를 펼치던 일본의 무술은 현대에 와서 어떻게 변했는가?

전통적이고 고전적인 전수 방식을 고수하는 유파들은 이제 명맥만 유지할 뿐 크게 성장하지 못했다. 반대로 현대 검도는 스포츠로 크게 성장하였다. 유도는 하계 올림픽 종목이 되면서 세계적인 스포츠로 성장하였다. 하지만 일본 내에서는 도장을 찾기 어려울 정도로 성장을 멈춘 지 오래다. 앞에서도 말했지만, 지금은 살수殺手를 펼치는 무서운 기술이 필요한 시대가 아니다.

프로레슬링의 화려하고 멋진 기술을 보고 그것을 배우기 위해 레슬링장을 찾는 사람이 거의 없는 거와 같다. 살수를 펼치던 옛 검술에서 정신적인 성장을 바라는 검도로의 변화는 지금 시대가 바라는 모습이다.

검도가 스포츠의 인기를 가지면서도 무도로서 남기를 희망하는 것도 이와 같은 맥락이다. 모든 무술은 살수를 가지고 있다. 하지만 그러한 기술에만 치중하는 것은 복잡하고 전쟁 같은 현실에서 생존해야 하는 현대인들에게 불필요한 스트레스만 가중할 뿐이다.

전통적인 전수 방식을 고수하는 유파들이 성장하지 못하는 이유는 완벽주의에 있다고 봐도 틀리지 않는다. 승부에 대한 집착과 수직적인 상하관계는 모든 것을 경직시킨다. 그것은 결국 무술은 힘든 것으로 훈련은 고통스러운 것으로 생각하게 하였다. 모든 생물은 원래대로 돌아가려는 속성을 갖고 있다. 따라서 좀 더 편한 삶을 추구하는 것은 모든 인간의 속성이다.

목적을 가지고 강한 승부욕을 불태울 수는 있지만 그것이 오래 계속되기는 어렵다. 따라서 시합을 하며 경쟁을 촉발하는 운동은 오래가지 못하는 단점이 있다. 동기유발이 누군가를 이겨서 얻는 것이라면 그런 운동 자체가 즐거움일 수 없다. 검도가 시합이 주主가 아닌 정신적인 성장에 더욱 신경을 쓰는 것이 이와 같은 이유다.

완벽주의는 부족한 것을 용인하지 않는다. 인간관계에서도 실수를 용납지 않으며 능력과 자질의 부족을 더 이상의 발전을 저해하는 요인으로 바라본다. 시합에 나가서 이길 수 있는 선수에게만 집중하는 코치의 마음이 될 수밖에 없다. 그것은 완벽에 대한 집착이다. 조그만 가능성에 대한 무시와 인간 천시, 그리고 인간 본성에 대한 파괴이다.

아이키도는 인간 존중의 무술이다. 부족한 것을 바라보지 않는다. 인간 그 자체의 본성에 희망을 갖고 하나하나와 협력하면서 더 나은 인간이 되기 위한 노력을 경주하는 운동이다. 따라서 운동신경이

둔하거나 없어도 꾸준히 따라 하다 보면 성장을 경험하게 만든다.

우리에게 무술이 필요한 이유는 누군가를 이기기 위해서가 아니라 현재의 삶 속에서 성공적인 생존을 하기 위함이다. 열심히 일하던 사람이 마음을 돌려 여가생활을 즐기는 것은 자신의 일에 더 집중하기 위함이다.

일만 하거나 오직 한곳에만 집착하는 사람은 다른 곳을 보지 못한다. 결국 시야가 흐려지는 시력처럼 집중력이 떨어지고 일은 고통으로 바뀐다. 일은 지겨운 것이 되고 현실 도피를 위한 탈출구를 찾는다. 하지만 충분한 여가 활동을 즐기는 사람은 자신의 일을 더욱 사랑하게 된다.

무도는 그런 것이다. 마음을 잠깐 돌려서 자신의 인간성 향상에 대한 성장과 더 높은 정신성을 갈망하는 구도求道의 길이다. 그것은 완벽을 향한 고통스러운 구도가 아니라 세상에 대해 좀 더 선명하고 분명한 삶을 위한 철학이다.

타인과 조화를 이루는 것이 곧 자연과 함께하는 것이다. 자연(타인)을 의식하는 것이 무술의 시작이다. 좀 더 나은 방향으로 말이다.

나는 아이키도를 통해서 일부 그 해답을 찾았다. 아이키도는 현대 생활을 영위하는 우리에게 너무나 유익하고 어떤 사람에게는 인생을 걸어 이루고 싶은 목표가 되기도 한다. 그래서 아이키도는 무도武道다. 과거의 교훈에서처럼 아이키도가 일본 것이라고 해도 유익함이 있다면 배울 만한 이유와 가치가 충분하다.

「선조실록」 54권, 선조 27년 8월 2일
　答曰: 其中沙古愁戒、幹乃飛雲所、幹老愁戒、照音妙牛, 能於用劍, 我國殺手, 有同兒

戲云:

그 중 사고수계(沙古愁戒)·간내비운소(幹乃飛雲所)·간로수계(幹老愁戒)·조음묘우(照音妙牛)는 칼을 잘 써서 우리나라 살수(殺手)를 보고 아이들 놀이와 같다고 하였고,

「선조실록」 58권, 선조 27년 12월 27일

○ 備忘記曰: 我國之習, 不喜學他國之技, 或反撓之。 倭人劍術, 所向無敵。 前日降倭, 多數出來時, 其中多有用劍極妙者, 抄擇可人, 定將學習, 別爲一隊事, 傳敎、或親敎, 不一不再, 終不施, 皆散遣其倭。 讐賊未退, 而時習如此, 可歎。 今吏判【李德馨。】 在都監, 足以有爲。 若別出一將, 抄擇兒童若干人, 作爲一隊, 傳習倭人劍術, 日夜勸獎, 盡得其妙。 是敵國之技, 爲我所有, 豈無其益乎? 言于訓鍊都監。

우리나라 습속은 남의 나라의 기예를 배우기를 좋아하지 않고 더러는 도리어 비굴하게 여긴다. 왜인의 검술은 대적할 자가 없다. 전일 항왜(降倭) 다수가 나왔을 때 그중에 검술이 극히 묘한 자가 많이 있었으므로 적합한 자를 뽑아 장수로 정하여 교습시키도록 별도로 한 대열을 만들라고 전교를 하기도 하고 친교를 하기도 한 적이 한두 번이 아니었는데 끝내 실시하지 않고 그 항왜들을 모두 흩어 보냈다. 원수의 왜적이 아직 물러가지 않고 있는데 시속의 습관이 이와 같으니 가탄할 일이다. 지금 이판(吏判)【이덕형(李德馨)】이 도감에 있으니 족히 그 일을 할 만하다. 별도로 한 장수를 뽑고 아이들 약간 명을 선택하여 한 대열을 만들어서 왜인의 검술을 익히되 주야로 권장하여 그 묘법을 완전히 터득한다면, 이는 적국의 기예가 바로 우리의 것이 되는 것인데, 어찌 유익하지 않겠는가? 훈련 도감에 이르라.

— 【태백산사고본】 34책 58권 16장 B면【국편영인본】 22책 414면

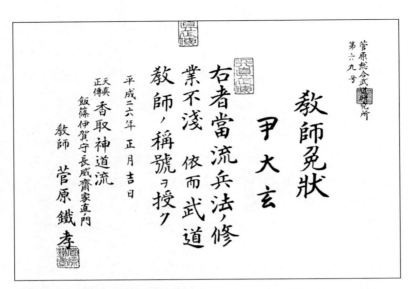

▲ 필자의 가토리신토류 검술 교사면허장

PART
6

도장 선택을
위한 조언

A I K I D O

어린이와 성인을 지도하는
눈높이는 달라야 한다

아이키도의 매력에 푹 빠진 회원이 초등학생 자녀에게 아이키도를 가르쳐야겠다고 열의를 보였다. 초등학생 아이를 보내도 되냐고 해서 가까운 어린이를 전문으로 하는 태권도장 같은 곳에 보내라고 했다. 내가 가르치는 도장은 성인을 전문으로 하고 있어서 그들 눈높이에 맞출 수가 없다.

어린아이에게 성인 전문인 우리 도장에서 수련을 하는 것을 권하지 않는 이유는 어린 나이에 흥미를 잃게 되면, 나이가 들어서도 무술에 대한 흥미를 가질 수 없기 때문이다. 물론 아이키도 운동은 어린이들에게 매우 좋은 것은 사실이다. 인성을 발달시키며 예절과 도덕을 배우면서 사회성을 익히는 데 도움이 되기 때문이다.

키즈 아이키도를 하는 곳이라면 아이들을 위한 커리큘럼이 준비되어 있다. 초등학생에게는 인간의 존엄성, 유연한 사고, 사회적 가치, 평화의 무술과 같은 단어는 이해가 어렵고 아이들의 관심사에서 벗어나기 때문에 아이들이 집중할 수 있는 것을 가지고 알기 쉬운 단어와 언어로 가르쳐야 한다. 초등교사와 중등교사의 자격이 다른 것은 아이들 수준에 맞는 교육이 필요하기 때문이다.

대학교수가 중고등이나 초등학생도 잘 가르칠 것으로 생각하는 것은 오산이다. 작년에 대구 초심도장에서 강습회를 하려고 할 때 아이들을 가르치라고 하면 가지 않겠다고 엄살을 부렸을 정도로 아이들 가르치기는 힘들고 어렵다.

아이들에게는 아이들에게 맞는 언어가 있어서 그것을 벗어난 단어를 사용하면 집중하지 못한다. 아이들에게는 엄청나고 뛰어난 기술이 필요한 것이 아니다. 아이들에게 전문적인 기술의 완성도를 바라는 것은 무리다. 도덕성이나 규칙을 가르치기도 어렵다. 그래서 아이들 교육은 실력이 뛰어난 선생이 필요한 것이 아니라, 그들을 품을 여유와 준비가 되어있는 사람이 필요하다.

요즘 같은 핵가족화 시대에는 형제가 적거나 없는 가정이 많다. 따라서 아이들에게 형 같은, 삼촌 같은, 할아버지 같은 선생이 필요하다. 어린이 수련은 기술을 확실하게 가르치기보다는 수련을 통해서 그 무술이 추구하는 품성이 자연스레 몸에 배도록 유도해야 한다.

요즘은 마케팅이 판을 치면서 아이들 교육을 수입을 올리는 수단 정도로만 생각하는 곳이 많아졌다. 아이들 숫자를 늘려 프리미엄을 받고 넘기는 곳도 많다. 따라서 어린 자녀를 도장이나 학원에 보낼 때는 지도자가 어떤 사람인지 부모가 직접 확인해 보는 것이 좋다.

실력도 실력이지만 품성을 갖춘 지도자가 가르치는 것이 더 중요하기 때문이다. 미래 사회를 이끌어갈 새싹인 아이들에게 사랑하는 마음을 갖는 것이 우선 되어야 한다.

초등학생을 가르치면 교사는 눈높이를 맞출 수 있어야 하고, 중학생이나 고등학생도 마찬가지다. 수준에 맞는 언어를 사용하고, 생각을 이해할 수 있어야 한다. 그러나 가정과 학교에서 예절과 도덕 교육의 비중이 나날이 부족해지는 현실에서 도장에서 권장하는 수평, 수직의 일련의 룰들이 그들에게는 부담으로 느낄 수 있다. 그렇다고 해서 적당히 타협할 수 있는 부분이 아니고 원칙에 입각하여 그 룰에 따를 수 있도록 이끌어가는 것이 지도자의 능력이다.

아이들만을 가르치면서 안정된 수입에 길들면 성인 수련에 대한 의지나 감각이 없어진다. 아이들만 가르친 타 무술 출신들이 지도 경험이 없는 이들보다 상대적으로 나의 지도원 대상 교육에서 적응이 더딘 것을 발견할 수 있다. 이유는 지도자로서의 눈높이가 어느 순간 수련생으로 임했을 때의 눈높이로 그대로 유지하고 있었기 때문이다.

일본 도장을 처음 찾아가서 배울 때 기술이 무척 어렵다는 생각을 했다. 성인 수련생이 많은 곳은 그만큼 수준이 높을 수밖에 없다. 단계마다 느끼는 성취감이 국내에서 느꼈던 그것과 비할 바가 못 된다. 지도자는 연륜과 함께 기술의 깊이가 달라진다.

나는 거의 한 세대에 걸쳐 사범이 되었다. 그만큼 오랜 세월 쌓인 연륜이라는 것이 지금의 나를 만든 것이다. 그것은 세월만 가면 노력 없이 저절로 만들어지는 것이 아니다. 한국에는 노老선생이 별로 없다. 그 이유는 어린아이들만 가르치다 보니 좀 더 깊이 있고 어려운 것을 완성하려는 노력이 부족했기 때문이 아닌가 생각된다.

성인은 자기 계발을 위해 도장에 오는 만큼 그것을 채울 수 있을 기술적 깊이와 완성도가 있어야 한다. 그러기 위해서는 우물 안 개구리를 벗어나야 한다. 끊임없이 스승을 좇아야 하고, 국내외의 다양한 지도자를 경험해야 한다.

아이들 수준에서 만족해 버리고 노력하지 않는다면 더 이상 발전

▲ 아이키도는 성인에게 최적화된 운동이다.

된 미래는 없다. 성인을 지도할 때는 품성도 중요하지만, 그에 못지 않은 실력이 함께 가야 한다는 사실은 아무리 강조해도 부족하지 않다.

신뢰信賴

2016년 2월 24일, 아이키도 세계본부(合氣會, AIKIKAI)로부터 단증이 들어있는 소포가 도착했다. 가가미비라키[26]에서 승단이 발표된 유현상 지도원의 5단증이다.

다시 봐도 멋진 단증이다. 아이키도는 역시 창시자의 계보를 이어가는 곳에서 발행되는 증명서가 가장 신뢰할 만하다.

가가미비라키 때 발표를 하고 나서 승단비를 보내려 하자 단증을 먼저 보낼 테니 받고 나서 돈을 보내라고 하였다. 그만큼 우리 단체를 세계본부가 신뢰하고 있음을 보여주는 것이 아닌가 생각된다. 개인 간 관계에서 혹은 자신이 속한 사회 또는 국가에 대한 믿음이나 아이키도와 같은 무술에서도 신뢰는 매우 중요하다.

신뢰信賴는 믿고 의지함을 말한다. 신뢰할 수 있다는 것은 그만큼 안정감을 준다. 불안하지 않다는 것이다. 상호 간에 신뢰는 매우 중요하다. 누군가를 믿는다는 것은 그가 무엇을 할 건지 충분히 예측 가능하기 때문에 신뢰하는 것이다. 신뢰가 형성되기 위해서는 상대

---

26 가가미비라키(鏡開き): 신년 첫 수련, 세계본부는 가가미비라키 때 추천단 발표를 한다.

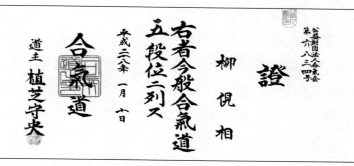

의 행동을 예측할 수 있을 만큼 충분한 시간을 갖고 살펴야 한다. 남녀가 사랑하고 결혼까지 했을 때는 서로 신뢰 관계에 어긋나는 행동을 해서는 안 된다.

신뢰가 없는 사람을 가까이하면 배신하지 않을까 하는 두려움 때문에 신경 써야 하는 노고와 예방 차원에서 허비해야 하는 시간과 노력이 따를 수밖에 없다.

'박혀있는 돌에 낀 이끼가 아름답다'라는 속담은 신뢰를 생명처럼 생각하는 무인이 갖춰야 하는 자질이다. 사명처럼 옛것을 지키려는 무인武人에게 '구르는 돌에는 이끼가 끼지 않는다'라는 속담은 기분에 따라 유행에 따라 마음을 바꾸는 가벼움으로 비친다.

일상의 삶이 평상심을 유지하는 것도 신뢰감을 느끼게 한다. 흔들리지 않는 마음이 부동심不動心이다. 평범한 것이 어렵다. 평범해 보이는 삶 속에 비범함이 있다.

무도인의 비범함은 평범한 것에서부터 온다. 평범한 것이 비범한 것이다. 신뢰 속에서 관계가 굳어지고 그것은 곧 힘으로 나타난다.

국가에 대한 국민의 신뢰도가 국가의 힘이다. 무도의 조직도 마찬가지다. 무도에 대한 믿음이 형성되지 못하면 무도 그 자체의 힘을 잃게 되고 결국은 국가가 가진 힘에 의지해서 생존하려 한다. 그것은 신뢰가 아닌 배반을 억제하려는 경계에서 비롯되는 것이다.

아이키도 5단이라는 고단자 대열에 올라갈 수 있는 것은 그만큼 신뢰가 형성되었기 때문이라 할 수 있다. 단위가 높을수록 오랜 세월 쌓아온 신뢰감도 높다. 무도를 그저 운동으로만 바라보는 사람에게서는 나타날 수 없다.

도장에는 별의별 사람들이 찾아오지만 모두 다 고단자가 되고 지도자가 되는 것은 아니다. 가볍게 단증을 주고, 단기교육으로 사범이 되는 자격증을 발급하는 것은 오랫동안 쌓아가야 하는 스승과 제자지간의 신뢰관계를 무시하는 것으로 배반을 부추기고 또 다른 모방단체를 만드는 온상이 된다.

뿌리가 없는 곳일수록 그런 현상은 심할 수밖에 없다. 무도인의 신뢰감은 생명과 같다. 그것은 부동심이며 평범한 것이 비범한 것이라는 것을 보여주는 것이다.

초밥과 아이키도

초밥, 스시는 일본에 가면 흔하게 먹는 것이지만, 장인이 만든 스시를 맛보려면 발품을 팔아야 한다. 나는 입맛이 까다롭지는 않아서 생선이 크게 나오면 좋아한다.

▲ 연어 초밥(사진 출처: 구글 검색)

스시를 맛있게 먹는 방법은 장인이 만들어 내놓은 것을 바로 먹는 것이다. 그것이 손맛이 변하지 않아 가장 맛있다. 좋아하는 스시를 주문하면 한 판에 두 점씩 나오는 것이 일반적이다.

아이키도가 우치데시(內弟子, 내제자)라는 쉽지 않은 양성 과정을 통해 지도원을 배출하듯, 초밥의 장인 역시 도제 방식으로 혹독한 수련을 통해 양성된다. 최근에는 젊은 사람들이 힘든 것을 싫어하고, 보필하기 어려운 장인 밑에서 배우려는 사람들이 적어서, 유서 깊은 초밥 가게가 하나둘 사라지고 있는 실정이다.

장인이 되기 위해서는 장인 밑에서 짧게는 2~3년, 길게는 10년 이상 배워야 장인의 맛을 재현할 수 있다. 초밥을 만드는 법을 배우려면 먼저 가게를 깨끗하게 청소하는 법부터 배운다. 1년 이상 청소만 하고 나면 밥하는 법을 가르쳐주고 밥 짓는 것만 하게 한다. 밥을 잘 지으면 그다음은 초를 만드는 법을 익힌다. 매우 단순한 것이지만 가장 중요한 것이기도 하다. 밥에 초를 적당하게 섞는 방법을 익히고 나면 생선을 다루는 법을 배운다. 이 과정만 해도 오랜 기간 익혀야 한다.

그리고 생선을 고르고 숙성시키는 방법과 살을 발라내는 기술을 배운다. 생선회의 맛은 칼질에서 나온다는 말도 있다. 한국인들은 살아있는 싱싱한 생선을 좋아하지만, 일본의 스시는 적당한 시간을 두고 맛있게 숙성한 것이다. 장인이 만든 스시는 일정한 밥알에 먹기 좋은 크기의 생선으로 배분이 잘 되어 있다.

동네 새로 생긴 초밥집에 들어갔다가 몹시 실망하고 나온 적이 있다. 생계형으로 차린 식당이라면 모두가 좋아할 만한 돼지고기 찌개 같은 대중적인 것을 차려야지 왜 스시집을 차렸을까 궁금했을 정도다. 운동도 마찬가지다. 헬스나 격투기와 같은 종목에 비해 도제 방식을 따르는 아이키도는 대중적인 무술이 아니다. 기술은 어렵고 지도자들의 평균 나이는 높다.

아마추어가 만든 초밥과 장인이 만든 초밥의 눈에 띄는 차이점은 장인의 초밥은 밥과 생선이 조화를 이루면서 밥알이 부서지며 생선이 쉽게 분리되지 않는다는 점이다. 아마추어가 만든 초밥은 좀 과장해서 바람만 불어도 밥과 생선이 쉽게 분리된다. 그래서 장인이 만든 것을 그 자리에서 바로 먹는 것이 초밥을 가장 맛있게 먹는 방법이다.

처음에는 청소하는 모습을 통해서 사람됨을 보고, 밥 짓는 것을 보면서 최고가 되고자 하는 열의를 본다. 뛰어난 맛을 낼 수 있는 초 만드는 법을 가르치고, 밥과 초 섞는 것을 잘하면 생선을 고르는 것부터 시작해서 손질하고 숙성시키는 법을 가르친다. 생선과 밥을 먹기 좋은 크기로 배분하고 매번 일정한 크기로 손님 앞에 내놓은 것으로 배움은 마무리된다. 이런 모든 과정 속에는 끈기와 열정 그리고 인간성을 확인하는 선생의 예리한 기준이 있다.

글로는 간단한 것 같지만, 위와 같은 과정까지 거의 10년 이상을 배우고 익혀야 한다. 이제 가장 중요한 한 가지가 남았다. 마지막 그 한 가지는 손님과 말하는 법이다. 자신이 만든 음식을 손님이 가장 맛있게 음미하며 먹을 수 있게 도와주는 대화다. 손님에게 해야 할 말과 해서는 안 될 말을 구분하는 것으로 진정한 장인이 완성되고 새로운 스승으로서 독립하고 제자를 받아 기르게 된다.

이제부터 초밥의 장인이 되는 법을 아이키도 지도자 만들기로 바꿔 보겠다. 매일 도장을 깨끗하게 청소하고, 배움을 청할 때는 예禮를 다해 선생에게 집중하는 것은 무도를 배우고자 하는 수련생이 가져야 하는 기본적인 태도다.

한 가지 기술을 가르쳐 주면 잊어버리지 않도록 복습하고 예습하는 열의를 가질 때 더욱 깊고 높은 발전을 기대하게 된다. 선생은 기술만 가르치는 것이 아니다. 제자의 삶에 긍정적인 변화가 일어날 수 있도록 하고 그것을 단계별로 평가한다.

초심자 때는 급級으로 나누고 상급자가 되면 단段으로 구분한다. 유단자가 되면 스승을 모시고 있는 제자로서, 후배가 있는 선배로서, 함께 운동하는 도우로서 분란을 일으키거나 친교를 해칠 수 있는 말을 삼가야 한다.

▲ 장남과 함께 훈련하고

　손을 씻을 때도 초밥 맛을 변질시킬 수 있는 비누나 화장을 하지 않듯 관계를 악화시킬 수 있는 부정적 단어 사용을 하지 않아야 한다. 겸손은 인간관계를 더욱 좋게 소통시키는 다리와 같다. 자신을 높이고 잘난 척하는 자는 주변 사람들과 조화를 이룰 수 없다.

　나는 말하는 법을 배운 적은 없지만, 오랫동안 선생을 지켜보면서 무엇을 조심해야 하고 인간관계를 해칠 수 있는 나쁜 버릇이 어떤 것인지 알게 되었다. 관계를 나쁘게 만들지 않고, 지속적인 훈련 참가와 연습을 방해할 수 있는 부정적인 언행을 삼가야 한다.

　더 깊은 것을 얻고자 한다면 선생을 가까이해야 한다. 이곳저곳을 기웃거리는 수련생이 장인이 되기는 어렵다. 초밥은 맛이 최고의 결정체이지만 아이키도는 친교가 최고의 결정체다.

　초밥 장인을 만드는 것과 같이 아이키도 도장에서 하나의 지도자를 만들어 가는 방법은 차이가 없다. 오랜만에 도장을 찾아와서 인사만 하고 가는 것은 바람직한 제자의 모습이 아니다.

선생을 가까이하지 않고, 스승의 가르침과 변화에 집중하지 않고, 열의를 보이지 않으면 선생으로부터 더 이상의 깊은 것은 바랄 수 없게 된다. 장인이 되는 기본 자질은 끈기와 집중력, 그리고 배우려는 열의다.

좋은 친구

우리가 살고 있는 사회는 매년 수많은 범죄 사건이 일어나고 있지만, 뉴스에 나오는 사건들을 제외하면 해결도 되지 못한 수많은 사건들이 묻히고 기억 속에서 사라지고 있다. 범죄는 여러 유형으로 나타난다.

만약 깡패가 깡패처럼 하고 있다면 바보가 아닌 이상 폭력에 휘말릴 이유는 없다. 사기꾼이 사기꾼처럼 하고 있다면 그런 사람에게 사기당할 일은 없다. 눈만 보아도 그가 성범죄자인 것을 알 수 있다면 성범죄에 휘말리지 않을 것이다.

위험한 자들이 위험한 표시를 내고 있다면 반대로 안전해 지는 것이다. 그러나 천사의 모습을 가장한 사탄처럼 대다수 범죄자들은 지극히 정상적인 모습을 하고 있다. 일부 몰지각한 성직자들이 저지르는 성폭력은, 그들이 존경을 받고 있기에, 더 더욱 예측하기가 어렵다.

표리가 다른 이중적 인격 소유자에게 피해를 입은 사람들은, 그 상처가 유달리 커서 다시 정상적인 삶을 찾는 데까지 소요되는 노고가 너무 크거나 회복하지 못하는 경우도 많다.

▲ 친구를 많이 만드는 것이 더 중요하다.

위험은 요란하게 다가오지 않는다. 놀라우리만치 조용히 자연스럽게 다가온다

우리는 잠재적 가해자를 미리 발견하고 위험으로부터 안전할 수 있을까? 그것은 위험을 분별해서 경계하고 피하는 동물의 예리함처럼 문제를 감지하는 본능과 관찰 능력을 키우는 것이다. 하지만 우리는 무엇을 주의 깊게 보아야 할지 잘 모른다.

범죄를 다루는 형사들은 사람의 표정과 행동만 보고도 그가 용의자인지를 알 수 있다고 한다. 하지만 일반인들은 그런 것을 인식하지 못하거나 알았다고 해도 그냥 지나치기 일쑤다.

조심하는 그런 행동들이 오히려 속 좁고, 예의 없이 보이고, 괜한 오해를 불러일으킬까 걱정을 한다. 우리는 뉴스를 통해 듣는 범죄에 대해서 나와 상관없는 일로 생각하고 무감각하게 바라본다. 그런 위험이 나에게도 나타날 수 있는 일이라고 생각하지 않는다. 우리는 종종 TV 화면을 통해서 피해자들이 "이런 일이 나에게 일어날지 상상도 못 했다!"는 말을 듣곤 한다. 나만은 예외라고 생각하다가는 뉴스에 등장하는 비극의 주인공이 될 수 있다. 그렇다고 해서 새로운 사람들을 만날 때마다 전문가를 찾아가서 물어볼 수도 없다.

나의 안전은 다른 누군가가 지켜주는 것이 아니다. 경찰에 의지하는 것도 한계가 있다. 신이 나타나서 기적적으로 나를 지켜주지 않는 한 안전은 우리 각자의 몫이다. 그래서 경계를 늦추면 안 된다. 옛 무사들은 잠자리에 들어서도 경계를 하였다고 한다.

우리는 우리 자신의 안전에 대해 자신이 주도적으로 책임질 수 있어야 한다. 도장道場의 역할이 바로 이런 것이다. 도장은 관찰하는 능력과 함께 대처하는 능력을 키우는 곳이다. 사람은 경험을 통해서 배운다.

도장에는 여러 부류의 사람들이 모이고 다양한 성격이 부딪히는 곳이다. 정서적으로 불안한 사람도 있을 수 있고, 타인은 배려하지 않고 자기주장만 앞세우는 사람도 있다. 도장 역시 사람이 모여 사는 곳이다 보니 좋은 사람만큼, 상대하기 불편한 사람이 많은 곳이기도 하다. 그것은 지도자라 해도 마찬가지다. 자격 미달의 성직자가 있듯이, 지도자도 인격과 성격, 도덕과 윤리에 따라 위험한 인물이 나타날 수 있다. 우리는 그런 위험을 감지하고 분별하는 능력을 키워야 한다.

도장은 무엇을 믿고 의지하는 곳이 아니다. 행동으로 가르치고 행동으로 배우는 곳이다. 파트너의 눈을 보는 것은 마음을 꿰뚫어 보고 다음 어떤 행동이 나올 것인지 의도를 파악하는 혜안을 키우는 과정이다.

상대의 완력이나 호전적인 행동에 대해서 자신을 좀 더 안전하게 지키는 방법을 익힌다. 상대의 성정性情을 관찰함으로써 그것을 대비한다. 의도는 행동에서 나타난다. 그것을 미리 감지하고 경계하며 대처한다.

도장은 가르치는 자나 배우는 자 모두 겸손해질 수 있게 만드는 곳이다. 도장은 숨어 있는 모든 것이 겉으로 드러나는 곳이다. 그래서 도장은 매우 순수할 수밖에 없다. 상대가 어떤 사람이고 무슨 행동을 할 건지 미리 알 수 있다면 절대 위험하지 않다.

경험을 통해서 얻은 하나의 깨달음이 있다면 그것은 오래된 친구가 가장 좋은 친구라는 사실이다. 좋은 사람이라는 것은 직업의 귀천이나 배움의 차이 같은 것을 말하는 것이 아니다.

성격이나 취향이 자신과 맞는지 안 맞는지를 따지는 것은 스스로를 작게 만든다. 오히려 전혀 다른 특징이나 차이점을 가지고 있는 친구가 많은 것은 자신을 크게 만들고, 삶을 풍요롭게 한다. 도장은 단순히 운동만 하는 곳이 아니다.

사람은 믿음이 있어야 하는데 그 믿음이란 그가 어떤 행동을 할지 파악이 가능할 때 생긴다. 그래서 도장에는 좋은 친구들이 많다.

지도하는 사람의 레벨

대학 시절부터 수련을 시작한 제자가 최근 자신의 도장을 만들고 첫 회원이 들어왔다며 기뻐하는 것을 보았다. 자기 운동만 해왔던 사람이 이제는 제자를 받는 선생으로 변모한 것이다. 배우는 것과 가르치는 것은 다르다. 자기 도장을 갖고 수련생들을 가르치다 보면 자신이 어떤 위치에 있는지 잊어버릴 때가 있다.

무도는 자기 수양에서 시작하지만, 자기 오류에 빠지기 쉬운 분야다. 일본에서 아이키도를 시작하기 전에 나는 태권도 5단(국기원), 태권도 2급 코치(체육부장관, 그 당시는 1급이 없었음), 태권도심판, 사회체육지도자(체육부장관), 격투기 전국신인왕, 격투기 한국 챔피언, 합기도 6단, 78년 대구무도인회 주관 합기도챔피언전 우승 등 나름 최고를 자부하고 있었다.

격투기를 접고 아이키도로 길을 완전히 달리하면서 맞닥뜨린 첫 문제는 수련 회원의 급격한 감소로 벌어지는 도장의 경영난이었다. 회원이 줄어든 원인을 여러 가지 생각해봤지만 답이 없었다. 오랜 무술 수련 경력을 갖고 있던 나는 내 실력과 경험이 부족하다는 생각은 전혀 하지 못했다. 그 당시 아무리 신입회원이 안 들어온다고 해도 한 달에 한두 명씩은 있었다. 그러나 회원들이 한 달도 못 넘기고 그만두는 일이 허다했다. 그 원인을 찾지 못한 나는 인내심이 없는 사람들이 문제라고 생각했다.

도장운영이 어렵다는 나에게 고바야시 선생은 "아이키도는 한 사람이 두 사람이 되고, 두 사람이 세 사람으로 늘어나는 아주 뛰어난 운동입니다!"라며 열심히 하라고만 하셨다.

그 말씀은 사실이었다. 세월이 흐르면서 기술도 깊어지고 지도하는 방법도 성장하면서 오랫동안 수련하는 회원들이 늘어났다. 지금은 회원들이 없는 것에 대해서 나는 분명하게 말하고 있다. "실력이 없어서다!"

일본에서도 회원이 많은 도장은 오랫동안 알려진 것도 있지만, 선생들의 실력이 뛰어난 것이 가장 큰 이유라고 생각한다. 또 옛날부터 사농공상士農工商의 최상위에 있던 무사들의 격조 있는 품성이 지도자의 자질로 나타나고 있는 것도 한몫하고 있다.

아이키도 회원이라면 알아야 할 단계별 기술 분류에 대해서 참고가 될 만한 이야기를 해보고자 한다. 아이키도를 지도하는 기술적 분류는 크게 3단계로 나뉜다.

첫 단계는 보급형으로 기본 단계이다

모든 테크닉이 눈에 보이는 형태로 어렵지 않게 따라 할 수 있도록 하는 기술이다. 모두가 즐겁게 할 수 있는 기본적인 단계의 기술 형식을 말한다.

수련 자체가 어렵지 않고 기술은 대체로 쉬운 편이며 재미있고 함께 즐길 수 있으며 위험하지 않다. 기술의 형식적 분류는 초단에서

3단으로 나누고, 4단은 3단까지의 기술을 마스터하여 유기적으로 구사할 수 있는 단위다. 따라서 내가 가르치고 있는 도장은 1단계라고 할 수 있는 4단까지만 심사를 보고 있다. 아이키도는 기본이 매우 중요하다.

두 번째 단계는 고급형으로 눈에 잘 나타나지 않는 기술을 표현하는 단계이다

7단이나 8단 선생들이 보여주는 기술을 경험한 회원이 "사람이 할 수 있는 기술이 아니다!"라며 신기해하는 모습을 보기도 한다.

고급형은 눈에 잘 띄지 않는 기술이기 때문에 어렵기는 하지만 그것 때문에 신기하게 보이는 점이 많아 레벨이 높아질수록 더 좋아하게 된다. 기氣의 조화라고 하거나, 탈력脫力의 기技라고 한다. 이때부터 4단 이상의 고단자로 들어서는 단계라 할 수 있다.

정형화되어 있는 테크닉은 어린아이들도 똑같이 따라 할 수 있지만 깊이 면에서 1단계를 넘어서기 어렵다. 따라서 어린이는 성인이 받는 단위段位와 구별된다. 4단까지는 심사를 통해서 눈에 보이는 기본의 숙련 정도에 따라 단위를 결정한다. 때문에 심사표 기준에 따른 기술만 숙달하면 4단까지는 어렵지 않게 올라갈 수 있지만, 심사기준표가 없는 5단부터는 4단까지의 기본의 완전함과 함께 눈에 보이지 않는 투명한 힘, 호흡력과 같은 기술에 대한 노력이 없으면 평생 고단자로 발전하기는 어렵다.

일정한 기준에 따라 세월만 가면 받는 단증은 기술적 분류가 1단계에서 끝나는 것들이다. 타 무술에서 초단보다 못한 8단과 9단을 쉽게 볼 수 있는 것이 그런 것들이다. 아이키도에서는 나이나 세월에 따라 우대받는 경로敬老가 없다.

세 번째 단계는 비급祕笈이다

비급의 교학敎學은 정형화된 틀이 없다. 체력적으로는 비교가 안 되는 젊은 제자가 노老 스승을 넘어서지 못하는 것은 비급의 체득 여부에 달려있는 것이다. 그 비급은 선생의 직접적인 가르침에 의해서만 전달될 수 있으나, 가르쳐준다고 해서 쉽게 터득될 수 있는 것도 아니다. 한편으로는 보이지 않는 가르침을 통해서 자연스레 체화하는 경우가 많다. 무술 역시 돈점頓漸의 논쟁을 벗어날 수 없다.

안정적인 경영을 위해서는 1단계 정도의 레벨만으로도 충분하다. 실력도 없이 마케팅으로만 회원을 모집하는 것은 오히려 형편없는 실력을 더욱 빨리 알려 어린아이들만 있는 도장으로 만들어 버리는 부정적인 결과로 나타나게 된다. 회원들이 오래 다니지 못하고 그만두는 것은 다른 이유도 있겠지만, 대부분 지도자의 실력과 경험이 부족해서 나타나는 현상이 많다.

지도자의 실력이 2단계로 향상되면 깊은 산 속에 도장을 만들어도 찾아오는 사람들이 많을 것이다. 나아가 3단계가 되면 군이 회원을 모집하지 않아도 그를 따르는 제자들이 줄을 설 수밖에 없게 된다.

도장 운영이 어려운 것은 위 세 단계에서 첫 단계도 제대로 하지 못하기 때문이라는 생각을 해야 한다. 지도자는 단계적 레벨에 따라 실력이 높을수록 똑같은 기술을 펼쳐도 전혀 다르게 나타날 수밖에 없다.

첫 단계로 만족하는 사람은 없겠지만 처음 도장을 차리고 나서 마치 더 이상 배울 것이 없다는 자기 오류에 빠져서는 안 된다. 지도자는 최고가 되기 위해 끝없이 노력해야 한다.

계속할 수 있는 것이 가치가 있다

계속할 수 있는 것에 대한 가치를 이해하지 못하는 사람이 많다. 수련생 중에는 하나를 꾸준히 집중하지 못하고 이 도장 저 도장을 기웃거리며 여러 가지에 신경 쓰는 것을 보곤 한다. 종합격투기 경기와 유튜브 같은 접근성이 뛰어난 매체의 등장도 영향이 있지만, 그만큼 집중할 가치를 느끼는 무엇을 찾지 못한 현실의 반영이기도 하다.

검도나 유도처럼 전통과 체계가 갖춰진 무도는 고유의 기술체계에 집중하는 데 반해, 여러 종목의 무술을 배울 수 있다고 광고하는 어설픈 무도도 많다.

아이키도는 이른바 종합무술이 아닌 평화에 대한 탐구와 함께 창시자 우에시바 모리헤이 선생께서 검리劍理에 입각해서 추구한 그 기술체계를 연마하고 발전시키는 것에 집중한다.

만약 정보가 부족한 상태에서 무도에 입문하고자 한다면 일반적으로 널리 알려진 정통 무도를 선택하는 것이 좋다. 그래야 평균적인 성장을 할 수 있기 때문이다.

세상에는 천재적인 사람도 있지만 얕은 머리로 천재 흉내를 내는 사람도 많아 잘못하면 속기 십상이다. 나도 그런 경험을 했던 사람이다. 그것은 무술만이 아니라 종교와 인문학 등 모든 분야에서도 마찬가지다. 어설프게 새로운 무술을 만들어 수련생들의 오랜 노력을 공허하게 만드는 사이비도 있다.

가끔 내가 가르치고 있는 도장에 이 무술 저 무술을 경험하고 오는 수련생들이 있다. 그들 중에서 검도나 유도처럼 정통한 무도를 수련한 수련생이 있는가 하면, 사이비 무술을 배우고 온 수련생도 있는데 그들에게는 사이비에서만 느낄 수 있는 태도의 차이가 나타나곤 한다.

과거 일본에서 무도의 수련을 장려하는 목적은 사무라이를 양성하는 것이었다. 현대로 말하면 사회 지도층을 양성하는 고등교육기관과 다르지 않다고 생각한다. 무술이 싸움터에서 진가를 발휘한다면, 무도는 타살을 목적으로 하는 움직임에 국한되지 않고 근대성이 더해져서, 종속의 관계를 만드는 게 아니고, 상대에 대한 배려를 우선으로 하는 시민사회의 성숙함이 더해졌다고 생각한다.

무술은 승부를 가리는 것이라는 것에 이의를 제기할 사람은 없다. 따라서 승부를 가리는 무술의 성격과 무도적인 성숙함, 즉 품격 사이에서 어떻게 가르쳐야 하는가가 무도를 지도하는 자의 고민이라 할 수 있다. 그러한 관점에서 본다면 아이키도와 검도는 가장 무도적인 모습을 띠었다고 생각된다. 다만 검도는 시합을 함으로써 승부에 집착하는 경향이 크다.

무도인은 기품있는 인자(仁者)의 품위와 기술자와 같은 움직임을 갖춘 사람이다. 인자의 품격과 기술자 같은 움직임, 이 두 가지는 무도 수련에서 놓쳐서는 안 되는 교육의 효과다.

기술이 빠르면 기품을 잃어버리기 쉽고 기품을 지키다 보면 기술이 늦다. 시합에서 뛰어난 실전성을 보이고 있지만, 품격이 떨어지는 모습을 보이는 무술도 있다. 깔끔한 기술만큼 깨끗한 승부는 무사의 품격을 높인다. 아이키도는 매우 품위있는 무도로 무위武威의 깊이를 더하는 운동이다.

실전에 유익할까? 하고 의심하는 수련생도 있지만, 옛날 칼싸움하던 고대의 기술 형태를 따른다는 점에서 매우 실전적이라는 것에 의심의 여지가 없다. 정통한 무도를 가르치는 선생들은 위급하고 위태로운 상황에서도 평상심을 잊지 말라고 가르쳐왔다.

기술은 한 가지 테크닉을 다양한 상황에서도 일관되게 적용할 수 있도록 주문한다. 하지만 사이비 무도는 상황에 따라 기술을 달리하기 때문에 이것저것을 뒤섞는 것이다.

어떻게 해서든 지지 않으려고 하는 태도는 난잡한 기술만큼 성격도 깔끔함이 없다. 그런 것은 실전에 강하다 해도 기품 있는 선비와 같은 성품을 갖기는 어렵다.

구르는 돌에 이끼가 끼지 않는다는 말을 다양한 기술을 익히면 팔방미인이 될 수 있다는 말로 여기게 되면 자칫 깊이 있는 인간관계를 맺을 수 없는 가벼운 성격의 소유자로 여겨질 수 있다. 다양한 기술만큼이나 성격도 변덕스럽기 때문이다.

여러 종목을 배우는 곳보다 무엇을 배우든 하나를 똑바로 배울 수 있는 도장이 더 좋은 곳이다. 박혀있는 돌에 낀 이끼가 아름답다는 속담은 오랫동안 계속 배울 수 있는 것이 더 가치가 있다는 말로 들린다.

좋은 도장을 찾는 방법

▲ 아이키도에는 즐거움이 있다.

좋은 도장을 찾는 일은 좋은 선생을 찾는 것과 같다. 무슨 운동이 좋은가에 대해서는 이전에 올린 글들에서 무수히 설명했으므로 생략하겠다. 만약 아이키도를 선택했고, 어디서 배울 것인가를 고민하고 있다면 이번 글을 참고하면 좋을 것 같다.

제일 먼저 좋은 선생을 찾는 방법은 자격資格과 계보系譜를 분석하고 확인하는 것이다. 선생의 자격은 '얼마나 배웠는가?'인데 그것은 '몇 단인가?'를 확인하면 된다.

단위段位가 그 선생의 실력이기 때문이다. 다만 사이비 도장에서 실력과 무관하게 높은 단段을 받았을 수 있으므로 어느 조직에서 받았는지 확인하는 것도 나중에 후회를 막는 길이다. 이상은 지도자를 선택하는 일반론이다.

"호랑이의 새끼는 누가 뭐라고 해도 호랑이다." "지금 지도하고 있는 선생의 스승은 누구였는가?"라는 언뜻 단순해 보이는 과정이지만, 자격보다 더 중요한 것이 계보를 확인하는 일이다. 사람마다 얼굴이 각기 다르듯 선생들도 각자의 특징이 있다.

스승의 허락을 얻어 수련생을 받고 있다면 일단은 믿을 수 있는 지도자다. 과거 인터넷이 활성화되지 않았던 시절에는 유명 선생의 제자를 사칭하는 경우도 있었지만, 요즘은 확실히 줄어들었다. 이른바 '신상털기'가 쉬워진 세상이기 때문이다.

어쩌다 책이나 동영상을 보고 익혀서 지도하려는 사람이 있다. 합기도 실력은 지필 시험으로 평가될 수 있는 분야가 아니므로 계보가 없는 지도자는 가능한 한 피하는 것이 좋다.

선생이 없다는 것은 기술을 잘못 이해하거나 부족할 수밖에 없고 혹은 틀렸을 때 지적해주는 선생이 없다는 뜻이다. 선생은 등대와 같아서 앞으로 가야 할 길을 보여주고 지적해 준다. 잘못했을 때 지적해 주지 않으면 잘못된 습관이 굳어져 버린다.

스승으로부터 배운 깊이와 경험이 쌓인 단위(레벨)에 따라서 지도

하는 안목에 차이가 생길 수밖에 없다. 그래서 지도자는 계보가 제일 중요하다. 정통한 계보를 가진 곳이라면 변하지 않는 원칙이 있다. 계보를 살피는 것은 스승과 조직을 살피는 것이다. 자격은 몇 단인지를 살피는 것이다.

지도자를 선택할 때처럼 인상 좋고 너그러운 성격의 소유자를 찾는 것은 어리석다. 이미 기술적인 성장을 넘어선 지도자라면 제자에 대한 너그러움과 유柔함이 있다. 그러나 제자의 깨달음을 위해 거침없는 대성일갈大聲一喝과 죽비공양竹篦供養을 하는 선승禪僧이 그러하고, 공맹孔孟의 도道를 전하는 유학자도 제자의 흐트러짐에는 회초리를 아끼지 않는 것이 스승이다는 것을 잊어선 안 된다.

예로부터 무술의 거장들은 현실주의자였다. 무술은 전투에 대한 이해와 인간 본성을 꿰뚫는 통찰력을 갖는다. 생명을 보호하고 삶의 질을 높이는 것이다. 나이가 많아도 애들 같은 사람이 있다. 그것은 무엇을 배웠고 무엇을 배우려고 하느냐에 달려 있다. 어릴 때는 싸워서 이기는 무술도 필요하다. 그것이 아이에게 용기를 주고 삶에 탄력을 주기도 한다. 그러나 어른이 되면 달라져야 한다.

창시자 우에시바 모리헤이는 아이키도를 비폭력 운동으로 만들었으며 적에 대한 연민과 비폭력주의를 토대로 가장 안전하고 효과적이며 실용적인 자기방어술을 만들어 냈다. 또한 모든 창조물과 자신이 하나임을 이해하는 과정을 통해 깨달음을 얻은 스승이 되었다. 무도에서 호신술이란 싸우는 기술이 아니라 상대가 공격할 마음을 갖지 못할 정도로 훌륭한 태도를 갖추는 것이다.

지도자의 자격이 중요한 것은 배운 것만큼 다를 수밖에 없기 때문이다. 만유애호의 깨달음을 외치는 아이키도엔 창시자가 있고, 아이키도를 배우는 건 그가 어떤 사람이었는지 알아가는 과정이라고 해도 틀리지 않다. 따라서 아이키도 지도자는 창시자의 가르침을 이어가며 사회 변화에 기여하는 특별한 사람들이라 할 수 있다. 특히 전세계 모든 지도자는 창시자의 계보와 연결되어있다.

아이키도 창시자인 우에시바 모리헤이의 기술과 정신을 이어가고 그 가치를 지키며 전 세계 아이키도를 대표하는 조직이 합기회(合氣會, AIKIKAI)이며 그 산하에 국제아이키도연맹(國際合氣道聯盟, International Aikido Federation)이 있다.

세계본부에서 공식지부로 인정하고 국제아이키도연맹에서 유일하게 인정하는 한국대표 단체는 대한합기도회(大韓合氣道會, Korea Aikido Federation)이다. 단증段證은 도주道主가 직접 발행하고 그 가치는 전세계 지도자들이 보증한다. 멀리 유학을 가듯 좋은 선생과 도장을 찾아가는 것에 거리를 장애로 여겨서는 안 된다.

PART
7

깨달음悟道과
수련

A I K I D O

아이키도의 실용성과
따뜻한 마음

　목숨이 위태로운 싸움을 하면서 주먹과 발길질로 승부를 거는 것만큼 어리석은 것도 없다. 준비된 무기가 없다면 주변에서 구할 수 있는 도구를 무기로 사용할 줄 아는 것이 현명한 것이다. 옛날 고등학교 시절 실제 있었던 경험담이다.

　필자가 영화 '말죽거리 잔혹사'로 잘 알려진 상문고등학교 학생이었을 때 용산공고 학생들과 패싸움이 벌어졌다. 평소 태권도장에서 수련하고 있던 상문고 친구들이 시비를 걸고 있는 용산고 학생을 둘러싸고 여차하면 두들겨 패려고 하자 용산고 학생이 마침 옆에 있던 연탄집게를 들었다.

　여러 명이 한 명을 둘러싸고 있어서 상문고 학생들이 우세했지만, 연탄집게를 들고 있던 용산고 학생에게 쉽게 다가가질 못했다. 그때 열댓 명의 용산고 학생들이 달려왔다. 수적으로 열세가 된 상문고 친구들이 흩어져서 도망을 쳤고 그중 좀 약해 보이는 한 명을 여러 명의 용산고 학생들이 쫓아가고 있었다.

　도망가면서 상황이 불리해진 상문고 친구가 구멍가게로 피하듯 들어갔고 용산고 학생들이 가게 입구를 둘러쌌다. 죽을 수도 있다는 위험을 감지한 친구가 가게에 있던 맥주병 두 개를 양손에 잡고 깼다. 순간 주변이 정리되면서 조용해져 버렸다. 위험을 느낀 용산고 친구들이 순식간에 시야에서 사라져 버린 것이다.

진짜 싸움은 경기장의 시합과는 다른 것이다. 목숨을 걸면 싸움이 달라진다. 그래서 가장 현명한 것은 싸우지 않는 것이다. 시합을 하는 선수는 항상 임자를 만나게 마련이다. UFC 경기를 봐도 질 것 같지 않은 선수가 무명의 선수에게 지는 것을 볼 수 있다.

무에타이에서도 태국 선수들은 종일 아침, 저녁으로 밥 먹는 것 빼고는 거의 시합만 준비하는 훈련을 한다. 거기에 비해 하루 한두 시간밖에 훈련하지 않던 사람이 시합에 나가서 태국 선수처럼 계속 준비해 온 선수와 대결하면 결과는 뻔한 것이다.

경마처럼 운영되는 투견장 싸움을 어릴 때부터 직업으로 살아가는 태국 선수를 한때 취미나 기분으로 운동하는 선수가 이길 것으로 생각하는 것은 무리다.

옛날 격투기 시합에서 태권도 사범이 시합에 나왔는데 아기 때부터 도장에서만 살아왔던 나와 대결을 했다.

태권도 사범이라고 하는 자가 발차기는 한 번도 하지 못하고 권투 선수처럼 주먹질만 하다가 내가 휘두르는 발길질에 턱뼈가 부서져 버렸다. 임자를 잘못 만난 것이다. 싸우는 모든 무술은 그러한 위험을 가지고 있다.

하지만 아이키도는 다르다. 충분히 파트너를 위험하게 할 수 있는 기술이지만 절대 다치게 하지 않는다는 규칙이 있다. 상대를 보호해야 할 책임이 그런 것이다. 따라서 속도가 중요하지 않다. 모든 스포츠는 '빠르고', '강하게'를 강조한다. 하지만 아이키도는 '아와세合わせ'

▲ 1985년도 장충체육관에서 시합 중인 필자

라고 하는 타이밍을 연습하기는 하지만 속도를 중요하게 다루지는 않는다.

공격해 오는 상대마저 다치게 하지 않는다는 정신은 상대를 배려하는 마음으로 나타나서 아이키도라는 운동 그 자체가 따뜻하게 느껴진다. 우리는 따뜻한 사람을 인간미人間美가 넘친다고 말한다. 그는 가까이하고 싶은 사람이다. 바로 아이키도가 그러한 성격을 형성시켜주는 운동이라 할 수 있다.

기본이 중요하다

성숙한 사람과 미성숙한 사람을 구분 짓는 차이는 '폭력'에 있다. 언어적이든 물리적이든 폭력에 의지하지 않고서는 자신의 뜻을 드러낼 수 없는 사람이라면 그가 아무리 똑똑하다 해도 성숙한 사람이라고는 보기 어렵다.

이 무술, 저 무술, 여러 도장을 돌아다니면서 배운 사람이 우리 도장에 새로 들어와서 파트너를 괴롭히듯 완력을 쓰는 경우가 있다. 이전에 잘못 길든 나쁜 습관들이 아직 높은 단계까지 성장하지 못한 초심자에게 거칠게 하거나 나쁘게 만든다.

상대에게 폭력을 써서라도 이기려고 하는 것만큼 나쁜 것도 없다. 파트너를 자연스럽게 굴복시키는 것이 아닌 억압적이고 폭력적으로 굴복시키는 것은 좋은 것이 아니다. 거친 행동이 되풀이되면 습관이 되고 만다. 그렇게 형성된 습관은 그 자신의 성품에 지대한 영향을 미친다.

만약 폭력적인 성향을 가진 사람을 만났다면 그와 상대하고 있는 당신은 언제 위험에 빠질지 모른다. 좋은 습관보다 나쁜 습관이 더 쉽게 형성된다. 선한 것보다 악한 것이 쉬운 법이다.

무술에서도 비폭력보다 폭력적인 것이 가르치기도 쉽고 익히기도 쉽다. 힘을 쓰는 것보다 힘 빼는 것이 더 어렵다고 하는 것이 이런 뜻이다.

그런 폭력의 원인을 생각해 보면 교양이 부족하거나 선량함이 없거나 상황을 해결해 나가는 세련미가 떨어지는 사람이 원인이라 할 수 있다. 대화를 할 때에도 악의적이고, 험담하고, 폭력적인 언어를 구사하는 사람이라면 분명 타인에게 화禍를 미칠 것이고 그것은 기본이 안 된 사람이라고 봐야 한다.

좋은 습관과 기본적인 성품은 가정에서부터 시작된다. 명랑하고 친절하고 온유한 가정은 자녀들의 품성을 그렇게 만든다. 그러나 모든 가정이 다 잘하고 있는 것은 아니다. 어린 시절부터 경쟁과 질투, 이기심에 물들어 불완전한 사람으로 자라기도 한다.

그것을 바로 교육하는 역할을 도장에서 하고 있다고 생각해야 한다. 지도자는 나쁜 버릇과 폭력적인 습관을 고치는 일에 관심을 가져야 하고, 그런 수고를 아끼지 않아야 한다. 또한 수련의 목적을 단순히 기능적인 테크닉을 습득하는 것에 둬서는 안 된다.

기능적인 것보다 더 중요한 목적이 있어야 한다. 우리는 아이키도를 수련할 때 몸으로 표현하는 대화라고 말하곤 한다. 그 대화가 상대의 약함을 공격하고, 폭력적이고, 악하다면 그것은 사회를 나쁘게 만드는 악이 되는 것이다. 마음과 몸을 올바르게 갖춰야 하는 기본이 안 되어 있다면 더 높은 성장은 물 건너간 것이다.

무술은 기능적인 능력을 고도로 배양하는 것도 중요하다. 따라서 기본기를 완전하게 익히도록 지도해야 한다. 기본을 소홀히 하게 되면 전문적인 고도의 기술을 터득하는 것이 어렵게 된다. 허리를 반듯하게 세우고 낙법이나 수신 같은 기본기를 정확하게 익히는 것이 수련의 연속성과 심오한 연구를 할 수 있는 자질이 된다.

우리는 진실된 삶을 살지만, 배우의 거짓된 연기보다 감동을 주지 못한다. 우리의 삶이 감동이 없는 것은 열정이 없기 때문이다. 세상을 좀 더 긍정적이고 선한 습관을 기를 수 있는 열정을 키우는 곳이 도장이 되어야 한다. 아름다운 성품과 우아한 태도는 아이키도의 정신과 기술의 특성이다.

▲ 키즈 아이키도를 수련하는 대구 초심도장 어린이

변하지 않는 특별함

시대가 변하면서 모든 것이 바뀌고 있다. 직장도 가정도 결혼도 생활의식도 변하고 있다. 내비게이션이 없으면 못 찾아갈 정도로 전국에 도로망이 바뀌고 있다.

무술 도장도 많이 달라졌다. 많은 도장들이 인기에 따라 종목이 변하고 회원의 연령대도 변했다. 그러한 변화는 결코 좋은 변화가 아니다. 무도의 변화는 발전이 아니라 퇴보다.

무도가 특별할 수 있는 것은 결코 변하지 않는다는 것에 있다. 쉽게 변하지 않는 것이 무도이다. 발전이 오히려 퇴보라고 할 수 있다. 옛것을 그대로 간직하는 것이 무도이다. 보물은 바뀌는 것이 아니다.

변해야 하는 것이 발전이라고 생각하는 것에는 '구르는 돌에 이끼가 끼지 않는다!'라는 속담이 배경으로 깔려있다. 팔방미인과 같이 다재다능한 사람을 좋게 보는 사회가 그런 것이다. 그러나 '박혀있는 돌에 낀 이끼가 아름답다!'라는 속담이 있다. 별것 아닌 것 같은 우동식당을 가족이 대를 이어가며 운영하는 사람들과 무엇이든 한번 선택을 하면 끝까지 성취하고 마는 근성이 있는 사람들이 그러한 부류이다. 장인은 그런 사람들에게서 나오는 것이다. 인기가 있는 모든 것은 발전하며 변한다. 그러나 무도는 보물처럼 절대 변하지 않는 것이다.

무도를 어렸을 때 한때 운동이라고 보는 사람들이 많다. 그들은 세월에 따라 새로운 것을 또 찾아다닐 것이다. 태권도장에 골프장을 만들고 온갖 놀이로 서비스를 제공하는 것이 발전이라고 생각하는 것은 틀린 것이다. 그것은 놀이터를 상업화한 것이고 무술의 퇴보이다. 무도는 일반적인 취미와 다르다. 무도 수련을 통해서 얻는 품위나 생生과 사死에 대한 깨달음은 건강이나 즐거움만을 추구하는 것과는 격이 다르다 할 것이다.

타 무술과 다르게 아이키도는 그 회원들이 폭넓은 지식층으로 구성되어 있는 것을 볼 수 있다. 그것은 아이키도가 가진 기술과 지식 그리고 철학의 수준이 거의 전문적인 수준에 뒤떨어지지 않는 깊이를 제공하고 있기 때문이다.

처음에는 배타적인 생각으로 쉽게 접근하지 않다가도 한번 접근하기 시작하면 그들이 가지고 있는 전문지식만큼 심오한 아이키도의 깊이에 빠지는 것이다. 기술적으로도 빠지고, 기품 있는 정신세계에도 심취하고, 철학적 깊이에도 빠지는 것이다.

우리 도장에 수학(이학), 심리학, 사회학, 문학, 정치학 등 각 분야의 박사들이 많은 이유이다. 그 외에도 의사나 회사의 경영자, '마스타 셰프 코리아'에서 전문성을 보여준 강레오 셰프와 같은 전문성 있는 사람들이 더욱 심취하게 하는 매력을 가진 운동이 바로 아이키도다.

특히 '아이키도'는 단순히 승리를 위한 격투기 같은 타 무술들과 경쟁하거나 비교하지 않는다. 만약 아이키도를 취미로 바라보고 경쟁을 한다면 그것은 아마 '골프'가 될 것이다.

골프와 아이키도가 비슷한 것은 허리를 반듯하게 세우고, 힘을 빼는 것이 똑같고, 골프에서 공을 날리는 비거리를 계산하는 것이 마치 파트너를 가볍게 날리는 아이키도와 같기 때문이다.

골프와 경쟁에서 아이키도가 우위일 수밖에 없는 이유가 있다. 거리가 먼 골프장과 비교해서 아이키도 도장은 가까이에 있다. 마음을 먹어야 필드에 갈 수 있는 골프와 다르게 아이키도는 매일 혹은 수시로 찾아가서 즐길 수 있다. 골프는 나이가 많아도 즐길 수 있다곤 하지만 아이키도 도장만큼 다양한 사람들과 어울리며 즐길 수 있는 곳은 아니다.

인간관계에서도 남녀노소 다양한 조화를 이끌어 내는 아이키도가 골프보다 더 위에 있다고 할 수 있다. 무저항, 비폭력이라는 슬로건에서도 알 수 있듯이 삶을 살아가는 철학적인 깊이가 골프와 비교해서도 절대 뒤지지 않으며 어떤 면에서는 오히려 아이키도가 더 뛰어나다고 할 수 있다.

노년에 가슴이 확 트인 푹신한 잔디밭을 걸으며 공을 날리는 멋진 모습을 상상하는 것도 골프의 매력이지만 도장을 찾아오는 건강하고 건전한 사람들과 함께 어우러져서 선배로 혹은 지도자로서 노년을 보내는 것도 커다란 즐거움이다.

아이키도는 무도로서 변하지 않는 특별함이 있다. 골프와 비교해도 결코 뒤지지 않는 운동이다. 특히 건강한 몸을 만드는 것은 물론, 강함을 드러내지 않는 유연한 정신은 지금 우리 시대가 필요로 하는 미덕이라 할 것이다.

평생 가능한 취미는?

오늘은 좀 무거운 이야기를 해 볼까 한다. 생각이 다를 수 있으므로 개인적인 견해라 생각해도 무방하다.

빈부 격차가 심화하면서 사회가 많이 어려워지고 있다. 한국은 OECD 국가 중에서 노인의 자살률이 가장 높다. 삶의 의욕을 잃어버린 젊은이들과 함께 하루 평균 40명 정도가 자살을 선택하고 있다는 가슴 아픈 얘기를 들었다. 이전에도 말한 적이 있지만 젊었을 때는 어떻게든 살아갈 수 있다. 하지만 나이가 많아지면 살아가는 것이 녹녹지 않게 된다.

인간은 태어나면서부터 나약하기 때문에 근심과 걱정, 두려움과 외로움을 스스로 해결해 나가기가 어렵다. 그래서 종교가 있는 것이지만 종교가 그 역할을 제대로 하지 못할 때 사람들은 철학에 의지하게 된다. 하지만 철학으로도 만족할 수 없기 때문에 다른 무엇을 찾는다.

얼마 전 뉴스에서 은퇴 후 살아오면서 '평생 가능한 취미'를 갖지 못한 게 후회스럽다는 노인들이 가장 많다는 조사 결과가 나왔다. 또 은퇴 후 하지 않으면 후회할 일에 대해선 '건강관리'가 가장 높았

▲ 노년에도 즐겁게 할 수 있는 아이키도

고, 두 번째가 '해외여행', 그다음이 '취미활동' 순으로 나타났고, 노년기 가장 큰 고민으로는 건강과 경제적 문제가 제일 많았다.

오늘 내가 얘기하고 싶은 것은 그중 취미에 관한 것이다. 취미는 '예체능'을 말한다. 예술과 체육이 그것이다. 그 예술과 체육이 그냥 취미로 끝나는 것이 아니라 그 이상의 의미를 가졌을 때 프로가 되는 것이다.

감각적인 소질을 가진 사람이라면 미술과 음악으로 그 길을 찾으면 된다. 그런 소질이 없다면 체육이다. 내가 말씀드리고자 하는 것은 그중에서도 무술, 즉 아이키도다.

그동안 경험적인 글을 통해서 많은 정보를 드렸다. 지식을 전달하는 방법은 학자가 논문을 쓰듯 하는 것이 있고 나처럼 경험에서 나오는 글을 쓰는 방법이 있다. 고사성어나 전문적인 단어를 쓰지 않고 대화를 하듯 쓰기 때문에 이해가 어렵지 않다.

건강할 때는 몸을 심하게 단련해도 상관이 없다. 고등학교때 혹은 대학생 때는 어떤 운동이라도 괜찮다고 생각한다. 하지만 나이가 많아지면 신체의 각 부위에 한계가 나타날 수밖에 없다.

30대가 되면 기계체조와 같은 동작은 무리다. 40대가 되면 사람에 따라 차이는 있지만, 관절에 무리가 오고 발차기와 같은 동작들이 염증과 함께 통증을 가져오며, 관절의 퇴행을 촉진한다.

따라서 무술을 노년기의 취미생활로 즐기기란 어려울 수밖에 없다. 또 50대에 무엇을 새롭게 시작한다는 것도 무리이다. 노년기에 접어들면 공손함도 없어지고 사고력도 굳어버려서 선생의 지시를 받아들이기도 어렵다. 그 나이에 스승을 모신다는 것도 무리다. 오히려 가르치다 다칠까, 상처받지 않을까 선생이 걱정하게 만들기 때문이다.

나는 30대에 새로운 선생을 만나서 아이키도라는 무술을 다시 시작했다. 정말 다행스럽게 생각하는 것은 만약 50대인 지금 만났다면 힘들었을 것이라는 점이다. 물론 사람에 따라서 다를 수 있다. 60대에도 관절이 20대와 같이 건강한 사람도 있지만 일반적이지 않기 때문에 나의 경험을 통해서 말하고자 한다.

노년에 무술이 취미가 될 수 있으려면 또 프로와 같은 직업적인 성격을 가지려면 최소한 30대에서 40대에 노력하지 않으면 안 된다.

체력이 기술이 되어 나타나는 운동은 젊었을 때나 가능한 것이다. 뛰어다니거나 발차기를 하는 운동은 거의 그렇다. 기술이 숙달되어 감에 따라 체력이 좋아지는 아이키도와 같은 운동은 최소 10년 이상은 훈련해야 기술적 표현이 원활하게 나타난다.

고류 검술과 같은 기술은 정해진 형태를 반복하면 되기 때문에 몇 년만 노력하면 전문가다운 기술적 표현이 가능해진다. 아이키도와 같이 몸으로 표현하는 기술은 변화무쌍하므로 하면 할수록 몸이 바뀌게 된다. 그래서 몸을 만드는 운동이라고 하는 것이다.

품새처럼 형을 외우는 운동은 몸에서 나타나는 공력이 크게 바뀌지 않기 때문에 화려한 액션을 보일 수는 있지만, 그것도 나이가 많아지면 힘들어진다.

일부 타 무술에서 보듯이 순번이 정해진 테크닉을 하다 보면 세월이 가도 변하는 것이 없다. 무술 원로라 하는 사람들이 노년기에 형편없는 모습을 보이는 것은 변화하고 발전하는 운동을 하지 않았기 때문이다.

킥과 펀치를 구사하는 무술은 젊은 사람들과 함께 어울리기가 어렵다. 젊은 사람들이 싫어하거나 우스개 감이 될 수 있다. 공력이 쌓이는 무술이 좋다. 혼자 하는 것은 외롭고, 뛰어다니는 운동은 오랫동안 함께하기 어렵다. 나이에 맞는 품위를 갖춘 운동을 선택해야한다. 고단자가 되었을 때 젊은 사람들이 경외감을 표현하며 배움을 청해 가까이 다가올 수 있는 것을 하는 것이 노년기에 찾아오는 외로움을 떨쳐버릴 수 있게 된다. 나는 그것을 아이키도라고 자신 있게 권한다.

시합을 하는 운동은 다칠 수 있고 품위도 떨어진다. 승패에 집착하고 혼자서만 잘하는 것은 사회성이 없어질 수 있는 위험이 있다. 화를 내듯 신경질적이고 괴팍한 노인네를 좋아할 사람은 없다. 서로 잘할 수 있도록 도움을 주면서 품위를 갖춘 운동, 함께 조화를 이루며 시간이 더할수록 발전해가는 아이키도야말로 나이를 초월하는 가장 이상적인 운동이라 할 수 있다.

나이 70을 바라보면 체력과 함께 기운도 떨어지고 기억력도 감퇴한다. 힘을 쓰는 운동은 세월과 함께 없어진 기운처럼 사그라드는 것이다. 그러나 수련으로 쌓인 공력은 떨어지는 체력과 다르게 더욱 높아가며 깊이도 더해 가는 것이다.

춘추 80을 넘긴 고바야시 야스오 선생의 연무를 보면 쉽게 이해할 것이다. 삶과 죽음에 대한 철학이 있고 공력이 쌓이는 운동이 아이키도다.

지금은 요양원이 있다. 물론 집에서 있는 것보다 요양원에 있는 것이 제때 식사하고 대소변 수발을 도움받을 수 있으므로, 요양원이라는 곳은 옛날 고려장과는 다르다. 하지만 돈이 없어 요양원에 가지 못하는 적지 않은 노인들이 자식에게 짐이 되기 싫다며 자살을 선택하는 것을 보면 이런 비극이 또 있을까? 생각되지만 결코 남의 얘기가 아닌 우리 사회의 모습이다.

우리는 스스로 개척하고 일어서야 한다. 80대인 고바야시 선생이 하나 흐트러짐 없이 연무를 보이고 지도를 해 주시는 모습을 통해서 희망적인 내일을 기대해야 한다. 노년기에 취미와 건강 그리고 경제적인 것을 다 잡는 운동이 바로 아이키도다.

지금 30대와 40대들이 곧 다가올 50대 인생을 위해서 열심히 노력하지 않는다면 노년에 가서 배우지 못한 것을 크게 후회하게 될 것이다.

도장과 체육관은 다르다

체육관体育館과 도장道場은 다르다. 체육관은 운동을 하는 곳이고, 도장은 운동 그 이상의 의미를 갖는 곳이다. 또한 사범의 지위는 관장보다 높다. 지도하고 있는 사범의 위치가 관장보다 낮을 수 없고 또 낮아져서도 안 된다. 그런데 거꾸로 알고 있는 사람들이 의외로 많다.

그 이유는 체육관장이 사범을 채용해서 월급을 주며 부리고 있어서다. 운영적인 측면에서도 도장과 체육관은 다르다. 도장의 사범은 절대 자신을 가르쳐준 선생과 관련이 없는 곳에 들어가서 월급 사범으로 지도하는 것을 하지 않는다. 가르쳐준 선생을 욕되게 하는 것이기 때문이다. 도장장도 자신과 관련이 없는 자에게 월급을 주어 회원들 앞에 사범으로 세우지 않는다.

헬스클럽처럼 체육관은 운동이 필요한 사람들이 가볍게 왔다가 가볍게 떠나는 곳이기에 월급을 주고 사람을 채용해서 찾아오는 사람들의 기분을 맞추며 즐겁게 해주지만, 도장은 큰 제자를 만들고자 하는 선생의 뜻에 따라서 다양한 수련을 한다. 기본을 위주로 가볍게 하기도 하지만 지옥처럼 느껴지는 훈련이 지속될 때도 있다.

▲ 도장에서 스승의 하카마를 준비하고 기다리는 외국인 수련생

　물론 체육관에서도 그런 훈련은 할 수 있다. 그러나 목적달성과 승리에 집착하는 코치의 가르침과 제자를 삶 속에서 스승으로 만들어가는 도장의 가르침과는 비교될 수 없다. 그렇게 도장은 선생의 지도 아래 수제자가 형성되고 똑같은 스승을 모신다는 소속감으로 서로가 연결되는 유대감으로 우정을 쌓는다. 그것이 도장의 역사가 되는 것이다.

　선생과 도장의 역사는 다음 세대로 전수되어 무도를 하고자 하는 후배들에게 귀감이 되어야 한다. 도장장은 도주나 종가처럼 대를 이어가며 그러한 역사를 전수해야 한다. 도장에는 '수제자'가 있다.

　수제자는 선생과 한 가족으로 살아가는 사람을 말하는 것이기도 하지만 개인적으로 선생의 보호를 받고 있는 사람이기도 하다. 그들이 도장을 차리고 전문적인 길을 걷는 지도자가 되는 것이다.

　도장에 물심양면으로 도움을 주는 사람이 있다. 스승에 대한 존경과 애정은 사실 선생이 계속 운동할 수 있도록 따르고 받쳐주는 것이 되어야 한다.

물심양면으로 선생에게 도움을 주는 고마운 분들이 있지만, 그들이 도움을 주는 이유는 호의호식하라고 도움을 주는 것이 아니다. 기술적 기량을 높이고 더욱 발전시켜 깊이를 더해 달라는 의미가 담겨있는 것이다.

정부의 정책적인 지원도 마찬가지다. 정부의 지원을 통해서 좀 더 편하게 돈벌이를 잘하라는 것이 아니라 좀 더 노력해서 높은 기량과 자질을 쌓아 국위 선양하라는 뜻이 있는 것이다.

가끔 주변에서 보게 되는 것이 있다. 물심양면으로 도움을 주던 회원이 도장을 체육관으로 착각하고 스승의 뜻이 아닌 도움을 주고 있는 자기 뜻에 맞추려고 하는 것이다.

무도 수련과 관련 없는 사업가를 협회장으로 추대하고, 지도자가 마치 사설 경호원처럼 따라다니며 굽신거리는 것을 본 적이 있다. 그곳에서 발행하는 단증도 선생이 아닌 사업가의 이름으로 발행되고 있었다. 사실 그것은 사업가가 무술을 하고 있는 선생을 물심양면으로 도와주었다고 하기보다는 돈으로 사설조직과 경호원을 똘마니처럼 부리고 있는 것과 같다.

그것은 무도인의 품위를 장사꾼보다 아래로 낮춰버린 꼴사나운 모습이라 할 수 있다. 무술에 애정이 있고 무도의 발전을 진정으로 바라는 사업가라면 무술 지도자가 존경받을 수 있도록 해야 한다.

오래전에 올림픽에 태권도가 들어갔을 때 비전문인 협회장이 IOC 위원이 된 것을 의아하게 생각하는 사람이 많았다. 무도武道가 아닌 체육體育이기에 가능한 것이다.

무도라면 절대 있을 수 없는 일이다. 가노 지고로의 유도처럼 또 최영의 선생의 가라데처럼 검도를 비롯해서 무도라고 하는 것은 모두 그렇다. 또 그래야만 한다. 아이키도도 그런 것이다. 따라서 아이키도를 하는 곳은 체육관이 아닌 도장이 되어야 한다.

무사는 목숨이 위급한 전쟁터에서 품위를 지키며 장렬히 생을 마감하는 사람이었다는 점을 감안한다면 무엇을 위해 충성하고 목숨을 버릴 줄도 알아야 한다. 지원이나 바라고 구걸하듯 품위를 떨어뜨리는 선택을 해서는 안 될 것이다. 도장에서 가르치는 것이 그런 것이다.

성장은 관계 속에서 이루어진다

어느 무술인지는 밝히지 않겠다. 8단 이상 고단자 승단심사를 보는 심사장에서 심사 관계자가 초단보다 못한 9단을 받으려 하는 것에 창피함을 느끼지 않느냐며 한마디 했다고 한다. 8단 이상의 고단자들이 도복을 입지 않는 것은 어제오늘의 얘기가 아니다. 나도 어렸을 때는 그런 모습을 당연시했던 것 같다. 어른에 대한 경로사상敬老思想이 아니었나 싶다.

만유애호萬有愛護를 펼치는 아이키도는 철학적 깊이와 함께 기술적 능력이 일치된 모습을 보이는 단위段位를 가져야 한다. 아이키도를 어느 정도 수련한 사람이라면 서로에 대한 신뢰가 높다. 왜냐하면 우에시바 모리헤이 선생이 창시한 아이키도에 대한 철학과 기술을 함께 공감하고, 공유하고 있기 때문이다. 물론 회원들의 단위를 관리하는 협회도 신뢰를 받기 위해 노력했을 때 가능한 것이다.

승단은 기술만 잘한다고 해서 올라가는 것은 아니다. 그 무술이 추구하는 정신을 이해하는 깊이가 기술의 발전과 일치되었을 때 승단을 하는 것이다. 세월만 지나면 받는 것을 단위로 생각해서는 안 된다. 승단은 기술적인 깊이도 중요하지만, 정신적인 깊이도 함께 올라가야 하기 때문이다. 특히 관계를 중요시하는 아이키도에서는 서로가 바라는 교감과 그것을 통한 공감 능력에 대해서도 높은 관심을 갖는다.

좀 더 이해하기 쉽게 김 씨와 이 씨 두 사람의 예를 들어 보겠다. 기술적 표현 능력은 김 씨가 이 씨보다 높으나, 이 씨는 선배와 후배 등 인간관계에서 조화를 강조하는 아이키도 정신을 김 씨보다 잘 실천한다. 만약 스승이 이 두 사람 중 한 사람에게만 승단을 허락해야 한다면 누구를 선택할 것인지를 고민할 것이다.

만약 초단이나 2단, 3단이라면 고민할 것도 없이 실력이 뛰어난 김 씨에게 주어야 한다. 하지만 고단자라면 얘기는 달라진다. 아이키도는 4단까지만 실기심사를 보고 있다. 5단 부터는 실기심사를 하지 않는다. 실기심사를 보지 않기 때문에 쉬울 것으로 생각한다면 오산이다. 오히려 정해진 실기심사를 보고 승단하기가 더 쉽다. 실기는 정해준 기술만 잘 연습해서 보여주면 되기 때문이다.

4단까지는 실기심사를 통해서 기본적인 기술들을 모두 습득하게 하고 있다. 실기를 보지 않고 평가하는 5단부터는 기술의 깊이 있는 성장과 함께 정신, 그리고 인간관계의 성장과 조화를 포함한다. 선배와 후배, 가르쳐준 선생에 대한 전반적인 태도나 행동들이 모두 포함되는 것이다. 그러한 성장은 짧은 기간에 나타나는 것이 아니다.

아이키도는 창시자가 펼치고자 했던 만유애호에 대한 공감능력과 위아래로 연결된 관계망 속에서 올바르게 교류하고 있는가도 중요시한다. 현대사회는 끊임없이 관계를 맺으며 살아간다. 같은 스승을 모시고 있는 제자들이 사사로운 이해관계로 대립하거나 사이가 나

빠지는 것을 경계한다. 관계를 해치는 모습을 보이는 자가 높은 단위에 올라가는 것은 거의 불가능하다.

하지만 초단보다 못한 9단이 존재하는 이유는 승단을 돈벌이의 수단으로 생각하거나 그저 세월이 가면 주는 '경로우대증' 정도로 생각하고 있기 때문이다. 인간성 좋고, 친구 잘 사귀는 사람이 고단자가 되는 것은 절대 아니다. 만약 아이키도에서 기술적 표현이 낮은 수준이라면 파트너와 훈련 시 원활하게 풀리지 않는 기술 때문에 부조화의 형태가 일어난다.

아이키도에서 기술적 표현의 깊이는 그 사람의 정신적 성숙 수준이라고 봐도 크게 틀리지 않다. 파트너에게 기술이 자연스럽게 걸리지 않으면서도 마음이 평온한 사람은 없기 때문이다. 마음속에서 일어나는 감정적인 부조화는 기술적 부조화가 있었기 때문이다.

그동안 만났던 수준 높은 선생들을 통해서 우리는 경외감과 함께 희망을 갖는다. 갈고닦은 한 사람의 수양이 경외감으로 많은 사람에게 좋은 영향을 미치는 것은 깨달음에 이른 성인을 만난 것과 다름이 없다.

우리가 정성을 다해 성심성의껏 선생을 찾고 따르는 것은 출중한 재능이 보여주는 유쾌함과 수양으로 형성된 높은 인간미에 반한 것이라 할 수 있다.

나이는 숫자에 불과한 것이라고 했다. 그러나 50대도 안 된 사람이 마치 고희를 맞이하고 팔순을 맞이한 노인처럼 경로우대를 받으려는 것은 잘못된 모습이 아닐 수 없다. 무도에서 단위는 세월만 가면 그냥 받는 숫자가 아니다. 그만큼 수행이 이루어졌다는 것으로 높은 무위武威와 기품氣品을 갖췄다는 표시이다.

높은 단段까지 올라간 선생은 항상 인자한 모습만 보이는 것은 아니다. 그 반대일 때도 있다. 스승은 각자의 취향에 따라 다양한 방법으로 제자를 대한다. 승단昇段에 응시하고자 할 때 그 가부可不 여부는 자기 자신이 스스로 알 수 있다. 그것을 판단하고 추천하는 것은 곁에서 매번 지켜보고 있는 선생이다.

수련이나 강습회 또는 연무회 같은 여러 경로를 통해서 실력은 자연스럽게 모두에게 드러난다. 스승이 없거나 스승의 추천이 없는 사람을 협회에서 승단시키고 있다면 협회가 장사를 하고 있는 것이다.

자신을 9단이라고 내세우는 사람이 있는데 그것을 허락한 선생은 없고 협회만 있었다. 그런데 그 협회 안에서도 그 사람이 9단인지를 알고 있는 사람이 없었다.

낭중지추囊中之錐라는 말이 있다. 주머니 속의 송곳이라는 뜻으로 재능이 뛰어나거나 능력이 출중한 사람은 아무리 감추려 해도 저절로 드러나 사람들에게 알려지게 된다는 것을 뜻하는 말이다.

아이키도 창시자가 바로 그런 선생이었고, 서울강습회를 위해 오신 야마시마 다케시 선생은 평범하기 그지없는 77세(2018년 현재)의 할아버지시지만 전 세계에서 매년 초청을 원하고 있어 매우 바쁘시다. 우리는 그런 선생들을 통해서 무엇이 진짜이고, 무엇이 가짜인지를 확인하고 있다. 그것을 보고도 모르는 자는 어둔하기 짝이 없다.

9988124

9988124

무슨 암호 같다는 생각이 든다. 99세까지 팔팔(88)하게 살다가 하루(1) 이틀(2) 앓고 세상을 떠난다(4, 死)는 숫자 배열이다.

우리 도장은 무사들이 사는 세상이므로 나이는 숫자에 불과할 뿐이라는 생각이 강하다. 실제 환갑이 넘은 회원 분들도 젊은 사람과 별반 다르지 않게 훈련에 임하고 있다.

나이 때문에 젊은 사람들에게 피해를 주거나 하지 않고 오히려 오랜 수련으로 닦은 섬세한 움직임이 더 깊은 인상을 주며 젊은 사람들을 각성하게 한다. 요즘 들어 실제 노인들보다 정신적으로 노인이 된 사람이 많은 것이 유난히 눈에 띈다. 3, 40대만 되어도 늙었다고 생각하는 것이다.

나이가 많은데 배울 수 있느냐며 문의 전화가 와서 "실례지만 연세가 어떻게 되십니까?" 하고 물었더니 어이없게도 "스물여덟 살."이라고 하는 것이다. 사실 운동을 지도하다 보면 30도 안 된 사람이 80

대의 운동신경을 보이는 경우가 있기는 하다.

내가 가르치는 운동 방식은 집중력과 적응력이 중심이라 할 수 있다. 한 번 보여주면 따라 하는 것인데 집중력이 없으면 헤매기 십상이다. 여러 가지 상황을 설정해서 다양한 방법을 보여준다.

흔히 실전을 얘기하는데 실전은 무엇을 배운다고 해서 생기는 것이 아니고 지혜가 있어야 실제 상황에 대응할 수 있다. 따라서 눈앞에서 전개되어가는 기술에 대해서 집중력을 보이며 주변에서 벌어지고 있는 여러 상황에 적응하는 것이 중요하다.

상황 적응력과 집중력이 떨어지는 사람이 만약 격투기를 하겠다고 설치다가는 십중팔구는 다치기 십상이다. 사람은 어렸을 때 가지고 있는 집중력이 나이를 더해 가면서 저하되고, 적응력과 같은 기능들이 떨어진다. 너무 급속히 떨어져 버린 사람도 있다. 훈련을 하다 보면 군대 고문관처럼 마치 바보가 된 듯한 경험을 하기도 한다. 만약 격투기였다면 그것이 부상으로 이어질 수 있겠지만 내가 가르치는 아이키도에서 그런 염려는 안 해도 될 것이다.

하지만 검술 훈련 시간에는 매우 위험해질 수 있다. 그래서 신경이 곤두서곤 한다. 물론 오랫동안 반복하다 보면 그러한 집중력과 적응력은 좋아지게 마련이다. 검술 훈련은 2가지 효과가 큰데 하나는 아와세合わせ라고 하는 타이밍이고 또 하나는 위험을 감지할 수 있는 간합(間合い, 마아이), 즉 간격이다. 또한 빠르게 움직이면서도 상대의 생각을 읽고 다음 동작을 순간적으로 잡아내는 훈련을 함께한다.

가장 무서운 싸움은 칼싸움이다. 따라서 아무리 정해진 약속된 대련을 한다고 하더라도 긴장감은 피할 수 없다. 그 효과로 심장이 강해지는 것이다. 어떤 상황에서도 겁을 먹거나 위축되지 않는다.

진정한 호신술은 위험을 감지하는 것에서부터 시작하므로 검술 훈련은 실전에 가장 뛰어난 무술이라고 할 수 있다. 물론 위험을 감지하는 능력과 집중력 그리고 적응력을 기르는 데 이보다 더 좋을 수는 없다.

요즘 사람들은 스스로 문제를 해결하는 의식이 갈수록 약해진다는 생각이 든다. 동네 헬스클럽에 퍼스널 트레이닝이 유행하는 것을 보면 자신의 건강도 스스로 해결할 수 없는 시대가 오지 않았나 생각이 들 정도이다.

도장에 처음 온 사람은 일일이 동작 하나하나를 지적해가며 가르쳐 주는 것을 따라 하기보다는 선생이 한번 보여준 동작과 설명을 바로 따라 할 수 있도록 집중하는 것이 좋다.

여러 사람들과 상황에 맞게 매너를 지키면서 파트너를 배려하며 운동하다 보면 자연스럽게 사회성을 더욱 향상해 나갈 수 있게 된다.

동물이든 인간이든 세상에 태어나면서부터 투쟁을 해왔다. 이제 평화를 위해 세상은 전쟁을 포기했지만, 그 유전자는 투쟁을 포기하지 않았다. 지금도 우리는 생존을 위해 투쟁을 하고 있지만, 역사적인 사실로 볼 때 투쟁은 결코 번영할 수 없는 것이다.

그래서 이제는 자신을 이긴다는 오승吾勝의 이념이 그 대안이라 할 수 있다. 스스로에겐 엄격하지만, 타인에 대한 배려하는 마음은 협동으로 이어진다. 동물이 성공적으로 진화한 결과가 협동이었다.

"끊임없이 전쟁을 치를 것인가? 아니면 서로 도와가며 번영할 것인가?" 오승의 이념을 가진 도장의 회원이라면 두 가지를 모두 취해야 한다. 내 안에서 일어나는 부정(악)과 끊임없이 전쟁해야 하고, 밖으로는 우호적인 자세를 취해야 하는 것을 말한다.

　인간의 역사는 서로를 도와줄수록 번영해 왔다. 나이는 숫자에 불과하다. 나이가 많다고 말하는 3, 40대 젊은 사람을 보면 안타깝기 그지없다. 인생은 60부터라고 말하는 그 열정에 경외감이 일고, 가르침은 다음 세대로 이어져야 한다.

　젊은 사람을 꼼짝 못 하게 만들고 있는 유쾌한 80세 노장을 보면서 누가 세상을 지배하고 있는지 생각해 보아야 한다. 9988을 실천하기 위해서는 운동해야 한다. 이제 60대는 젊은이이다.

사람의 道

"아부를 잘하는 사람은 비방도 잘한다."

남녀가 처음 만나 사랑을 하면 눈에 콩깍지가 낀다고 한다. 그때는 사랑밖에 보이지 않는다. 하지만 사랑이 유지되는 것은 길어야 3년에서 5년이다. 콩깍지가 사라지면 마누라가 전혀 다르게 느껴지는 것이다. 사랑이 식으면 그때부터는 신뢰감으로 살아간다. 따라서 신뢰할 수 있는 사람을 만나는 것이 결혼의 첫 단추다.

도장에 나오는 것도 거의 비슷하다. 처음에는 호기심과 기대감으로 나온다. 선생은 스승으로 존경해야 할 분이다. 한마디로 콩깍지가 낀다. 하지만 아무리 맛있는 것도 또 좋아하는 것도 몇 번 먹거나 조금 지나면 싫증 나고 따분해지는 법이다. 사랑이 3년 간다면 운동은 3개월이다. 따라서 지속적으로 배우고 따르는 신뢰가 있어야 가능하다.

함께 밥을 먹고, 술을 마시고, 여행을 간다. 사람들은 서로 관심을 보이며 가까워지려고 노력한다. 인간관계에서 마음을 사로잡고 호감을 느끼게 하는 방법에 대한 책들은 많다. 그러나 그렇게 해서 가까워지고 나면 그다음 어떻게 해야 하는지 설명하는 책은 흔치 않다. 가까워지는 방법은 알았지만 그다음은 성격이 드러난다.

불평이 많은 사람은 천국에 가서도 불평을 할 것이다. 살아 있는 것이 즐겁고 만나는 사람이 행복인 사람에게는 평화가 있다.

서로에게 고맙다는 한마디의 표현이 상대에겐 응원의 소리로 들리고 삶에 활력소가 된다. 반목하고 시기가 많은 사회에서는 동업(협동)이라는 단어는 위험(손해)이라는 뜻으로 이해된다.

아부를 잘하는 사람은 뒤통수치듯 비방도 잘한다. 적당한 찬사는 사회성이지만 지나친 아부는 배반이 따른다. 남의 시선도 아랑곳하지 않고 길바닥에서 넙죽 절하며 "스승님"을 외쳤던 사람 중에 배반하지 않는 자者가 하나도 없다. 아부를 잘하면 그만큼 배반도 잘하기 때문이다. 신뢰가 없는 사람을 가까이하는 것이 이런 것이다.

나에게서 배우는 아들딸들이 사회에 진출해서 새롭게 만나는 사람들과 협동을 배우고 깊은 신뢰감을 쌓았으면 좋겠다.

아침 수련이 끝나면 가족 같은 회원들과 함께 식사하는 것이 즐거움이 되었다. 수다도 떨고 고민도 털어놓는다. 오래 함께하다 보니 많은 것을 나누면서 서로를 잘 알게 된다. 이제는 말을 하지 않아도 안다. 타인들이 만나서 신뢰를 쌓아가는 것이 이런 것이다.

도장에는 아무나 들어올 수 있지만, 내제자(수제자)는 아무나 되는 게 아니다. 신뢰감이 없는 사람과 함께하는 것만큼 위험스러운 것도 없다. 부부가 이혼하는 것은 신뢰가 깨졌기 때문이다. 돈이 없으면 사는 게 조금 불편할 뿐 불행한 것은 아니다. 하지만 신뢰감이 없는 인간과 함께 하는 것만큼 고역스럽고 불행한 것도 없다.

서로 전혀 다른 환경에서 자란 남녀가 결혼할 때 가장 중요하게 봐야 하는 것이 신뢰할 수 있는가의 여부다. 사랑만으로는 결코 오래가지 못한다. 오랜 세월 살다 보면 사람은 자신만의 환경과 시각에서 형성되는 독특한 성격(버릇)이 있다. 때문에 아무리 잘난 사람이라도 결코 완전하지 않다. 예수님도 세상에 와서 고난을 겪은 것을 생각해 보면 완전이란 존재하지 않는다. 따라서 누구를 만나든 먼저 신뢰를 나눌 수 있어야 한다. 신뢰는 우정이 되고 누군가에겐 충성이 된다.

인간관계를 해치는 험담을 늘어놓는 사람은 수양이 부족하다. 각자의 행동과 내뱉는 말은 신뢰를 쌓기도 하고 잃기도 한다. 만약 내가 승인해준 유단자가 인간관계를 해치는 말과 행위를 하고 있다면 그를 유단자로 만든 나의 무지와 실수를 한탄해야 한다.

소인배를 조심하라. 잘해주면 더 잘하려고 하는 것이 아니라 상투를 쥐고 머리 위로 올라타기 때문이다. 그런 자의 지식은 겸손이 없어 아무리 뛰어나다 해도 쓸모가 없다. 그런 사람과 함께하는 자도 같은 자다. 인간관계를 해치는 사람을 조심해야 한다.

말만 많은 것도 문제가 있고, 공과 사를 구분하지 못하는 것도 그렇다. 운동하러 와서 가르치려고 하는 사람도 문제고, 파트너의 호불호를 가리는 자도 그렇다. 힘없는 여성에게만 관심을 두는 회원도 그렇고, 훈련할 때 이유 없이 물러나거나 앉아 있는 것도 문제다. 강한 사람에게 "부탁합니다!" 도전하지 않고 뒷걸음치듯 물러나는 사람에게는 신뢰감이 가지 않는다.

아부하는 사람은 비방도 한다. 만약 그런 사람이 유단자가 되어 있다면 선생과 딜을 한 것이 분명하다. 그것은 선생의 잘못이다. 기꺼이 잘못을 인정하고 검은 띠를 회수해야 한다. 그래서 신뢰감이 떨어지는 사람은 함부로 단위를 올려주지 않아야 하는 것이다.

사람의 도

사람의 도道는 마음에 있다.

사람의 마음心은 행실에 있다.

사람의 행行은 얼굴에 있다.

살인검과 오승吾勝

'살인검殺人劍과 활인검活人劍'. 무술을 하면서 항상 들었던 단어다. 누가 얘기한 것은 아니지만, 사람을 죽이는 검을 살인검, 반대로 사람을 살리는 검이 활인검이다라는 생각이 굳어져 있다. 어렸을 때 무협영화에서 싸움 마지막에 주인공이 쓰러진 원수의 심장을 찌르지 않고 땅에 칼을 꽂으며 유유히 사라지는 장면을 보면서 '저게 활인검이구나!' 생각했던 적이 있다.

자신보다 하수인 적과 싸우면서 적을 단칼에 베지 않고 이마 부위를 슨도메[27]로 살짝 베어준다. 상처에서 나오는 피가 시야를 가려서 더 이상 싸우기 어려운 상황을 만들어 생명을 보존케 하는 것도 활인검이라 생각했다. 활인검이라는 것은 선과 악을 구분해서 선을 지키고 악을 자른다는 것이 원래의 뜻이리라 생각한다.

약하고 강하고 차이는 있겠지만 모든 무술은 살인검을 표현하고 있다. 자신을 방어한다는 호신술의 개념도 있지만 대부분 테크닉 자체가 공격 일변도다. 선(나)과 악(적)을 구분할 수 있는 기준이 모호해

---

27 슨도메(寸止め): 목표 지점에서 멈추는 방법

진 현대에 와서는 살인검에 대한 해석도 달라진다.

무도武道는 몸과 마음을 닦는 수양을 통한 자기 성찰이다. 게으름과 나태함, 그리고 태만과 자괴감, 교만, 욕망, 두려움, 거짓과 허망한 것과 자기비하가 내 안에 있는 적이다. 내 안에 있는 악惡을 무찌른다. 그것이 살인검이고 나를 이긴다는 오승吾勝이다.

자신을 희생하는 것이 살인검이다. 서적 혹은 명상, 설교를 통해서 얻는 깨달음보다 신체적 단련을 통해 얻는 실천적 깨달음이 더 큰 효과가 있다.

완벽한 사람은 없다. 좀 더 완전해지기 위해 노력하는 것이다. 그것이 무도가 나아가야 할 목적이고 우리의 인생과 삶은 그 과정에 일부다.

나는 항상 나 자신에게 질문한다. "무도는 왜 하는가?" 인간성 향상의 이정표로서 무도는 완전한 인간이 되기 위해 꼭 필요하다. 따라서 도장의 환경은 엄숙해야 하고 훈련은 엄해야 한다.

목숨을 위협하는 칼날 앞에서 살아남는 훈련은 어떤 위험과 어려움에도 흔들리지 않는 존재를 만든다. 좋은 부모는 자식에게 희망을 주고 꿈을 이루게 하며 즐거움을 준다. 현대의 활인검이란 이런 것이다. 한 사람의 희생이 여러 사람을 살리는 것이다.

희생은 죽는다는 것을 말하는 것이 아니라 바로 세우는 것이다. 그것은 명상이나 바람으로 이루어지는 것이 아니다.

죽음에 맞서서 당당하게 자신을 일으켜 세우는 훈련만이 타인에 대한 연민으로 이어진다. 거짓된 신앙인들을 볼 때마다 재물을 탐하는 탐관오리가 생각나는 것은 내부에서 일어나는 악惡을 걸러내는 살인검이 보이지 않기 때문이다. 살인검이 바로 오승吾勝이다. 완전한 사람으로 한 단계 더 성숙하기위해 노력하는 당신이 세상이 바라는 희망이다.

현대의 활인검은 엄격한 자기반성과 도장에서 펼쳐지는 엄한 훈련을 통해서 얻은 실천적 자기성찰에 기반한 타인에 대한 연민이 가족과 주변 사람들에게 꿈과 희망과 즐거움을 주는 것을 말한다.

명예는 무사의 생명이다. 도장 수련은 정신과 힘氣을 한곳에 모으는 것이 중점이다. 경쟁을 통해 상대적인 우월감을 느끼는 것은 무도가 아니다. 자신의 인생이 얼마나 이타적인가가 더 중요하다. 그것이 활인검이다.

▲ 네팔 에베레스트 레인저 부대에서 아이키도를 지도하는 필자

오히려 최악이 될 수 있다

　연무대회를 개최하다 보면 부자父子 연무 혹은 부부夫婦 연무를 볼 때가 있다. 쉽게 볼 수 없는 가족 연무 모습을 경험한 기혼자들이 자신도 가족과 함께 나와서 연무를 보이겠다는 생각을 하곤 한다. 미혼자도 결혼하면 부인과 함께 연습해서 나와야겠다는 다짐을 한다. 그런데 그것이 쉽지가 않다. 자기 마음 같지가 않기 때문이다.

　실제로 한번 연무회에 참석했던 부자연무가 한 번으로 끝나고 다음에는 보이지 않는 경우가 많다. 부부연무도 마찬가지이다. 물론 그중에는 매년 부부연무를 보이며 금실 좋은 모습을 보이는 가족도 있다. 그것은 전적으로 현명한 가장家長이 있었기 때문에 가능하다는 생각을 하곤 한다.

　나는 가족들에게 절대 아이키도를 하라고 강요한 적이 없다. 부인에게도 운동하라고 권하지 않았다. 같은 학교에 다니는 아들의 친구 엄마들과 어울리면서 남들은 일부러 운동하는 곳을 찾는데 왜 안 하느냐는 말을 듣고 엄마들이 함께하자며 부인을 끌어들였다. 운동이 필요했던 아들 친구 엄마들과 함께 수련을 시작했을 때에도 나는 오랫동안 지속할 것이라고는 생각하지 않았다.

그것은 아들이 수련을 시작했을 때에도 마찬가지였다. 표면적으로는 절대 권하지 않았다. 요즘은 손자에게 똑같은 방법으로 대하고 있다. 이제 막 말을 배우기 시작한 손자가 무슨 말인지 알아듣기 어려운 혼잣말을 할 때도 또 어느 국적의 음악인지 모를 노래를 흥얼거릴 때도 물론 귀여워서 그런 것이지만 놀라워하고 흥미롭다는 반응을 보인다.

손자는 그런 할아버지의 반응이 즐거워서 집안이 떠나갈 듯 큰소리로 악을 쓰며 노래를 한다. 아마 처음 옹알이할 때부터 그런 반응들이 손자의 언어를 더욱 발전시켰다는 생각을 한다. 부인이 아이키도를 시작하고 나서 7년 만에 초단을 받았고 지금은 3단이다. 장남 또한 마찬가지다. 도장에서 운동하는 모습을 흐뭇하게 바라보는 것이 전부였다.

부인이 아주 뜨거운 여름날 심사에서 4급을 응시했다. 더위에 헉헉거리면서 파트너의 기술을 받는 역할도 하다 보니 숨이 넘어갈 듯 힘들어 하는 모습을 보였다. 그때 "준환 엄마 들어가세요!" 하자 얼굴에 미소를 띠며 들어갔다. 그리곤 저녁에 장모님과 함께 식사하면서 부인이 "자기야! 아까 발표할 때 왜 내 이름을 안 불렀어?" 하고 물었다.

심사장이었던 남편이 와이프를 불합격시켰을 것이라고는 상상하지 못했던 부인은 "응, 자기 합격했어!"라며 깜짝 발표하는 것을 듣고 싶었는지 모른다. 하지만 나는 태연하게 "응, 떨어졌어."라며 말을 아꼈다. 식사하고 있던 부인은 곧바로 체했고 나는 약국으로 달려가야만 했다.

부인은 20년 이상 지난 사건을 지금도 눈을 흘기면서 나에 대한

▲ 부인과 함께 수련하는 필자

지청구의 빌미로 삼고 있다. 내가 원하는 것은 합격뿐만이 아니라 탈락도 함께 즐기는 것이다.

　매일 나와서 운동하라고 권하지도 않았고, 운동을 가르칠 때도 다그친 적이 없다. 심사에서는 철저하게 남들과 똑같이 평가하였다. 지금은 자신보다 실력이 못한 사람이 유단자 심사에서 합격하면 실력도 없는 사람을 합격시킨다며 나무라곤 한다. 부인은 지금도 연무대회에 참가할 때면 자신의 활기를 주체할 수 없을 정도의 자신만만한 모습을 보이곤 한다.

　가족을 가르쳐야겠다고 생각했다면 절대 압박하지 말아야 한다. '이렇게 해라, 저렇게 해라'라며 가르치지도 말아야 한다. 때에 따라 실패도 인정할 줄 알게 해야 한다. 아이의 옹알이를 듣고 기뻐하듯 아이가 나서려고 할 때 기뻐하고 즐거워하기만 하면 된다. 절대 틀렸다고 지적하는 어리석은 짓은 하지 말자. 아이가 도장에 따라가겠다고 나설 때 흐뭇해하는 아버지의 미소만 있으면 충분하다. 아버지를 지적할 수 있도록 가끔은 아이 앞에서 실수하는 센스도 필요하다. 와이프도 다르지 않다.

도장 입구에서 자세를 낮춰 인사하고 집에서 전혀 느껴보지 못한 엄숙함을 즐기듯 도복을 입고 힘들어 보이는 동작과 기술에 땀을 흠뻑 적시며 몰입하고 있는 아버지의 모습을 보면서 아이는 자신이 선택한 한 분야의 최고가 될 수 있는 열의와 기본 자질을 아버지로부터 배우는 것이다. 자식이 부모에게 차갑게 대하는 것은 부모가 그렇게 가르쳐온 것이다.

잘 가르치려 하는 것이 오히려 최악이 될 수 있다.

아이키도에는 즐거움이 있다

헉! 헉!

좀 부풀려서 체감 온도가 50도에 가까운 실내에서 뒹굴고 있었다. 이마에서는 땀이 비 오듯 흐르고 있다. 4번을 던져지고 4번을 던지고 있었다. 60대 중반쯤 되어 보이는 파트너는 이미 얼굴이 더위로 익은 듯 붉어져 있다.

이마에서 흘린 땀이 입가에서 끈적해 보이는 침과 섞이면서 길게 매달려 떨어질 듯 흔들린다. 군대에서 화생방 훈련할 때 가스실에서 나오면서 콧물과 침이 거의 명치끝까지 매달리는 것을 본 이후로 길게 침 흘리는 것을 처음 본다.

한 번씩 굴렀다 일어설 때마다 머리가 어지럽다. 김남호 선생이 7월 중 가장 더운 날 일본 도장에서 훈련할 때 계속하다간 죽을지도 모른다는 생각에 밖으로 나가면서 아직 안 끝났는데 어디를 가냐는 선생의 질책에 "살고 싶습니다!"라고 했다는 것이 이해가 됐다.

왜 이 찜통 같은 도장에서 비 오듯 땀을 흘리면서 개고생을 하고 있는 것일까? 아무리 이해하려고 해도 이해가 안 된다. 여름 피서지에 비싼 호텔을 예약해 놓고는 조그만 학교 도장에서 사서 고생을 하고 있는 모습이다. 어떤 힘이 이렇게 만들고 있는 것일까? 궁금해졌다.

파트너가 바뀌고 조금 젊은 사람이 나의 상대가 되었다. 손목을 잡으면서 물어보았다. "무엇 때문에 이 고생을 합니까?"

"글쎄요?" 생각해 본 적이 없다는 표정이다.

"재미있어요?"

맞장구치듯 대답한다. "즐겁습니다!"

즐겁다는 말이 거짓말처럼 들렸다.

"뭐가 즐겁습니까?"

나의 중심을 파고들면서 거의 힘을 들이지 않고 쓰러지기 싫어 버티려고 하는 나를 자연스럽게 저항할 수 없게 만들면서 던지고 있다. 매우 기술적이라는 생각 때문에 기분이 전혀 나쁘지 않다.

"이런 게 재미있는 것 같아요! 하하."

일어서면서 나는 다시 물었다.

"또 다른 재미가 있는 것은 아닌가요?"

"다른 재미? 아! 있다, 있다! 끝나면 시원한 맥주가 기다리고 있어서 즐겁습니다. 하하."

훈련이 끝나면 수영장이 딸린 바닷가 호텔에서 바비큐 파티가 예약되어 있다.

교묘하게 또 저항할 수 없게 만들면서 제압하는 기술을 하는 동안 엎어졌다, 일어섰다, 던져졌다 일어나기를 수도 없이 반복하고 있다. 편하게만 살려고 하는 사람들은 이해를 할 수 없는 생고생이다.

진지하게 기술을 교환하며 땀을 흘리고 있는 그들의 얼굴에서 힘들다거나 괴로워하는 표정을 찾을 수 없었다. 믿기지 않을 정도로

▲ 훈련이 끝나고 열리는 즐거운 파티

이 사람들은 아이키도를 즐기고 있었다.

훈련이 끝나고 샤워장으로 달려가 누워버렸다. 한참 동안 샤워꼭지에서 분수처럼 나오는 물을 머리로 받으면서 내가 정말 아이키도를 좋아하고 있었는가 생각해 보았다. 반성이 되었다. 정말 좋아한다는 것이 저런 것이었다.

서있으면 앉고 싶고 앉으면 눕고 싶은 것이 보통 사람들의 일반적인 삶이다. 하지만 오늘 함께 훈련한 사람들은 달랐다. 평범한 사람의 모습을 한 특별한 사람들이다.

테크닉을 배우려고 하는 것은 가장 초보적인 수련생의 모습이다. 이전에 무에타이와 아이키도 사이에서 둘을 비교할 때 강한 테크닉이 돋보이는 무에타이와 변변해 보이지 않는 아이키도 사이에서 전문성과 집중을 위해 한쪽을 선택해야겠다고 생각했을 때 아이키도로 기울었던 가장 큰 이유는 운동에 즐거움이 있다는 것과 나이를 먹어서도 변함없이 할 수 있다는 것이 결정적인 이유였다.

무에타이를 해도 즐거움은 있다. 하지만 강해지기 위해 로우킥과 니킥을 맞아가면서 즐겁다고 할 수는 없다. 아이키도에서도 파트너에 대한 배려 없이 기분 나쁘게 꺾어대고 힘 싸움을 하며 지지 않으려고 하는 것을 좋게 받아들이기는 어렵다. 강해지기 위해서 하고 있는 운동이라면 혼자서 팔굽혀 펴기를 하고 윗몸 일으키기를 하면 된다. 굳이 기분을 상하면서까지 참고 해야 할 필요는 없는 것이다.

아이키도에는 '오모테表'라고 하는 표면적인 기술이 있고 '우라裏'라고 하는 이면적인 기술이 있다. 배움에서도 똑같이 수련 그 자체가 즐거움이어야 할 뿐만 아니라 수련이 끝나면 시원한 맥주 파티가 기다리고 있는 것처럼 또 다른 즐거움과 기쁨이 따라야 한다. 그것이 아이키도의 표면적인 즐거움과 이면적인 즐거움이다. 아이키도가 무엇인지 알고 있다고 가르치기보다 진정 즐길 줄 아는 사람이 되어야 한다.

무위武威

무용·위력武勇威力을 구분해서 무용武勇을 사전적으로 보면 무예武藝에 뛰어나고 용감勇敢함을 말한다. 위력威力은 상대를 압도할 만큼 강력함, 또는 그런 힘을 말한다. 그것을 두 글자로 줄이면 무위武威라는 단어가 된다. 무위의 사전적 의미는 무력武力의 위엄威嚴, 무력의 위세威勢다.

중국에서 시작된 무위라는 단어는 특히 일본 무사 정권에서 통치수단으로 삼기도 했다. 현대에 와선 그 의미가 다르게 해석되기도하지만 우리와 같은 무도인들에게 무위武威는 매우 큰 의미가 있다.

무술에서 무위라고 하는 것은 오랜 세월 단련과 훈련을 통해서 얻은 그 사람의 힘이다. 아우라와 같은 것이다. 세상의 모진 풍파를 겪어서 얻는 것과는 다르다. 부모의 부富나 권력으로 얻어지는 것도 아니다. 공부로 박사가 된 사람이 얻는 뛰어남도 아니다. 그런 힘들은 실제 무도武道 수련으로 얻어지는 것과는 다르다.

다시 말하면 무위는 세월만 가면 많아지는 나이 같은 것이 아니다. 비싼 옷을 입으면 생기는 품격 같은 것도 아니다. 겉으로 보이는것을 말하는 것이 아니다. 남이 모르는 것을 나만 알고 있다는 교만에서 나오는 것도 아니다. 자격증이나 높은 단증을 받았다고 해서 생기는 것이 아니다. 무위는 누가 줄 수 있는 것이 절대 아니기 때문이다. 오직 배움과 훈련을 통해서만 얻는 것이다.

훈련한 세월만큼 쌓여서 저절로 드러난다. 그것은 자세에서도 나타나고 눈에서도 나타난다. 오랜 세월 훈련한 만큼 내면에서 자연스럽게 나오는 당당함이나 자신감 같은 것이다. 검을 들고 서 있는 자세 하나만으로도 상대가 위압감을 느끼는 것이 있다.

검을 뽑기 전에 싸워야 할 상대인지 아닌지를 알 수 있다. 그것은 무위와 같은 힘이다. 다시 말하자면 무위는 노력 없이 생기는 것이 아니다. 무위를 저해하는 쿠세[28]는 정신적인 것에서도 나타난다.

집중하지 않는 사람, 매사가 부정적인 사람, 질투로 시기하고 미워하거나 두려움에 항상 긴장하듯 조심하는 사람이 그렇다. 선생을 껄끄럽고 무서워 멀리하는 수련생도 지도자가 되기 어려운 쿠세를 가진 수련생이다. 지도자는 기술적으로 또 정신적으로 자신감 있는 사람에게서 나오는 당당함 같은 것이 있어야 한다. 문文을 통해서 얻을 수 있는 것이 아니다. 무위武威는 무도武道가 아니면 절대 얻지 못하는 특별한 것이다.

세월만 가면 단위段位가 올라가는 것으로 생각하는 사람이 많다. 그래서 일정 기간이 지나면 승단하는 사례가 많다. 때문에 고단자는 많아도 실제 실력과 능력, 즉 무위를 갖춘 자는 보기 힘들다. 무도는 선생을 따르는 것에서부터 시작하는 것이라고 하는 말이 무색할 정도다.

아이키도 창시자인 우에시바 모리헤이의 사진을 보면 힘이 느껴진

---

28 쿠세(癖): 편향된 경향이나 성질, 나쁜 습관이나 버릇을 일컫는 단어.

▲ 반듯함과 단호함은 무도인의 기본 자질이다.

다. 그것은 평생을 통한 수련에 의해 형성된 무위가 사진을 통해서도 드러나고 있는 것이다. 연예인 사진을 보는 것은 예쁜 혹은 멋진 옷을 보는 것과 같다. 그에 반해 무위는 당당함으로 나타나고 너그러움으로도 나타난다. 기술적이든 정신적이든 나쁜 쿠세들을 바로 잡았을 때 진정한 지도자가 되는 것이다. 따라서 무도武道 도장道場을 돈 벌 만한 사업으로 생각하거나 혹은 싸우는 기술이나 가르치는 곳으로 여겨서는 안 된다.

도장은 양아치의 허세나 건달의 위압적인 용기를 가르치는 곳이 절대 아니다. 오히려 그런 것들을 나쁜 쿠세로 여기고 하나하나 고쳐나가는 수양의 장소가 되어야 한다.

선천적이든 후천적이든 환경에 의해 고질병처럼 습득되었거나 쌓인 쿠세가 고쳐지고 없어지면 아우라 같은 힘이 당신의 진정한 모습이 될 것이다.

무술에서 무도로

일본에서 메이지유신을 거치면서 살상을 목표로 하는 무술이 어떻게 하나의 문화인 무도武道로 정착되었는지 궁금했던 적이 있다. 사무라이 역시 사람이기에 공포와 불안은 겪을 수밖에 없고 이를 극복하기 위한 노력이 자기 수행의 방법으로 '무도武道'를 완성한 것이 아닌가 생각된다.

유학자가 자기 자신의 수양에 힘쓰고 천하를 이상적으로 다스리는 것을 목표로 실천하듯, 선승이 자기 내면에 있는 본래 불타를 발견하여 열반에 도달하기 위해 수행하듯, 사무라이의 이상을 추구하는 수행 방식이 무도라 할 수 있다.

현대에 와서도 무도를 싸우는 기술만 가르치는 것으로 잘못 이해하고 있는 일반인이 많다. 진정한 무사의 가르침은 죽이는 법이 아닌 살리는 법을 가르치는 것이다. 따라서 무술이 인명을 해치거나 폭력을 미화하고 의로운 척하는 것은 무도로서의 자격이 없다고 생각하였다.

옛날 미야모토 무사시가 살았던 시절, 결투는 말 그대로 생生과 사死의 갈림길이었다. 따라서 무사는 항상 마지막을 맞이할 수 있었고 매일 죽음을 각오하면서 살아야 했다. 그래서 무사는 살아있는 매 순간을 특별하게 생각했고, 누군가에게 안전을 의지하는 것이 아닌 자기 스스로의 힘과 의지로 매 순간을 특별하게 만들었다.

살인을 목적으로 하던 옛 무술이 도덕적 문제에 더 관심을 가지면서 사람을 죽이지 않고, 어떻게 하면 품격을 지키고 더 나은 사회를 건설하는 데 힘을 쓸 수 있는지 고민하기 시작했다. 그러한 풍조에 영향을 받아 미야모토 무사시는 더 이상 자신을 돋보이려고 결투하는 것을 멈추고 싸움을 피했다. 인간의 품격과 생명을 존중하는 것이 중요해진 것이다.

'무도'란? 자신을 변화시키는 것이다. 두려움으로부터 용맹하게 맞설 수 있는지 없는지를 알 수 있는 마음의 상태다. 수련은 내면의 두려움을 극복하는 데 도움을 준다. 옛부터 검劍은 무사의 상징이었다. 현재에 와서도 검의 이미지는 거의 모든 무술武術에 존재한다.

검劍은 분노와 공포, 그리고 나약함과 교만을 베어버리는 자기 계발의 도구이다. 살인을 위한 것이 아니다. 무도 수련은 내면의 평온과 세심함, 용기, 힘을 단련케 해준다. 우리가 아이키도를 배우는 것은 강함에 대한 두려움을 극복할 수 있는 정신과 승리로 이끌 수 있는 전술을 얻는 것이다.

무도는 내면적인 성품뿐만이 아니라 외형의 강함도 발달시킨다. 우리는 단순한 승패 여부를 떠나서 좀 더 가치 있는 활동을 갈망하는 것이 자신의 계발과 발전에도 좋다. 다른 사람을 얼마나 이길 수 있느냐에 관심을 갖는 것은 현명하지 못하다.

어제의 나처럼 오늘도 기대에 부응하는 내가 되는 것이 관심사가 되어야 한다. 무술武術이 무도武道로 변하면서 삶의 가치도 그렇게 변했다.

내가 할 수 있는 최선의 방법으로 삶에 맞서는 것은, 그리고 그런 힘을 찾는 것은 자신에게 달렸다. 꿈을 갖는 것만으로는 부족하다. 꿈을 이루기 위해서는 행동해야 한다. 우리는 마음과 정신을 성장시킨 만큼 그에 못지않은 신체를 만들어야 한다. 불굴의 정신과 집중된 마음만큼 단련된 몸을 가져야 한다. 그런 것이 심신心身의 조화이다.

아이키도는 말만 고상하게 한다고 말하는 사람이 있다. 그 말에는 오해가 있다. 무술은 확실한 동작으로 실질적인 결과를 얻지 못하면 믿음을 가질 수 없다. 부드럽게만 보이는 아이키도를 처음엔 우습게 보고 도전했던 나도 직접 경험하고 나서야 결코 약하지 않다는 것을 알았고 그 이면에 테크닉보다 더 깊은 정신적인 가르침이 존재한다는 것을 알고 감동했다.

인간은 미래를 걱정하며 두려워하곤 한다. 자아의 통제가 어려워 마약 등 금지된 약물에 의존하는 극단적인 사람도 있다. 무도는 심신 훈련을 통하여 자연스럽게 자아 발견의 경지에 이르도록 하는 가르침을 주었다. 진정한 스승은 제자를 강하게 만든다. 강한 정신과 신체의 조화에 기반한 자기 계발이 무도다.

수련의 이념은 상대를 이기는 것이 아니라 자신감과 예의와 품격을 지키는 것이고 내면의 공포와 의지 박약을 이겨내는 것이다.

우리는 어떻게 살아갈 것인지 스스로 결정해야 한다. 무엇이 될 것인지도 스스로 결정한다. 자율이 운명을 결정하는 것이다. 내 인생의 지배자가 될 것인지 아니면 노예가 될 것인지 결정할 힘은 우리 스스로에게 있다. 인생이 아름다운 것은 스스로 결정할 수 있는 자율이 있기 때문이다.

간혹 스스로 너무 약하기 때문에 어렵다고 말하는 사람이 있다. 그러나 이솝우화에 배를 채우기 위해 달리는 여우와 살기 위해 달리는 토끼의 이야기는 항상 여우의 승리로만 끝나는 것이 아니라는 것을 보여준다. 인간의 삶도 그렇게 녹녹하지 않다. 이길 것 같은 강자가 패敗하기도 하고 약해 보이는 자가 승리하는 것을 보기도 한다.

그러나 토끼가 늘 여우에게서 빠져나가는 것은 아니다. 미리 포기하고 전력을 다하지 않는다면 결코 살아날 기회는 없다. 극복해야 할 중요한 도전이 있을 때 우리는 강한 여우보다 전력을 다하는 토끼와 같아야 한다.

진정한 무도를 추구한다

한 수련생이 옛 격투기 챔피언이었던 내 무술 경력을 언급하며 자신도 격투기를 해서 선생님처럼 되고 싶다는 말을 했다. 꼭 챔피언이 되고 싶다고 했던 그 친구는 볼 때마다 허벅지가 시커멓게 멍이들어 있었고 여기저기 다치지 않은 곳이 없었다.

"꼭 그렇게까지 해야 하는가?" 하고 물었더니 "선생님처럼 되고 싶습니다."라고 했다. 사람들은 자신의 존재를 드러내려 하고 또 자랑하고 싶어하는 경향이 있다.

가끔 케이블 방송에서 나오는 격투기 시합을 보면 옆구리 살이 출렁이는 선수들이 시합에 나오는 것을 보곤 한다.

태국에서 무에타이를 접했을 때 선수들은 군살 하나 없이 몸을 단련했고 오랫동안 훈련과 시합으로 다져진 기술은 상대의 빈틈과 실수를 놓치는 법이 없었다. 그들의 멋진 모습은 경기를 보고 있는 관중들의 흥분을 자아내기에 충분하다. 선수들의 귓불은 엉키는 싸움에 뭉개져서 마치 올림픽 레슬링 선수의 귀와 다르지 않다.

저들이 싸우고 있는 이유는 딱 한 가지, 경제적인 신분의 상승이다. 싸우는 것이 좋아서 출전하는 사람은 없다. 헝그리 복서들이 성

▲ 장충체육관에서 열린 격투기 챔피언전에서 승리한 필자

공을 위해 허리에 군살이 배길 여지가 없는 훈련을 죽어라 하는 것이다. 그런데 아무리 봐도 나올 만한지 않은 선수가 나와서 마구잡이로 휘두르다 피를 흘리고 있는 것을 보면 한심해 보이곤 한다. 저들이 시합에 나오는 이유는 과시하고 싶은 것 그 이상이 있을 것이라고는 보이지 않는다.

무도는 자신에게 엄격함을 보이는 성질이 있다. 과시를 위한 경쟁을 하지 않는다. 다른 뜻이 있어 시합에 나가 이겼다고 해도 기쁨을 드러내지 않는다. 반대로 졌다고 해도 감정을 나타내지 않는다. 자신을 과시하고 자랑하거나, 으스대지 않는다.

격투기 시합에서 선수를 때려눕히고 드러내는 환호성 같은 가벼운 모습은 무도 본연의 모습이 아니다. 그런 것은 격투기에서만 일어나는 일은 아니다. 값비싼 옷을 자랑하듯 뽐내고, 갖은 폼을 잡은 모습을 SNS에 올려놓으며 자랑하는 것과 같다.

그들은 무도를 수양적인 측면으로 보는 것이 아니라 내가 이런 것을 한다고 자랑을 하고 싶어하는 것이다. 시합에서 우승한 선수가 기쁨을 주체하지 못해 두 손을 들고 뛰어다니는 가벼운 모습과 다르지 않다. 서양의 스포츠와 동양의 무도가 다른 점이 이런 것이다.

진정한 무도인들은 가볍게 자신을 드러내지 않는 옛 선비와 같은 정신을 갖는다. 한국인들이 무도를 바라보는 시각이 일본인과 다른 것이 있다면 자신이 넘볼 수 없는 학문적 차이에 대해서는 쉽게 인정하는 반면에 무도의 차이에 대해서는 별거 아닌 것처럼 생각한다는 점이다.

일본에서는 귀족이었던 사무라이의 전유물로서 힘든 무도를 추구했던 반면 우리는 학문에만 치우친 것이 지금과 같은 결과를 가져왔다는 생각이 든다. 빠른 것만 좋아하는 요즘 젊은 세대들은 정신적인 깨우침과 기능적인 발전을 함께 추구하는 무도를 이해하지 못한다. 정신이 따라가지 못하는 물질적 경제성장과 같다.

삶을 선택하는 방향과 바른 것을 추구하는 구도求道보다는 자극적이며 당장 효과를 내고 자랑하는 것을 선호한다. 일본은 대학교 학창시절 무도를 수련하면 졸업 후 구직 과정에서 가산점을 받는 풍토가 있다. 무도를 수련한 사람이라면 전통에 대한 진지함과 자기관리를 철저히 하는 사람이라는 것을 인정하는 사회적 분위기 때문이다.

무도인을 좋아하는 이유는 절도가 있으면서도 사회성이 좋기 때문이다. 무도인은 마음가짐이 남다르고 사제, 사형으로 형성된 인간관계를 잘 지킨다. 그러한 관계성이 일반인과 다르게 자연스러운 사회성으로 단련된다.

옛 선비들이 자기 수양으로 선택했던 것이 무도라 할 수 있다. 무도는 선비정신을 추구한다. 함부로 드러내지 않고, 자랑하지 않고, 내색하지 않으며, 약자를 업신여기지 않는다.

무술은 승부를 가리는 것이므로 훈련 때는 완력을 완력으로 이기는 것이 아니라 자연스러움으로 제압하며 승패를 초월하는 승부를 나누는 것이야말로 아이키도가 바라는 진정한 모습이고 발전이다.

앞서 언급한 '선생님처럼 되고 싶다'는 말이 실은 자신이 숨겨왔던 승부근성을 드러내는 것처럼 들리지 않아야 한다. 아이키도는 진정한 무도를 추구하기 때문이다.

천상천하유아독존

인도 음식이 그리워지면 가끔 가는 곳이 있다. 이태원에 있는 인
도식당인데 이국적인 맛이 좋다. 가까운 곳에 이슬람 사원이 있어서
식사 중에 테이블 사이에 양탄자를 깔고 기도하는 이색적인 모습을
보기도 한다.

어쩌다 화장실을 이용할 때가 있는데 유난히 지저분하고 엉덩이
가 닿는 좌변기에 소변으로 보이는 오물이 묻어있는 것을 목격하곤
한다.

화장실을 이용하고 나서 내가 사용한 좌변기에 소변이 물방울처
럼 묻어 있을 때는 다음에 이용할 사람을 위해 휴지로 깨끗이 닦아
주고 나오는 것이 눈에 보이지 않는 배려라고 생각된다.

내가 존중받기를 원한다면 타인을 위한 배려도 할 줄 알아야 하
는 것이다. 인터넷에 올라온 상식 이하의 글을 볼 때가 있다. 이태원
화장실에서 좌변기를 봤던 기억이 떠오르게 하는 것들이다. 내가 소
중하다면 남도 소중하다는 것을 알아야 한다.

'천상천하유아독존天上天下唯我獨尊'이라는 말이 있다. 하늘 위와 하
늘 아래 내가 홀로 존귀하다는 말인데 여기에서 유아독존이라는 말

은 하나뿐인 개인으로서의 자신을 말하는 것이 아니라 천상천하에 있는 모든 개개인의 존재로서 생명의 존엄성과 귀함을 말하고 있는 것이다. 종교의 가르침도 바로 이런 것이다.

'참된 나眞我'를 통해 인간 본래의 성품으로 돌아오게 하는 교훈이라 할 수 있다. 특히 중국무협영화에서 많이 나오는 '천상천하유아독존'은 '내가 최고다'라는 의미로 해석하는 사람도 있지만 잘못된 해석이다.

아이키도인의 시각에서 바라보는 타인은 매우 존귀하다. 따라서 인터넷에서든 화장실에서든 먼저 타인을 생각하는 마음은 결국 자신을 위한 것이다. 그것은 무엇을 바라고 먼저 주는 시늉을 하는 것이 아니다. 강자가 약자에게 베푸는 인정이 아니다. 커다란 나로서 독립된 존재인 나를 위한 것이다.

아이키도라는 무도가 바라는 나는 천상천하유아독존이다. 타인을 존귀한 존재로서 나와 동등하게 인식할 때 세상은 살 만해지는 것이다.

'내 탓이오'라고 붙은 성당의 스티커를 보면 무도인이 가져야 하는 마음가짐이라는 생각을 한다. 무도인은 법정에 불려가서 남에게 잘잘못을 가리는 심판받을 일을 만들지 않아야 한다. 만약 잘못하거나 실수했을 때는 빨리 사과해야 한다. 상대가 불쾌감을 느낄 시간이 없어야 한다. 상대가 칼을 갈고 숙성시켜 들이대면 감당하기 어려운 상황이 닥칠 수 있다. 사과는 지체하지 말아야 한다.

'아이키도는 싸우지 않는다.'라는 글을 보고 상대를 꺾고, 던지고, 제압하고 있는 모습을 보이면서 "싸우지 않는다고 말하는 것이 이해가 되지 않는다."라고 말하는 것을 보았다. 아이키도는 무도다. 무도는 '강함에 대한 깨달음'이라고 하였다.

거친 세상에 버려진 나약한 존재로서 보호받아야 하는 내가 아닌, 그래서 전지전능한 누군가의 힘에 의지해야 하는 내가 아닌, 거친 세상과 어려운 현실로부터 나를 바로 세우고 단단하게 만드는 수단으로서 던지고 쓰러뜨린다.

함께 훈련하는 상대는 내가 이겨야 할 적(가상의 적)이 아닌, 나의 발전을 도와주는 존귀한 존재로서 파트너이다. 파트너의 실수는 곧 나의 잘못으로부터 비롯되는 것이다. 전지전능한 신이 도와주지 않는다고 탓을 하고, 나의 잘못은 타인의 잘못에서 비롯된 것으로 생각하는 것은 수양을 하는 사람의 마음 상태가 아니다.

실수를 하면 바로 사과해야 한다. 사람의 상처는 과거로부터 온다. 과거는 좋은 기억보다는 나쁜 기억이 더 많아서 상처가 되고 그 상처는 또 다른 피해자를 만들어내는 가해로 나타난다.

과거의 상처가 또 다른 피해자를 만들어내는 것을 다음과 같이 묘사한 글이 있어 옮겨본다.

> 가슴에 상처를 앓으며 오래전 품었던 과거의 불평들로 입맛을 다시고, 계속해서 닥칠 괴로운 대결 가능성에 혀를 이리저리 놀리고는 받은 상처와 되돌려줄 상처를 동시에 한입에 물고서 그 괜찮은 끝 맛을 음미한다.

만약 마음속에 미움이 있고 누군가를 원망하고 있는 자신을 발견한다면 스스로 수양이 부족한 것은 아닌지 점검해야 한다. 가슴속에 상처가 곪아있는 것은 아닌지 말이다. 모든 사람이 존귀하지만 똑같은 깨달음을 가질 수는 없다. 타인의 실수를 보고 그 잘못을 지적하기보다는 오히려 그것을 통해 내가 무엇을 잘못하고 있는지 점검하고 수양의 계기로 삼아야 한다.

우리가 매일 수련을 하는 이유는 어제의 나와 오늘의 내가 다르지 않고 내일의 내 모습이 오늘과 다르지 않게 하기 위함이다. 유별나고 자극적이지 않은 평범한 나를 위한 것이다. 그것이 무도가 요구하는 평상심이고, 부동심이며, '천상천하유아독존'이다. 세상이 바르게 보이지 않는 것은 내가 삐뚤어진 시선을 갖고 있어서가 아닌지 점검해야 한다.

화장실에 일 보러 들어갔다가 좌변기를 깨끗하게 닦아주고 나오면서 다음에 이용할 사람의 기분을 생각하며 흐뭇해졌다.

아이키도 행복론

한국에서는 도장道場을 수양적인 측면에서 바라보는 사람이 많지 않다. 비즈니스적인 생계수단 정도로 생각하는 경향이 짙다. 그래서 마케팅이 판을 치고 있다. 심리학을 이용하고 마케팅이 아니면 마치 아무것도 할 수 없는 세상이 되어 버린 듯하다.

마케팅은 돈을 벌기 위한 수단이다. 그러나 무도武道라는 것은 새로운 변화가 아닌 옛것을 순수하게 지켜가는 것이다. 무도가 무도다운 것은 옛것에 대한 존중이 있기 때문이다. 교회에 가보면 성가대가 있고 그 감미로운 음악을 들으면서 훌륭하다고 생각했다. 그러다 언제부터에선가 교회에서 드럼과 전자기타가 있는 밴드가 나타난 것을 보곤 놀랐다. 몇 년이 지나 그 교회 목사가 횡령사건으로 문제를 일으키고 있는 것을 보았다. 그 외에도 다른 목사들이 각종 사회문제를 일으키는 뉴스를 보면 목사도 성경의 말씀대로 살기가 쉽지 않다는 것을 알 수 있다.

돈 앞에 자제력을 잃어버리는 한 인간으로 보자면 목사의 행동도 이해하지 못할 것은 아니다. 하지만 같은 신앙인의 입장에서 목사의 삐뚤어진 욕망을 지켜보며 느끼는 실망과 믿음에 대한 배신감은 더욱 클 수밖에 없다.

모든 사람은 행복을 원하며 그것을 얻으려고 노력한다. 최근 장래 소원을 묻는 설문조사에서 많은 초등학생이 자신의 소원은 건물주가 되는 것이라고 했다. 요즘 청년들 사이에서 회자되는 '헬조선'이라는 말도 학업, 직업선택의 고민 때문이라고만 보기 어렵다.

이 시대의 문제는 기성세대의 사고와 행동에서 비롯되었다고 생각한다. 한마디로 미래 세대를 짊어질 새로운 세대를 위하여 고심하는 흔적을 찾기가 쉽지 않은 것이 문제다. 이제는 정치, 사회, 종교, 문화 거의 모든 분야에서 부정적인 풍조가 넘치고 있다.

이런 환경 속에서 '우리는 무엇을 해야 할까?' 그 해답은 단순하다. 무도가 무도다워져야 하는 것처럼, 옳고 그름에 대한 단순하고도 상식적인 생각을 바탕으로 자신의 삶부터 긍정적으로 바꾸는 것이다.

긍정적 변화는 큰 계기를 통해서만 이루어지는 건 아니다. 조그만 변화에도 우리는 기쁘게 생각할 줄 알아야 한다. 로또에 당첨되는 정도의 큰 변화만이 나를 행복하게 해 줄 것으로 생각하지 말아야 한다. 아무리 큰 성공과 기쁨을 맛보았다고 해도 오랫동안 유지하기는 어렵다. 인간의 본성은 처음으로 되돌아가려는 습성이 있다. 따라서 조금씩이라도 지속해서 변화하는 것이 더 중요하다.

'세상은 신의 창조 작업의 결과이며, 그 작업은 여전히 진행 중이다'라는 말을 나는 좋아한다. 그래서 나는 경천애인敬天愛人이라는 단어를 삶의 신조로 여기고 있다.

오랫동안 상대를 가상의 적으로 여기는 단순한 무술을 해왔던 나에게 만유애호萬有愛護의 길을 보여준 아이키도는 내 인생을 변화시켰다. 세상을 긍정적으로 바라보게 된 것이다.

'수양'의 사전적 의미는 몸과 마음을 갈고 닦아 품성이나 지식, 도덕 따위를 높은 경지로 끌어올린다는 것이다. 하지만 삶에 바쁜 현대인들은 수양의 사전적 의미는 알더라도 그것을 자신의 삶과 연관하여 인지하지는 못하고 있다.

만약 우리가 수양修養의 의미를 이해한다면, 자랑하기 위해 헬스클럽에서 바삐 만드는 식스팩보다는 작지만 꾸준한 변화에 의미를 두는 '아이키도'와 같은 무도에 더 큰 의미를 두게 될 것이다.

인생을 살면서 어려움을 겪지 않는 사람은 없다. 크고 작음의 차이는 있지만, 누구나 분노, 슬픔, 두려움, 고통과 불행 같은 어려움을 갖는다. 그것은 일상다반사일 뿐이다. 그것을 기쁨과 사랑 그리고 행복으로 바꾸는 것은 누가 대신해 주지 않는다. 그래서 스스로 긍정적 습관을 키우는 것이 중요하다.

도장道場이 바로 심신心身을 수양하는 곳, 즉 몸과 마음을 갈고 닦는 곳이다. 힘들고 어려운 과정을 통해서 수양을 한다. 편하게 얻은 행복이 자신의 인생을 바꾼다는 것은 착각이다.

행복은 세상을 긍정적으로 바라보도록 변화하는 것에서 시작된다. 그리고 이런 긍정적인 변화가 습관이 되고 자비慈悲나 봉사와 같은 행동으로 나타났을 때 비로소 행복이 찾아오는 것이다.

지금 아무리 행복하다고 해도 그 행복이 영원한 것은 아니다. 끊임없이 변화하는 자신을 발견하는 과정이야말로 행복을 지속시키는 것이다.

행복이 결과가 아니라 과정에서 나타나야 하는 이유는 어떤 결과라도 이전의 나를 영원히 바꿀 수는 없기 때문이다. 결과만을 바라는 소망은 실패와 좌절을 가져온다. 나는 격투기 신인왕전에서 우승

▲ 아이키도(合氣道) 창시자의 묘비석 앞에선 필자

하였을 때 챔피언만 되면 세상이 다 내 것이 될 줄 알았고 영원하리라 생각했다. 그리고 장충체육관에서 열린 격투기 시합에서 한국 챔피언이 되었다. 하지만 그 기쁨은 겨우 한 달도 넘기지 못하고 나는 예전의 나로 되돌아와 있었다.

물론 당시의 행위가 헛되기만 했다고는 결코 생각하지 않는다. 지금의 나를 만드는 데 분명 공헌한 바가 있다. 그때의 노력들이 아이키도를 만나면서 겪은 변화에 대한 두려움과 고난을 결코 힘들다고 생각하지 않게 해주었다. 물론 어려움을 몰랐던 부인은 새로운 변화에 몹시 힘들어 했던 것이 사실이다. 고난이 아직 끝나지는 않았지만, 지금 아내는 남편의 변화에 기뻐하고 행복해 한다.

내가 하고 있는 아이키도라는 무술은 그 행복을 배가시키는 역할을 담당한다. 무술로서의 긴장감을 통해 두려움을 자극하기도 하지만 이를 극복하는 과정 속에서 평화와 행복을 찾는다. 연출된 도깨비 집에 들어갈 때 느끼는 적당한 공포와 긴장감이 밖으로 나와 안도의 한숨을 쉬면서 해소되는 것을 아이키도 수련에서도 똑같이 느낄 수 있다.

수련을 하고 있는 동안은 위험에 대한 불안이나 실전에 대한 두려움, 기타 세속적인 어려움과 고통은 사라진다. 그리고 앞서 종교에서 말하는 세상에 대한 부정적인 이미지와 스트레스를 극복하는 것을 돕는다.

아이키도는 평화를 갈구하도록 인간 내면에 긍정적인 영향을 끼치고 세상을 편견 없이 만유애호의 마음으로 바라보도록 하며 수련한 개인은 물론이고 세상을 아름답게 변화시킨다. 그러한 변화는 슬픔과 고통, 원한과 분노 그리고 공포마저도 사그라지게 한다.

사람은 수양을 통해 변화하고 수양이 되었을 때 비로소 행복해진다.

▲ 국제합기도연맹 마크

아루가마마在るが儘

　일본어 표현 가운데 '아루가마마在るが儘'라는 말이 있다. 사전적 의미는 '있는 그대로'이지만, 거칠게 표현하면 '되는 대로 살자'이다. 칼싸움을 하던 옛 무사들이 어떻게 싸우겠다는 계획을 미리부터 세우는 것이 아니라 상황이 벌어지면 그 상황에 맞게 싸운다는 데에서 나왔다. 어떤 계획과 목적을 가지고 운동을 하는 것도 마찬가지다. 그런 것은 오랫동안 지속하기가 어려워지는 법이다.

　"오고 감을 넘어 섰다"는 어느 회원의 수련 후기처럼 자연스러운 것이 좋은 것이다. 전국아이키도연무대회가 열리면 낯선 사람들과 어울리는 것이 싫어서 참여를 기피하는 회원들이 있다. 낯가림이 심할수록 사람들이 모이는 곳을 더 피하게 된다. 새로운 사람과 만나는 것을 싫어하거나 유독 사람을 경계하고 반감을 드러내는 사람도 그렇다.

　전국연무대회는 성인들만 참여하는 행사이다. 연무 행사에서 새로 만나는 사람들과 유대감을 높이고 서로의 실력을 비교해가며 함께 성장할 수 있도록 도움을 주기도 하고 받기도 하면서 서로의 발전에 기여하는 것이다. 학자가 되었든, 무도가 되었든, 학교에서 공부하거나, 도장에서 단련을 하는 것은 새로운 환경에 대해 두려워하지 않는 마음을 키워가는 것이다.

문文과 무武가 같은 방향을 바라보고 있다 해도 표현에서는 전혀 다르다는 것을 이해해야 한다. 앞서 언급하였듯이 '아루가마마'나 '오고 감을 넘어섰다'라고 말할 수 있는 무도인의 인생을 살아보라고 권하고 싶다. 무인武人은 무도를 통해서 인생의 의미를 생각해야 한다.

연무대회를 하면 자신은 물론 서로가 얼마만큼 성장하고 있는지 확인할 수 있는 즐거움이 있다. 따라서 우리 단체는 여러 사람 앞에 나서는 것을 두려워하면 승단할 수 없다.

아이키도는 자신이 인정할 수 있는 성장과 발전을 위한 것이지만 타인과 즐거움을 나누지 못하는 사람을 잘한다고 인정하지 않는다. 따라서 고단자高段者가 되었을 때는 그 사람이 어떻게 고단자가 되어가는지를 지켜봤던 사람이라면 모두 알 수 있는 것이다.

승단昇段을 허락한 선생이 누군지도 모르는 고단자는 없다. 제자의 발전은 스승의 기쁨이다. 연무대회는 승자와 패자를 가리는 시합이 아니다. 스승과 제자, 참가자 모두의 성장을 지켜볼 수 있는 장소다.

아이키도는 어느 날 갑자기 고단자가 되는 일은 없다. 또 미리 짜인 각본에 의한 연무를 보여주거나 기술이 완력을 쓰고 무위武威가 없는 가벼움을 보인다면 진짜 실력이 아니다. 거짓된 것을 보여준 것이고, 그런 행위들을 통해서 거짓된 단段을 갖고 있다는 것을 쉽게 알게 해준다. 그래서 아이키도는 어렵다고 말하는 것이다.

마누라를 무서워하면서도 사랑하는 공처가가 있듯이, 무도가 무섭다 해도 좋아할 수 있다. 무도가 무도다워질수록 더욱 어렵고 힘들다.

도복을 입지 않는 사람을 무도가라고 할 수 없다. 그에겐 무도를 통한 그 무엇도 찾을 수 없다. 아이키도에 만인 앞에서 실력이 드러나는 것을 꺼리는 고단자는 없다.

아이키도 연무대회는 기초 단위 도장이나 지부에서 하는 것이 있고, 중앙에서 하는 것이 있다. 지부에서 하는 연무대회는 아이들과 성인들의 참여를 함께 유도하여 회원의 화목 도모와 함께 성장 정도를 자타가 평가하는 기회로 삼아야 한다.

중앙에서 개최하는 연무대회는 성인 위주의 참여를 통해 친목과 함께 기술적 성취의 기회가 되어 주어야 한다. 연무대회는 즐기면서 배우는 곳이다.

> 知之者, 不如好之者, 好之者, 不如樂之者
>
> 알기만 하는 사람은 좋아하는 사람만 못하고, 좋아하는 사람은 즐기는 사람만 못하다.
>
> ─『논어』, 「옹야 편」

▲ 고바야시 야스오 8단을 초청해서 연 20주년 기념 연무대회(2014년 9월)

상기相氣에서 합기合氣로

   '아이키合氣'라고 발음하는 일본어 단어는 3개가 있다. 애기愛氣, 합기合氣, 그리고 상기相氣다. 따라서 아이키도 하면 愛氣道도 될 수 있고, 相氣道도, 合氣道도 된다. 한국어 발음은 다르지만, 일본어로 말할 때는 똑같다.

   창시자는 "아이키도合氣道는 애기도愛氣道다!"라고 말하기도 했다. 그러면 상기相氣는 무엇일까? 상기는 아이키도에서 가장 피해야 하는 기술적 단어이다.

   고대의 무술은 살인을 전제로 하는 호전성을 가지고 있었지만, 전쟁이 없는 현대에 와서는 수양의 한 방편으로서 무도武道가 되었다. 그것을 기술적인 변화로 표현하는 것이 상기相氣→상기相氣의 선先→합기合氣이다. 상기는 서로 부딪치는 힘을 말한다.

   나는 격투기에서 아이키도로 수련하는 무도가 바뀌는 과정이 있었는데 단어로 표시하면 상기相氣에서 합기合氣로의 변화라 할 수 있다.

   사실 전국시대의 무술들이 상기의 대결이었다면 에도시대에 접어들면서 기토류起倒流라는 유파에서 합기合氣라는 단어가 처음 나오면서 상기相氣의 선先이라고 하는 기술적 표현이 나타났다.

'상기相氣의 선先'은 상대의 의도를 꺾지 않고 흘려보냄으로써 부딪침을 피한다는 뜻을 가진 기술적 단어다. 무도에서 하나의 기술적 개념이 정신적으로도 나타나는 단어라고도 할 수 있다.

옛부터 무사武士는 약자를 보호한다라는 정신세계가 있었다. 따라서 무술을 익힌 무사라면 일반인을 건들지 않는다는 원칙이 있다. 부딪침을 먼저 피한다는 뜻인 상기의 선은 무도인의 처세술로도 중요하다.

현대는 물리적인 싸움보다는 언어로써 정신적인 피로감을 느끼게 하는 싸움이 다반사다. 만약 직장 상사가 당신에게 일하지 않는다고 나무랄 때 남보다 열심히 일하고 있다고 생각하는 당신은 마치 갑질하듯 말하는 상사에게 한 마디 던질 것이다. "아까 열심히 하고 지금은 쉬고 있거든요!" 지혜가 있는 상사라면 사과를 하겠지만, 보통의 사람들은 그가 옳은 얘기를 하고 있다고 해도 대꾸하는 직원의 태도에 기분이 나빠서 공격의 고삐를 더욱 조인다. 기술적인 단어로 표현하면 상기相氣라 할 수 있다.

샌드백을 치며 스트레스를 푸는 사람이라면 그의 마음이 상기되어 있는 것이다. 만약 당신이 단련된 무사라면 상사의 기분을 상하지 않게 하면서 자연스럽게 분위기를 정리했을 것이다.

상기相氣의 선先은 완성된 무사의 첫 번째 행동 윤리라고 할 수 있다

명상을 하다가 가끔 정신이상을 일으키는 사람을 볼 때가 있는데 상기된 정신이 집착을 보이면서 나타나는 스트레스 현상이라고 할 수 있다. 스트레스를 없애려다 더 큰 스트레스에 시달리는 것이다.

무술 수련과 마음 수련은 다른 것이라고 할 수 있으나 무인武人이 하는 명상과 일반인이 하는 명상은 차이가 있다. 보통의 사람들이 집착을 버리려다 더욱 집착하게 되는 예는 많다.

다시 무사의 정신세계로 들어가 보자. 무사가 싸우는 이유는 나 자신을 지키기 위한 것이 아니다.

나를 지키려고 무술을 배운다고 하는 사람은 무도인이 아니다

무도武道는 어떻게 살 것인가?를 생각한다. 죽을지도 모르는 싸움에 나설 일반인은 없다. 훈련되지 않은 사람이라면 살기 위해 숨거나 도망가려 할 것이다. 사랑하는 사람을 위해 희생하는 것도 결코 쉽지 않다.

죽음을 무릅쓰고 전장에 나서는 무사는 결코 자신의 안위 때문에 싸우는 것이 아니다. 강한 훈련을 하는 군인軍人의 삶이 바로 그런 것이다. 다수를 위해 자신을 희생하는 것이 무사의 마음이어야 한다. 따라서 다툼이 다반사로 일어나는 일상적인 모습들은 무사의 세상이 아니다.

예부터 무사의 역할은 백성을 지키는 것이었다. 만약 자신의 안위를 위해 다수 대중의 안위를 위태롭게 하고 있다면 그는 무사가 아니다. 그런 자가 지도자가 되어 대중들 위에 군림하고 하게 된다면 위험천만한 일이 될 것이다.

상기의 선은 부딪침을 피하는 것이지만 더 좋은 결과인 합기를 이루기 위한 선택이라 할 수 있다. 상대의 실수나 약점을 지적하는 것은 결국 약점을 가진 상대에게 또 다른 약점을 보인 것이다. 나쁜 사람에게 "너는 나쁜 놈이다."라고 하면 그 나쁜 사람에게 나는 나쁜 놈이 될 수밖에 없으므로 결국 나도 나쁜 놈이 되는 것이다.

상대의 약점을 공격해서 반대급부로 나의 이익을 취하는 것은 무도인의 윤리가 될 수 없다. 활인검活人劍이라는 말도 그렇고 부딪침을 피한다는 상기의 선에서 더 발전된 합기合氣(아이키)가 나온 것은 무술의 도약이라고 할 만하다.

아이키는 좋은 기운을 말한다. 상기와 상반된다. 아이키도는 기술적으로, 정신적으로 일치되어 나타난다. 기술을 펼치는 사람이나 받는 사람 모두 기분이 좋아진다. 그것은 나를 위한 기술이 아니라 상대를 위한 기술이기도 하다.

스승은 공부를 잘하는 것보다 친구를 많이 만드는 것이 더 중요하다고 가르치는 사람이다. 내 주변에 문제가 있다면 개국을 해서 선진국을 만든 사카모토 료마29 처럼 자신을 변화시켜야 한다.

미야모토 무사시(宮本武蔵, 1584. ?~1645. 6. 13)보다 사카모토 료마가 더 훌륭한 것도 자신이 아닌 대중을 생각한 그의 정신에 있다.

무도는 나를 위한 것이 아니라 타인을 위한 것이다. 일반 사람들은 신앙에서 이타적 사랑을 찾지만, 무사는 무도를 통해서 배운다. 여기에 아이키도가 있다.

마음이 어두우면無明 변하지 않는 지혜가 없고不動智 마음이 강팍하고 고집이 쎄면 번뇌煩惱가 일어난다. 기술적으로 번뇌는 상기相氣

---

29 사카모토 료마(坂本 龍馬, 1836.1.3~1867.12.10) 일본 메이지 유신의 핵심적인 공로자

▲ 홈마 가쿠 선생 초청으로 미국 덴버에서 아이키도를 지도하는 필자

로 힘을 빼지 못하는 경직 됨을 가리킨다.

　무도武道는 어떻게 살 것인가를 고민하고 아이키도는 어떻게 힘을 뺄 것인가를 고민한다.

어떻게 잘할 수 있을까?

'어떻게 잘할 수 있는가?'에 대한 평소의 생각을 정리해보았다.

무엇을 배우든 잘할 수 있는 방법은 오래 하는 것이다. 알고 있다 거나 좋아하는 것보다는 즐기는 사람이 잘할 수 있다. 즐길 줄 아는 것이 현명하다. 그러나 안타깝게도 한국 사회의 전반적인 분위기가 경쟁에 매달리다 보니, 무술 역시 경쟁의 과정이자 결과로 받아들이 고 있다.

이런 정서적인 차이가 아이키도가 한국에 정착하는 데 큰 애로사 항 가운데 하나가 아닐까 추측해본다. 아메리카 대륙은 물론, 서구 와 과거 동구 공산권 국가에서도 수련 인구가 많이 있는 반면에 한 국에는 여전히 부족하다. 일본과 가까워서 우리 실정을 모르는 외 국인들은 한국에도 수련 인구가 많을 것으로 예단하기도 한다.

운동 종목을 선택할 때에는 그때그때 유행에 따라 선택하는 것이 아닌 자신이 잘할 수 있는 것을 찾는 것이 좋다. 앞에서 말했듯이 오래 하면 잘할 수 있는 것이므로 유행하는 것 보다는 오래 할 수 있는 것을 선택하는 것이 바람직하다는 것이다.

10대나 20대에 잠깐 할 수 있는 운동이 있고, 50대 60대까지 꾸준

히 할 수 있는 운동이 있다. 그것이 한때 취미라고 해도 마찬가지이다. 만약 몇 년씩 해온 취미라면 이미 그것은 취미 그 이상의 의미가 있게 된다. 오래 했다는 것은 프로가 되었거나 과정에 있는 것이다.

우리는 단 한 번뿐인 인생을 살고 있다. 엄밀한 의미에서 인생은 다시 시작할 수 있는 것이 아니다. 결혼도 마찬가지다. 처음 사랑했던 마음이 없어져서 헤어지는 사람이 많다. 그런 실수를 하지 않으려면 처음 시작을 신중하게 살펴야 한다.

한 번뿐인 인생을 다시 시작하려 한다면 그만한 대가를 지불해야 한다. 만약 다시 시작해야 한다면 그동안 살면서 함께했던 주위 사람들과의 인연과 지금까지 쌓아온 발자취와 기억들을 모두 지우거나 비워야 하는 상황에 처할 것이다.

나는 지금까지의 인생 경험을 통해서 얻은 지식이 있다면, 얼마만큼 실수를 줄일 수 있을까가 중요함을 알게 된 것이라고 생각한다.

한 번의 실수로 거의 몇 달에서, 길게는 몇 년씩 회복하기 위해 고생해야 하는 상황에 놓인 적이 한두 번이 아니었기 때문이다. 그나마 다행이었던 것은 나이가 어렸을 때는 큰 대가 없이 지나갈 수 있었지만, 만약 40대 이후였다면 문제는 심각해졌을 것이다. 그래서 나이를 먹으면 절대 바꾸지 말라고 말한다.

40대를 불혹不惑의 나이라고 말한다. 그것은 세상의 변화에 미혹되지 말라는 뜻이기도 하다. 하지만 '배우고 또 익히면 또한 즐겁지 아니한가'라는 옛사람들의 말씀처럼, 67세에 자전거를 배운 톨스토이처럼, 50대에도 뭔가 새로운 것을 시작하면 60대에 가서 유용하게 쓸 수 있다고 말하기도 한다.

『회남자淮南子』에서 이르기를 "연오십年五十, 지사십구년지비知四十九年之非."라고 했다. 즉 50세에 이르러서 49세까지 옳았다고 했던 것이 잘못됐다는 것을 알았다는 뜻이다. 어쩌면 우리는 인생을 살면서 이전 것을 버리고 새로운 것을 찾아 몇 번씩 변화를 할 수밖에 없는 존재가 아닌가 생각된다.

성격이 호전적이거나 게임을 즐기는 사람이라면 순위를 결정하는 경쟁적인 무술을 선호하겠지만 오래 할 수 없는 한계를 갖는다. 그러나 아이키도는 순위를 결정하는 경쟁을 피하고 상생하는 법을 배운다. 물론 그것을 표현하는 것이 결코 쉽지 않지만, 그것도 오래 하다 보면 자연스럽게 되는 법이다. 문제가 있다면 50대가 되면 몸이 무거워지고 귀와 눈이 어두워진다.

마음은 이팔청춘인데 몸이 말을 듣지 않는다는 뜻이다. 따라서 한 살이라도 어렸을 때 평생 할 수 있는 것을 찾고, 40대가 되면 다른 것에 미혹되지 않아야 한다.

나는 아이키도에서 그것을 찾았다. 젊었을 때 배웠던 것을 50대가 되어 가르칠 수 있게 된다면 그것 또한 인생에서 더없는 즐거움이 아닌가 생각된다. 하늘의 뜻을 안다는 지천명知天命의 나이에 뭔가를 다시 시작해야 한다는 것은 나쁜 의미에서 인생을 헛살았다고 말하는 것이다. 따라서 "어떻게 잘할 수 있는가"는 오랫동안 즐길 수 있는 것을 찾는 것에서부터 시작해야 한다.

강한 사람이란 자기를 억누를 수 있는 사람과 적을 벗으로 바꿀 수 있는 사람이다.

ㅡ『탈무드』

평생 무도를 추구하는 이유

지도를 위해 터키를 다녀온 후 시차 때문에 일주일 정도 컨디션이 안 좋았다. 이제 나이가 있어선지 장거리 여행은 후유증이 오래간다. 터키는 시리아, 이란, 이라크, 그리스, 구소련 영토까지 국경선을 맞대고 있고, 국경의 산악지역에서는 오래전부터 전투가 끊어지지 않는 나라이다. 특히 요즘은 시리아 문제로 테러가 자주 발생하곤 한다. 그래서 터키가 위험하지 않냐고 하는 분도 있지만, 사실 한국은 휴전 중이어도 전투로 사망하는 전사자보다 자살로 죽는 사람이 월등히 많다는 점에서 더 위험한 나라가 아닌가라는 생각이 들기도 한다.

노인 자살률이 OECD국가에서 압도적 1위였는데 최근 뉴스에서는 40~50대 자살률까지 늘어나고 있다고 한다. 실업률은 역대 최고이고 취직도 어렵지만 한창 일할 나이에 퇴사를 걱정해야 하는 사회 분위기는 공포 그 자체다.

각박해지는 사회 분위기에서 젊은이들은 목표를 가지고 성취하려는 의욕을 잃어가고 있고, 불가피하게 나 홀로 살아가는 노인들도 부지기수다. 노인이 되면 대다수가 두세 가지 질병은 달고 다닌다는

▲ 자살 명소가 되어버린 마포대교 〈사진출처: 구글 검색〉

말이 있다. 여행을 가도 약 봉투를 챙겨야 하는 나이가 되었다는 것이다.

가족과 함께 살지 못하는 노인 중에는 고시원 쪽방에서 근근이 생활하고 있는 분들이 많다. 건강을 잃은 노인들이 갈 곳은 요양원이지만 그것도 여의치 않은 분들이다. 그렇다면 앞으로 우리는 어떻게 살아야 할까? 돈도 벌어야 하고 명예도 중요하다. 그러나 건강을 잃어버린다면 아무것도 소용없는 것이다.

자신이 속한 분야에서 나름대로 열심히 살았는데 정년의 나이에 건강을 잃어버린다면 매우 허망할 것이다. 젊었을 때는 무엇을 하든, 어떻게 살든 건강하기 때문에 괜찮지만, 나이를 먹으면 힘들어지는 것이 많다.

어떻게 살 것인가에 대한 답은 의외로 간단하다. 건강을 잃어버리지 않는 것이다. 우리는 경쟁이 치열하고 실수가 용납되지 않는 무서운 세상을 살고 있다. 성공한 자만 여유를 누릴 수 있는 매정한 사회에서 현명하게 살아남는 방법은 건강을 잃지 않고 젊음을 유지하는 것이다. 정신건강도 중요하다. 심리적인 상처는 트라우마를 갖게 하고 결국 건강에도 적신호가 켜진다.

정신이 건강하지 못하면 주변에 있는 사람들과 조화를 이루며 살기 어렵다. 좋은 취미나 오랫동안 쌓은 기술이 있어도 타인과의 관계에서 늘 마찰을 일으키기에 외로워질 수밖에 없다. 방어적인 논쟁을 일으키기 쉽고 소극적인 태도로 주변과 담을 쌓기도 한다. 따라서 몸도 건강해야 하지만 정신도 건강해야 한다.

운동은 정신을 건강하게 한다. "나는 괜찮아!"라고 말하는 여유는 정신이 건강하다는 것을 증명하는 것이다. 아이키도가 항상 강조하는 것이 바로 심신心身의 조화이다. 예외는 있겠지만, 노인은 돈을 벌기 위해 노력하는 나이는 아니다. 그저 약간의 용돈만 있으면 된다. 젊었을 때 틈틈이 취미라 할 수 있는 예체능 즉 음악을 한다거나 그림을 그린다거나 운동을 한다거나 하다가 그 취미로 노년에 용돈을 벌 만큼만 활동할 수 있게 된다면 인생의 후반기에 들어서 진정한 삶의 조화를 느낄 수 있다. 운동도 나이를 먹으면 할 수 없는 종목들이 많다. 그런데 아이키도 사범들의 평균 연령대는 50~70대이다. 그 나이가 사범으로서 피크라고 할 수 있을 정도다.

직장에서는 건강상태와 상관없이 퇴출당하는 나이가 50대다. 직장에서 열심히 일만 하며 살았던 이들이 퇴물 취급을 받는 나이에 아이키도를 수련한 사람은 인생의 황금기를 맞이한다.

완력을 사용하거나 관절을 무리하게 움직이는 운동은 나이를 먹으면서 한계가 나타난다. 나이와 함께 쇠퇴하는 운동신경은 정작 운동이 더 필요한 나이가 되었을 때 더 이상 할 수 없게 하는 것이다.

노년이 되어서도 꾸준히 발전할 수 있는 운동이 좋은 운동이다. 사람은 자신이 처한 노동환경에 따라 몸과 마음이 변한다. 앉아 있는 시간이 많은 일을 하는 사람은 몸이 뻣뻣해 유연성을 잃어버리고, 힘을 쓰는 노동을 하는 사람은 몸이 딱딱해지기 쉽다.

자신이 처한 환경에 따라 몸이 변하고 정신도 바뀐다. 여행을 하고 나면 몸과 마음이 힐링이 되어 기분이 좋아지듯 평소에 운동과 같은 여가 활동을 통해서 심신의 조화와 건강을 꾀하는 것이 필요하다. 그리고 그 건강한 여가 생활이 노후를 행복하게 만들 수 있는 일석이조의 효과가 있다면 그 이상 좋을 게 없을 것이다. 다시 강조하지만, 세상을 현명하게 사는 것은 건강을 잃지 않는 것이다.

벼는 익을수록 고개를 숙인다

아이키도라는 무술은 '동물의 왕국'과 구별이 어려울 듯한 '힘의 논리'를 정당화하거나 미화해서는 안 된다. 무분별하고 근거 없는 권위 남용으로 서열을 구분하려는 구습은, 새로 시작하려는 이들이 의욕을 잃을 뿐 아니라, 기존 회원들과 형성된 인간관계마저 멀어지게 할 수 있다.

'벼는 익을수록 고개를 숙인다'라는 말의 의미를 이해하지 못한다면 아이키도에서는 절대 성장하지 못한다. 이기려는 마음이 강해지면 강해질수록 더욱 거칠어진다. 대결을 통해 승부를 결정짓고야 말겠다는 생각이 주류를 이루면 입문자나 약자는 다치거나 설 자리가 없게 된다.

가끔 지도원들을 기록한 영상을 보면 자연스러움을 잃고 과장된 동작이 눈에 들어온다. 자신을 돋보이게 하려는 생각이 행동을 지배한 결과다. 현대 무술이 겸손과 인화를 잊으면 군대에서 연마하는 살상 기술과 별반 다르지 않게 된다. 무술이 살상 기술을 연마하는 데서 시작되었지만, 이제는 현대 사회가 요구하는 가치와 실용성을 추구할 필요가 있다.

실력과 지위가 상승할수록 더욱 겸손해야 한다. 나는 지금도 옛날 어렸을 때 수련을 시작하면서 외치던 구호가 생각이 난다. "우리 관원은 상호친애하며 사범 명령에 복종함!" 나는 이런 구호가 싫다. 복종을 위해 상호친애를 이용한 것이다. 훌륭한 지휘관은 부하를 함부로 부리지 않는다.

군대가 민주적인 조직일 수는 없지만, 합리적으로 움직여야 한다. 하물며 엄연한 민주사회 시민들이 모인 공간에서 무술을 익힌다는 이유로 합리성을 상실하고 사람에 대한 예의를 잃는 일은 어떤 이유에서도 정당화될 수 없다.

체육대학을 포함해 상아탑이라 불리는 대학 사회에서 이른바 '똥군기'를 잡다가 일어나는 불미스러운 사례들이 뉴스를 장식하는 일들을 심심찮게 접한다. 지도교수들이 오히려 방조하고 있지는 않은가 싶을 정도로 빈번하다. 이렇게 배운 학생들이 사회에 진출하니 이른바 갑질의 반복이 당연한지도 모른다. 학력과 경제력만큼 인성이 뒷받침되지 못하는 이들이 주류 사회를 점령해가면 그 사회의 미래는 어두울 수밖에 없다.

아이키도는 기술과 인성이 자연스럽게 배어나도록 꾸준히 수련해야 한다. 상대에게 불쾌감을 유발할 수 있는 기술은 제대로 된 아이키도 기술이 아니다. 정확한 기술에서 지도자와 선배에 대한 존경이 우러난다.

고바야시 선생님을 비롯해서 스승으로 모실 만한 분들로부터 기술을 받으면 불쾌하지 않고 감탄과 감사가 내 가슴을 채우는 경험을 수없이 해왔다. 거기서 존경이 생기고 더욱 수련에 매진해야겠다는 생각이 요동친다.

스승과 선배는 제자와 후배가 발전하는 모습을 지켜보며 기뻐한다. 서열을 가리듯 편을 가르며 타인에 대한 부정적인 평가를 일삼는 사람은 아이키도인으로서 발전하기 어렵다. 타인, 즉 상대 아픔에 대한 공감능력이 떨어지는 사람은 아이키도인이 아니다.

아이키도는 배울수록 고개를 숙이는 운동이다.

어떻게 살 것인가?

수련을 하다 보면 초심자에게 과시욕이 앞서다 보니 힘을 조절하지 못하는 선배들을 볼 때가 있다. 아이키도라는 운동에 적응이 될 때까지는 부드러운 움직임과 상대에 대한 주의를 놓치지 않아야 하고, 숙련도에 맞게 기술 강약과 완급을 조절하며 성장을 도와야 한다. 초심자를 거칠게 다루는 것은 으스대는 것이라고밖에는 볼 수 없다.

그런 가해를 하는 방식으로 선배의 도움을 받고 성장했다면, 나중에 선배가 되었을 때 똑같은 방식으로 후배에게 전하려 할 것이다. 우리가 살고 있는 사회에서도 똑같은 현상이 일어난다.

살기 좋은 세상은 힘없고 가난한 사람들이 만드는 것이 아니다. 부유하고 권력을 가진 사람들이 만들어야 한다. 약자가 강자에게 베풀고 요구하는 것은 한계가 있다.

부자가 가난한 자에게 베풀고, 강자가 약자에게 양보해야 한다. 권력을 가진 자가 가지지 못한 자에게 관용으로 대해야지만 약자가 절대 다수인 세상에 희망이 생기고 살기 좋아지는 것이다. 권력을 남용하고 약자를 무시하고 군림하려는 횡포가 만연하면 결국 부와 권력을 쟁취하기 위한 치열함만 되물림되고 반복될 뿐이다.

지금 우리는 건강한 세상에서 살고 있는가? 아니면 힘 있는 자들의 횡포와 무시 속에서 힘들어 하고 있는가? 그 질문에 대한 답은 내가 살고 있는 곳이 권력을 남용하고 있는지, 약자를 괴롭히고 있는지, 없는 사람을 무시하고 가해하며 군림하려는 곳에서 살고 있는지, 치열하게 경쟁하는 것이 그것 때문이 아닌지 살펴보면 된다.

도장道場도 하나의 사회다. 아이키도에서는 힘을 함부로 남용해서는 안 된다. 절대 약자일 수밖에 없는 초보자를 배려하는 마음이 자연스럽게 몸에 스며들어야 하고, 그것이 기술로 표현되어야 한다. 어떻게든 자신을 과시하려 하고 상대를 함부로 다루거나 평가하려 해서는 안 된다. 함께 수련하는 사람이 어떤 사람인지는 기술의 표현 과정에서 촘촘히 묻어나온다.

아이키도는 누가 강하냐는 문제를 다루는 운동이 아니다. 배려와 절제를 통해서 깨달음을 추구하는 무도다.

인생에서 중요한 것은 속도가 아니라 방향이다. 어떻게 살 것인가에 대한 분명한 방향이 있어야 한다. 지금 우리는 '어떻게 살 것인가?'라는 질문에 대한 해답이 절실한 시대에 살고 있다. 아이키도는 인간관계 속에서 그 해답을 주고 있다.